DUNYA MIKHAIL

DAS VOGEL-TATTOO

Roman

Aus dem Arabischen
von Christine Battermann

 FISCHER

Erschienen bei FISCHER Taschenbuch

Die Originalausgabe erschien 2020 unter dem Titel
»Washm at-ta'ir« bei Dar al-Rafidain.
Copyright © 2020 by Dunya Mikhail
Für die deutschsprachige Ausgabe:
© 2024 S. Fischer Verlag GmbH, Hedderichstr. 114,
60596 Frankfurt am Main
Die Nutzung unserer Werke für Text- und Data-Mining
im Sinne von § 44b UrhG behalten wir uns explizit vor.
Satz: Dörlemann Satz, Lemförde
Druck und Bindung: CPI books GmbH, Leck
ISBN 978-3-596-71146-8

Die Handlung dieses Romans ist frei erfunden.
Etwaige Ähnlichkeiten mit lebenden Personen
sind jedoch nicht zufällig.

Für alle Gefangenen,
deren Lieder sich nicht in Käfige sperren lassen.

Vorwort

Im Sommer 2014 öffnete ein Markt zum Verkauf von Frauen. Mitglieder des Daesh hatten ihn in einem Schulgebäude im irakischen Mosul etabliert und dehnten ihn nach Raqqa und später online auf noch weitere Orte aus. Als Frau war ich sehr empört und fühlte mich beleidigt. Ich setzte mich mit Freunden und Verwandten zu Hause im Irak in Verbindung und fragte, was um alles in der Welt dort los sei. Tausende von Männern wurden umgebracht, Tausende von Frauen und Kindern aus ihren Dörfern im Nordirak, rund um die Ninive-Ebene, verschleppt. Aus Angst vor dem Daesh, der mit den schwarz beflaggten Fahrzeugen des Kalifats anrückte, zogen die Menschen, manche mit ihren Alten auf dem Rücken, in einer langen Karawane übers Land, hinter sich eine Wolke aus aufgewirbeltem Staub. Fassungslos, dass solch eine brutale Aktion in aller Stille, verborgen hinter der Gleichgültigkeit der Weltgemeinschaft, stattfinden konnte, informierte ich mich Tag und Nacht über das Geschehen. Von ihren eigenen Konflikten abgelenkt blieb die Welt blind gegenüber dem Leid derer, die diesen erbarmungslosen und unvorstellbaren Übergriffen zum Opfer fielen. Das Ausbleiben einer unmittelbaren und geschlossenen Reaktion erlaubte den Terroristen, ihren Terror ungehindert fortzusetzen, die verschleppten Menschen blieben isoliert und in ihrem Kampf um ihre Würde und ihr Überleben alleingelassen.

Ein paar Monate vergingen ohne Neuigkeiten, bis ich hörte, dass ein paar Frauen dem Daesh entkommen waren. Zuerst wollte ich nur die Stimmen dieser Frauen hören. Meine Beziehungen ermöglichten es mir, mit einer von ihnen Kontakt aufzunehmen. Sie war mit ihren Kindern geflüchtet und hatte es aus Raqqa, der damaligen faktischen Hauptstadt der Organisation Islamischer Staat, zurück in den Irak geschafft. Sie sprach Kurdisch mit mir. Ich verstehe kein Kurdisch, aber ich hörte ihr weiter zu und verstand ihren ganzen Schmerz. Als ihr jedoch klarwurde, dass ich ihrer Sprache nicht mächtig war, reichte sie ihr Handy ihrem Cousin, der Arabisch sprach und für mich übersetzen konnte. Er hieß Abdullah. Ich erfuhr, dass genau genommen er sie gerettet hatte.

Mich interessierte sehr, wie ihm das gelungen war. Abdullah war ein Imker aus Sinjar und selbst einer von denen, die beim Anrücken des Daesh aus ihrem Zuhause hatten fliehen und alles hinter sich zurücklassen müssen. Was ich von Abdullah und den Frauen, mit denen ich sprach, hörte, stand in keinem Buch. Es war Oral History, und faszinierender als sämtliches historisches Material, das ich in der Schule gelesen hatte. Ganz besonders erfuhr ich von den Eziden, ihren Traditionen, Festtagen und religiösen Glaubensinhalten. Wegen dieses Glaubens wurden sie vom Daesh – manchen von Ihnen wahrscheinlich als IS bekannt – als Ungläubige angesehen und verfolgt.

Nachdem ich ein Jahr lang Abdullah zugehört und die von ihm geretteten Frauen interviewt hatte, beschloss ich, in den Irak zu reisen. Ich wollte von Angesicht zu Angesicht mit ihnen sprechen. Es war mehr als zwanzig Jahre her, dass ich den

Irak mit einem One-Way-Ticket verlassen hatte. Der Grund dafür war mein Wunsch, als freie Schriftstellerin zu leben. Ich arbeitete als Journalistin für den *Baghdad Observer*, und wie die anderen Journalisten im damaligen Irak wusste ich, dass es eine rote Linie gab, die wir nicht überschreiten durften. Wir konnten beispielsweise weder den Einmarsch in Kuwait kritisieren noch die irakische Regierung für irgendwelche ihrer Taten und Kriege verantwortlich machen. Als Dichterin hatte ich nur überlebt, indem ich Metaphern benutzte, um von den Lesern, nicht aber von den Zensoren verstanden zu werden. So verließ ich schließlich mein Land und nahm nur mit, was in einen Koffer passte. Damals tat es mir leid um meine Bücher und all die Habseligkeiten, die ich zurückließ, jetzt allerdings, nachdem ich mit angesehen habe, was den Minderheiten in meinem Land zugestoßen ist, ist mir klar, wie viel Glück ich hatte, dass ich zumindest mit einem Koffer ausreisen konnte. Meine christlichen Verwandten mussten sich im Juli 2014 mit nichts auf den Weg machen, weil der Daesh ihre Häuser mit einem N für »Nazarener«, das heißt Christen, markiert und ihnen nur vierundzwanzig Stunden gegeben hatte, um sie entweder mit leeren Händen zu verlassen oder getötet zu werden. Meine Verwandten mussten ihre Häuser, in denen ihre Familien seit 1500 Jahren gelebt hatten, aufgeben und sich auf den Weg ins Ungewisse machen. Dabei ging es ihnen noch immer besser als den Eziden, die umgebracht oder verschleppt wurden.

Wie jeder in Bagdad sprach ich vom Norden normalerweise als einer Ferienregion. Als in den 1980er Jahren wegen des iranisch-irakischen Krieges weitere Reisen verboten waren, war er unser einziges Urlaubsziel. Ich erinnere mich noch gut an die weißen und gelben Narzissen, von denen der Berg bedeckt war, an das Rauschen der Bäume und das kalte Joghurtgetränk in der Sonne. Diesmal jedoch reiste ich nicht zu touristischen Zwecken, sondern hauptsächlich zu den Camps, in denen die Frauen lebten, die ich interviewt hatte. Dort traf ich auch die Protagonistin dieses Romans. Gemeinsame Werte und gegenseitiges Verständnis schufen eine augenblickliche Verbindung zwischen uns und machten uns zu Schwestern. Wir blieben in Kontakt. Meine Protagonistin verkörpert den Kampf, die Widerstandskraft und auch viele unausgesprochene Elemente aus der kollektiven Erfahrung der Frauen, die denselben Weg gegangen sind wie sie. In ihrer Geschichte von Mut, Schmerz und Rettung scheint die Menschlichkeit auf, die uns allen zu eigen ist und uns alle verbindet. Diese Protagonistin wird zum Sprachrohr für die Marginalisierten, für ihre unterdrückten Stimmen und zum Inbegriff des universellen Strebens nach Gerechtigkeit. Die Fundamentalisten beanspruchten Frauen als ihr Eigentum. Für sie hatten weibliche Gefangene keine menschlichen Züge und keine Namen; sie waren nur Nummern, nichts als Körper. In »Das Vogel-Tattoo« sehen wir, wie in der Solidarität und dem Zusammenhalt von Frauen ihr Bestreben wirksam wird, sichtbar zu werden und ihre Würde, ihre Stimme und ihren menschlichen Wert wiederzuerlangen. Sie gemahnen uns an den Kampf von Frauen nicht nur im Nahen Osten, sondern überall auf der Welt.

Während meiner Reise besuchte ich auch das Heiligtum von Lalish. Es war sehr bewegend, Hunderte von Eziden nach monate- oder, bei manchen, jahrelanger Gefangenschaft dort versammelt zu sehen. Sie hielten einander in den Armen und weinten. Für eine Zeremonie der Wiedergeburt nach ihrer

Versklavung stiegen sie in die Quelle, um sich noch einmal taufen zu lassen und in ihrem Leben eine neue Seite aufzuschlagen. Eine Frau goss ihnen Wasser über den Kopf und gratulierte ihnen. In einer der Höhlen des Heiligtums bemerkte ich bunte Tücher, die um Säulen gebunden waren. Ich erfuhr, dass Besucher sich etwas wünschen, wenn sie diese Tücher verknoten. Diese Wünsche sollen wahr werden, wenn andere Besucher kommen, um die Tücher wieder loszubinden. In einem Moment der Erfüllung knüpfte ich eines dieser Tücher auf, um meinen Beitrag zu der Freude zu leisten, die entsteht, wenn ein Wunsch Wirklichkeit wird.

Basierend auf einer realen Geschichte erzählt dieser Roman das Leben einer ezidischen Familie, das von einer Katastrophe zerstört wird, mit einer Liebesgeschichte im Hintergrund einer unerwarteten Krise. Das Dorf Halliqi, der wichtigste Schauplatz dieses Romans, ist auf keiner Karte verzeichnet. Ich selbst, die ich die ersten dreißig Jahre meines Lebens im Irak verbracht habe, hatte noch nie von ihm gehört. Es liegt im nordwestlichen Zipfel des Irak, wo Feigenbäume gedeihen und Menschen und Vögeln Schatten spenden. Ich erfuhr von dem Dorf durch Abdullah, der ursprünglich dorther stammt. Bis zu der Ankunft des Daesh in der Region der Dörfer von Sinjar im Jahr 2014 gab es in Halliqi weder Internet noch Telefon. Seine isolierte, geographisch einzigartige Lage rettete seine Bewohner vor dem Daesh. Die terroristischen Kämpfer wussten vermutlich ebenfalls nicht von seiner Existenz, und hätten sie davon gewusst, hätten sie Stunden gebraucht, um vom nächstgelegenen Ort aus zu Fuß oder mit dem Esel dorthin zu gelangen. Für Autos ist es vollkommen unerreichbar. Deshalb wurde es zum Zufluchtsort für viele Menschen, die ihre Dörfer verließen, als sie hörten, dass der Daesh in ihre Region vorrückte. Um Hunderte von Geflüchteten zu ernähren, backten die Bewohner Halliqis tagelang Brot in ihren traditionellen Lehmöfen, die warm blieben wie die Herzen der Dörfler. Als Resultat dieser Krise, mit der sie nie gerechnet hatten und die zum unvermuteten Verlust von Verwandten und Angehörigen führte, erkannten sie, wie wichtig es war, ein Handy zu besitzen, damit sie vielleicht jemandes Stimme hören konnten, der um Hilfe bat oder aber Hilfe anbot, um ihre Liebsten zu retten. In diesen Tagen sind einige von ihnen im Besitz von Handys, allerdings müssen sie für eine Verbindung zum Netz den Gipfel des Berges erklimmen.

Es war sehr schwer für mich, diese Geschichte zu schreiben, doch sie nicht zu schreiben, wäre noch schwerer gewesen. Ich spürte, dass es essenziell war, für die Frauen zu sprechen, deren Geschichten sonst verlorengehen könnten. Wenn die Geschichtsschreibung einer Gesellschaft von einer Ideologie kontrolliert wird, werden die Tatbestände, die den Vorstellungen der herrschenden Gruppe nicht dienlich sind, marginalisiert oder gar verfälscht. Das Gefährlichste, was der Gesellschaft dabei passieren kann, ist, dass diese Gruppe ihre eigene singuläre Vorstellung von Generation zu Generation weiterreicht, so dass die Gesellschaft dieses eine Narrativ schließlich als Wahrheit übernimmt, insbesondere, da ja die Betroffenen oder Zeugen, die die andere Seite der Erzählung repräsentieren, mit der Zeit wegsterben und ihre kollektive Erinnerung mit ihnen verschwindet. Hier kommt der Literatur die bedeutende Funktion zu, diese marginalisierten Leben sichtbar zu machen und ihre Erinnerungen von der Vergangenheit in die Zukunft zu transportieren.

Ich habe bereits in anderen Textgattungen über diese Dinge geschrieben. Die Motivation für dieses fiktionale Werk jedoch war, die Gefangenen auf künstlerischem Weg zu befreien und beim Erzählen der Geschichte stärker auf meine Vorstellungskraft zu setzen. Um ein gewisses Gleichgewicht zu all dem Schmerz zu schaffen, musste ich sehr viel Schönheit kreieren. Mein Werk ist ein Mittel des Writing Back. Mein Stift ist meine beste Waffe.

1. NUMMER 27

Die Mitglieder der Organisation hatten den gefangenen Frauen sämtliche Habseligkeiten abgenommen, auch ihre goldenen Eheringe. Helen allerdings besaß keinen Ring, sondern hatte stattdessen eine Tätowierung auf dem Finger, die einen Vogel zeigte. Während sie noch wie gebannt darauf starrte, schrie plötzlich einer der Männer: »Siebenundzwanzig! Nummer siebenundzwanzig!« Erst realisierte sie nicht, dass sie gemeint war, doch als der Mann erneut losbrüllte, dachte sie, er sei wütend auf sie, weil sie ihren Platz in der Schlange verlassen hatte und zu Amina gerannt war. Sie hatte ihren Augen nicht getraut, als sie ihre beste Kindheitsfreundin Amina auf der anderen Seite der Halle hatte stehen sehen, und auch Amina hatte ungläubig den Mund aufgerissen. Aber sie hatten sich kaum ein paar Sekunden weinend in den Armen gelegen, da schrie der Mann schon wieder. »Siebenundzwanzig ist verkauft!« Er zeigte mit der Hand auf Helen. In der anderen hielt er einen Karton mit den Handys der gefangenen Frauen. »Lass sie los!«, rief Amina mit kaum vernehmbarer Stimme. Im selben Moment begannen sämtliche Handys im Karton zu klingeln. Die Angehörigen machten sich Sorgen, weil niemand auf ihre Kontaktversuche reagierte.

Der Mann in seinem schwarzen, bis zu den Knien reichenden Hemd und den oberhalb der Fußknöchel endenden Hosen versetzte Amina einen so heftigen Stoß, dass sie fiel. Helen beugte sich zu ihr hinunter, um ihr aufzuhelfen, doch der Mann packte sie an der Hand und zog sie in einen anderen Raum, wo er sie zu Boden stieß. Dann ging er hinaus und verschloss die Tür hinter sich. Ringsum saßen weitere Frauen auf dem Boden, alle mit gesenkten Köpfen. Jede von ihnen hatte ein Etikett an ihrer Kleidung, auf dem eine Zahl stand, so wie weit entfernte Sterne bloß noch mit Ziffern bezeichnet werden. Die einzige Frau ohne Nummer saß an einem Schreibtisch und reichte Helen ein Dokument. »Das ist deine Heiratsurkunde. Dein Ehemann kommt gleich.«

Ohne einen Blick daraufzuwerfen, gab Helen es ihr zurück. »Ich bin schon verheiratet.«

»Abu Tahsin hat dich online gekauft, er ist bereits auf dem Weg hierher«, sagte die Frau.

Von einem Markt, auf dem man Frauen verkaufte, hatte Helen noch nie gehört. Sie hätte so etwas noch nicht einmal für möglich gehalten. Obendrein irritierte sie, dass dieser Markt in einer Schule abgehalten wurde. Laut dem Transparent vor dem Eingang hieß sie »Blumen von Mosul«, und sie hatte große Ähnlichkeit mit der Grundschule, die sie selbst mit ihrem Zwillingsbruder Azad besucht hatte. Nicht einmal ihrer gestrengen Direktorin Sitt Ilham hätte man die Vorstellung von einem Frauenmarkt begreiflich machen können. Für Sitt Ilham war schon Kaugummikauen unmoralisch, sogar während der Pause. Azad hatte deshalb einmal einen Verweis von ihr erhalten, als sie ihn auf dem Schulhof dabei erwischte. Er, ein großer Liebhaber der Marke mit dem Pfeil auf der Packung, war davon ausgegangen, dass es mit Kaugummi nicht anders war als mit den Süßigkeiten, die die übrigen Schüler in der Pause konsumierten, ohne je Probleme zu bekommen. Und nun stand er entsetzt in Sitt Ilhams Büro. Vielleicht würde sie ihm mit der scharfen Kante ihres Lineals auf die Hand schlagen, wie sie es vor seinen Augen schon bei ein paar anderen Schülern getan hatte, die nach dem Klingeln nicht gleich in ihre Klasse gegangen waren. Schließlich hatten sie vor Ankunft des Lehrers auf ihren Plätzen zu sein, um respektvoll aufstehen zu können, wenn er den Raum betrat. Doch als Sitt Ilham am Ende der Befragung erfuhr, wer ihm das Kaugummi gegeben hatte, lächelte sie zu Azads Erstaunen plötzlich. »Grüß deinen Onkel Herrn Murad von mir, und sag ihm, Kaugummikauen ist verboten!«, trug sie ihm auf. »Und jetzt ab in deine Klasse!«

Dieser Raum hier mit dem ordentlich aufgeräumten Schreibtisch, an dem jetzt die Frau ohne Nummer saß und den Verkauf der Gefangenen organisierte, hatte durchaus Ähnlichkeit mit Sitt Ilhams Büro. »Zieh das hier an! Gleich kommt der Fotograf«, sagte sie gerade und reichte einer Gefangenen eine Tüte. Helen wunderte sich, welch widersprüchliche Kleidungsstücke die Mitglieder der Organisation ihnen aufzwangen. Zuerst hatten sie einen schwarzen Niqab tragen müssen, der sie bis auf die Augen komplett verhüllte, nun steckte man sie in tief ausgeschnittene Kleider, um sie darin zu fotografieren und zum Verkauf anzubieten. Der Fotograf ermahnte Helen, ihre Tränen abzuwischen.

In anderen Klassenräumen saßen Mitglieder der Organisation an Lehrerpulten und überwachten die Auswahl der Jungen für die militärische Ausbildung. Die Musterung fand auf dem vorderen Schulhof statt, genau da, wo sich Lehrer und Schüler jeden Donnerstagmorgen zum Flaggenzeremoniell versammelt hatten. Nun hisste die Organisation dort ihre eigene schwarze Flagge anstelle der irakischen, und statt die

Nationalhymne zu singen, legten sie das Treuegelöbnis auf den Islamischen Staat ab.

Im Laufe der drei Monate, die sie sich schon in Gefangenschaft befand, hatte Helen allmählich die Gesetze jenes seltsamen Marktes begriffen. Wenn einer der Männer sie in einen benachbarten Klassenraum mitnahm und sie gleich nach der Vergewaltigung wieder zurückbrachte, bedeutete dies, dass er sie erst einmal hatte ausprobieren wollen, dass er sie genau prüfte wie ein Kunde die Ware. Entschied sich einer, sie zu kaufen, musste er eine bestimmte Summe an die Verwaltung der Organisation zahlen, die in einem mit dem Siegel des Staates versehenen Kaufvertrag festgehalten war. Da sie bereits in den Dreißigern war, betrug der Mindestpreis für sie nur 75 Dollar. Mit einem »Mietvertrag« durfte der Käufer sie auch für bestimmte Zeit einem anderen überlassen und sie später wieder zurücknehmen. Außerdem war er berechtigt, sie wieder an den Markt zurückzugeben oder gegen eine andere Frau umzutauschen. Einer von denen, die sie gekauft hatten, hatte sie mehrfach für kurze Zeit weiterverkauft, weil er Geld brauchte, und sie anschließend wieder zurückgenommen, nur um sie am Ende mit den Worten: »Die schreit im Schlaf. Kann sein, dass sie von einem Dämon besessen ist«, an den Markt zurückzugeben.

Ungefähr einhundertzwanzig Frauen hatte man in die Halle dieser Mosuler Schule gezwängt. Wie häufig eine Frau vergewaltigt worden war, ließ sich an der Zahl ihrer Blutergüsse ablesen. Manche versuchten, sich hinter den anderen zu verstecken, aber den Wärtern entging nichts. Nachts, wenn die Versteigerungen vorbei waren, kamen die Wärter selbst und nahmen sich zu ihrem Vergnügen, wen immer sie wollten. Sie schoben die Schulbänke zur Seite und vergewaltigten die

Frauen vor den Augen der anderen. Manche Gefangene hatte Helen durch die Blicke kennengelernt, die sie miteinander wechselten, während sie vergewaltigt wurden. Sie sprachen mit ihren Augen und kommunizierten über Tränen. Einmal, während einer Massenvergewaltigung am helllichten Tag, hatte eine der Gefangenen die Wärter angeschrien: »Hört auf! Würdet ihr das jemanden mit euren Müttern und Schwestern machen lassen?«

Augenblicklich schleuderte einer der Männer sie gegen die Wand, so dass sie das Bewusstsein verlor. Doch eine andere Frau rannte ihm hinterher, schrie unverständliche Worte und spuckte ihn an. Helen machte es ihr nach und spuckte auf den Mann neben ihr. Eine weitere Gefangene schloss sich an, und schließlich bespuckten sämtliche Gefangenen im Raum jeden Mann, den sie erreichen konnten. Sie starteten eine regelrechte Spuckkampagne gegen ihre Vergewaltiger. Von diesem kollektiven Aufstand überrumpelt schlugen die Männer mit aller Macht auf sie ein. Am Ende jedoch kehrte Ruhe ein. Die Männer wirkten erschöpft vom Einprügeln auf die Gefangenen, vielleicht aber auch, weil sie ihr Gesicht verloren hatten, und verließen einer nach dem anderen den Raum. Die Frauen dagegen warfen sich aufmunternde Blicke zu, wie um einander auf die mit blauen Flecken übersäten, schmerzenden Schultern zu klopfen. Einige konnten sich danach tagelang nicht bewegen.

Zusätzlich zu Arabisch und Kurdisch sprachen die Frauen eine dritte Sprache: das Schweigen. Layla, mit ihren zehn Jahren die jüngste Gefangene, kannte nur ein arabisches Wort: taftish – Untersuchung. Sie hatte es von der Frau aufgeschnappt, die in regelmäßigen Abständen in den Raum kam, um eine Untersuchung anzukündigen. Dann stellten die Gefangenen sich in eine Reihe, und die Frau filzte ihre Kleidung, um sicherzustellen, dass sie keine scharfen Gegenstände besaßen. Diese Untersuchungen häuften sich zunehmend, denn die Suizidrate unter den Gefangenen hatte einen Punkt erreicht, der die Mitglieder der Organisation irritierte.

Rehana versuchte sich mit einem Seil zu erhängen, das sie in einer Ecke der Halle gefunden hatte, der Sporthalle der einstigen Schule. Es war ein Springseil. Ein weibliches Mitglied der Organisation rannte auf sie zu und konnte es ihr gerade noch rechtzeitig entreißen. Nachdem sie ihr so das Leben gerettet hatte, verprügelte sie sie mit ebenjenem Seil. Es war dieselbe Inspektorin, die während der ersten Woche ihrer Gefangenschaft jede einzelne Frau angesprochen hatte. »Bist du verheiratet?«, hatte sie wissen wollen, und dann: »Wann hattest du deine letzte Periode?« Eine der Gefangenen fragte zurück: »Was soll diese Frage?« »Ja, was soll die Frage?«, schrie eine andere, dann eine weitere, noch lauter: »Was soll das?« Die Inspektorin machte einen Schritt zurück und schrie sie alle an: »Das Gesetz des Staates verbietet es, Schwangere zu verkaufen!«

Rehana sollte einem der Kämpfer kostenlos überlassen werden, allerdings nur als Haushaltshilfe. So regelte es die Preisliste der Organisation für die über Fünfzigjährigen. Doch der gebrochene Blick, mit dem sie zu den anderen zurückkehrte, nachdem einer der Männer sie mitgenommen hatte, verriet, dass manche Kämpfer es mit den Gesetzen ihrer Organisation nicht so genau nahmen. »Mama Rehana« wurde sie von Layla genannt. Damit hatte sie in jener dunklen Nacht in der zweiten Woche ihrer Gefangenschaft angefangen, nachdem sie nackt und wimmernd vor Schmerz und Erniedrigung in den Raum zurückgekehrt war. Ihre Kleider warfen sie ihr hinterher. Eine der Gefangenen hob sie auf, zog sie ihr wieder an und sagte: »Der Herr räche dieses Mädchen und uns alle!« Sie sprach Kurdisch, damit die Inspektorin sie nicht verstehen konnte. Rehana, die in der Küche arbeitete, holte Layla schnell eine Tasse Wasser und wachte bis zum Morgen bei ihr. Als Layla die Augen aufschlug, sah sie Rehana vor sich, die ihr mit einem feuchten Handtuch über die Stirn wischte, um das Fieber zu senken. Dankbar und kummervoll sahen sie einander an. Rehana sprach Arabisch und verstand kein Kurdisch, deshalb diente Helen ihnen als Dolmetscherin. Nach einer Vergewaltigung allerdings sprachen die Frauen nicht. Ihr Schweigen, wenn sie zurück in den Raum geführt wurden, wurde nur von der gegenseitigen Begrüßung der Vergewaltiger gebrochen, die so fehl am Platz wirkte wie Gelächter auf einer Trauerfeier.

Dank Helens Übersetzung erfuhr Rehana, dass Layla seit dem Tag, an dem ihre Mutter ihr erst das Haar geflochten hatte und sie dann mit den übrigen Bewohnern ihres Dorfes ins Gebirge gezogen waren, ihre Familie nicht mehr gesehen hatte. Mehr erzählte sie nicht, aber was danach kam, wie die Männer von den Frauen getrennt worden waren, die Alten von den Jungen, die Mädchen ab neun Jahren vom Rest der Familie, das wussten sie alle.

Eines Tages hörte Layla ganz auf zu sprechen. Es war der Tag, an dem sie Rehana tot aufgefunden hatten. Dabei hatte sie weder ein scharfes Werkzeug noch ein Seil besessen. Keine der Frauen wusste, wie sie gestorben war. »Die Trauer hat sie umgebracht«, sagte eine. Layla rannen die Tränen in Strömen über die Wangen. Helen nahm sie, ebenfalls weinend, auf den

Schoß und behielt sie lange dort, obwohl ihr von Abu Tahsins Schlägen noch der Rücken weh tat. Er hatte sie gekauft und anschließend wieder zurückgegeben. Während sie Laylas Haar flocht, dachte sie daran, wie Abu Tahsin sie in sein Haus in Aleppo mitgenommen hatte. Während des Geschlechtsverkehrs dort hatte sie sich über ihn erbrochen. Den ganzen Weg über war ihr schon übel gewesen, und gleich nach ihrer Ankunft war es passiert. Daraufhin schlug er sie mit einem Stock auf den Rücken, bis sie bewusstlos wurde. Erst im Krankenhaus kam sie wieder zu sich, mit einem Infusionsschlauch in der Hand. Die Krankenschwester reichte ihr ein Glas Wasser und eine Pille und fragte: »Na, wie geht's?« Helen brach in Tränen aus. »Ich bin nicht von hier. Bitte helfen Sie mir doch, zu meiner Familie in den Irak zurückzukehren!«

Die Krankenschwester sah sich um und flüsterte: »Wie kann ich Ihnen denn helfen?«

»Lassen Sie mich einfach hinaus auf die Straße!«

»Tut mir leid, das geht nicht. Möchten Sie Ihre Familie anrufen, damit sie Ihnen hilft?«

»Ja, Gott schütze Sie!«

»Wenn ich Pause habe, hole ich mein Handy.«

Sie sah auf die Uhr und fügte hinzu: »In eineinhalb Stunden.«

In der Ferne hörte Helen eine Detonation. Sie zählte die neunzig Minuten mit und versuchte sich an eine Nummer zu erinnern, die sie der Krankenschwester geben könnte. Elias mussten sie sein Handy abgenommen haben, seit seiner Gefangennahme reagierte er nicht mehr auf ihre Anrufe. Und Amina war ja ebenfalls eine Gefangene, ihr Handy war bei den anderen im Karton. Andere Nummern kannte sie nicht.

Ohne die Nachbarbetten aus den Augen zu lassen, zog die Krankenschwester ihr Handy aus der Tasche, behutsam wie einen Revolver. »Ich lasse es fünf Minuten hier, dann komme ich wieder«, sagte sie.

»Aber warten Sie doch bitte! Ich weiß ja gar keine Nummer. Kennen Sie die Vorwahl für den Irak?«

»Ah, nein! Dann eben später. Ich höre mich mal um«, sagte die Krankenschwester und steckte das Handy wieder ein. Im selben Moment trat eine Ärztin ins Zimmer. Sie griff nach einem Blatt Papier, das an einer kleinen Tafel an Helens Bett befestigt war, und las es durch. »Sie können jetzt gehen«, sagte sie.

»Kann ich nicht noch einen Tag bleiben?«

»Das ist nicht nötig«, erwiderte die Ärztin. »Außerdem sind mehrere Verletzte auf dem Weg zu uns, könnte sein, dass die Betten knapp werden.«

Widerstrebend stand Helen auf. Die Krankenschwester begleitete sie ins Foyer, wo Abu Tahsin schon auf sie wartete. Als Helen ihn sah, blieb sie wie angewurzelt stehen, doch er kam auf sie zu. »Warten Sie!«, sagte die Krankenschwester. »Ich schreibe Ihnen meine Telefonnummer auf, falls Sie noch Fragen haben.«

Abu Tahsin hatte sie gehört. »Nein«, sagte er, »sie wird keine Fragen haben. Sie geht zurück in ihr Land.«

»Wirklich?«, fragte die Krankenschwester.

Abu Tahsin wandte sich ab und forderte Helen mit einem Handzeichen auf, ihm nach draußen zu folgen. Bevor sie auf die Straße trat, sah sie sich noch einmal um. Die Krankenschwester stand noch da und sah ihr nach.

Abu Tahsin hielt ein Taxi an. Er wartete, bis Helen sich auf die Rückbank gesetzt hatte, und nahm dann selbst neben dem Fahrer Platz. Vielleicht fürchtete er, sie könnte sich noch einmal über ihn erbrechen. Würde er sie wirklich in ihre Heimat zurückbringen? Etwa eine Viertelstunde später hörte sie den Fahrer sagen, auf der Straße nach Mosul gebe es mehrere Baustellen, und Hoffnung glomm in ihr auf wie eine Lampe in einem dunklen Raum. Sie befanden sich also tatsächlich auf dem Weg nach Mosul, nicht zu Abu Tahsins Haus in Aleppo.

Die Fahrt nach Mosul dauerte etwa zehn Stunden. Helen bemerkte das Schild, welches besagte, dass die Schnellstraße von nun an »Straße des Kalifats« heiße. Schließlich stoppte der Fahrer vor einem Schulgebäude – vor genau dem Auktionshaus, in dem Abu Tahsin sie gekauft hatte. Er brachte sie also in dasselbe Gefängnis zurück. Trotzdem atmete sie auf, denn nun würde sie wieder bei den anderen Gefangenen sein. Zumindest vorerst, bis sie erneut verkauft würde. Oder, wer weiß, vielleicht geschah ein Wunder, und sie konnte wieder nach Hause. Um den Geruch ihrer Familie noch einmal einsaugen zu können, brauchte sie ein Wunder.

»Die ist krank, ich kann sie nicht gebrauchen«, sagte Abu Tahsin zu dem Wärter auf dem vorderen Schulhof.

Der Wärter bot ihm an, sie gegen eine andere einzutauschen, aber Abu Tahsin wollte lieber sein Geld zurück.

Am Tag, an dem Rehana starb, boten sie Helen erneut zum Verkauf an. Auf dem Schulhof wimmelte es von Kunden mit extrem langen Bärten. Sie sahen aus, als wären sie gerade erst aus Höhlen der Vorzeit gekrochen. In der Hoffnung, Amina wiederzufinden, inspizierte Helen die Gesichter der anderen Gefangenen. Ob jemand ihre liebe Freundin gekauft hatte?, fragte sie sich gerade, als sie einen riesigen Mann auf sich zukommen sah. Damit er sie verschonte, senkte sie den Kopf.

2. DIE HÄLFTE DER SCHÖNHEIT
EINES MENSCHEN

Im Moment war Helens größte Sorge, der Reis könnte Ayash zu weich oder zu hart sein. Sie war eine schlechte Köchin. Ihre Mutter hatte einmal zu ihrem Vater gesagt, Helen müsse mal einen Koch heiraten, sonst würden sie beide verhungern. »Oder du rettest sie, indem du ihnen schnell deine Auberginen bringst«, scherzte der Vater. Die Mutter lachte, sie verstand, was er meinte. Er neckte sie gern damit, dass sie es mit den Auberginen übertrieb und sie zu fast jeder Mahlzeit als Beilage servierte.

Helen weichte auch die trockenen weißen Bohnen ein, um einen Eintopf zu kochen. Sie musste das Abendessen fertig haben, bevor Ayash von der Arbeit kam. Würde er heute allein kommen oder seine Freunde mitbringen? Und würde er die Drogen schon vor dem Essen nehmen oder erst danach? Wie würde er gelaunt sein? Was, wenn er auf der Arbeit einen schlechten Tag gehabt hatte und ihm noch dazu ihr Essen nicht schmeckte? Würde er nur schimpfen oder sie auch schlagen? Noch schlimmer wäre, wenn er sie weiterverkaufen würde.

Vor zwei Tagen hatte sie ihn am Telefon mit jemandem über ihren Verkauf verhandeln hören, doch offenbar war das Geschäft nicht zustande gekommen, denn es war niemand gekommen, um sie abzuholen. Er hatte vierhundert Dollar für sie verlangt, war dann aber auf dreihundert runtergegangen.

»Bei Gott, sie ist mehr wert«, hatte er gesagt. »Sie ist hübsch, gehorsam und klug. Aber ich muss sie schnell verkaufen.« Dass sie nicht gut Reis kochen konnte, hatte er nicht erwähnt.

Von allen, die sie gekauft hatten, war Ayash noch der Beste. In den sechs Wochen, die sie bei ihm war, schlug er sie nie so hart, dass sie überall Blutergüsse gehabt hätte, und wenn er sie vergewaltigte, tat er das allein, nie mit anderen zusammen. Außerdem sprach er mit ihr und hörte ihr manchmal sogar zu.

Während der Auktion hatte Helen sich anfangs vor ihm erschrocken. Sie hatte den Kopf gesenkt, damit er sie verschonte, sah Füße verschiedener Größe kommen und gehen und konzentrierte sich auf seine riesigen Füße und seine schwarze Hose, die einen Zoll über den Knöcheln endete. »Oh Gott, lass nicht zu, dass der mich kauft!«, dachte sie. »Jeder andere, aber nicht der!«

Seine Füße kamen näher und blieben zu ihrem Schrecken genau vor ihr stehen. Aber er riss ihr weder wie die anderen den Mund auf, um ihre Zähne zu begutachten, noch schnüffelte er an ihr. Er fragte nur: »Wie viel kostet die?« »Vierhundert«, sagte der Mann neben ihr. »Aber für Sie, Maulana, nur die Hälfte.« Ayash öffnete seine Brieftasche, entnahm ihr zwei Hundertdollarscheine und gab sie dem Verkäufer. Da begriff Helen, dass sie nun an der Reihe war, die Schule zu verlassen und dem neuen Käufer zu folgen. Sie würde kein Wort dabei verlieren, denn sie hatte gelernt, dass Widerstand zwecklos war. Und diese Lektion war keine leichte gewesen. Sie hatte aus Schlägen und Erniedrigungen bestanden, kein Fleckchen an ihrem Körper und ihrer Seele war heil geblieben. Dass Layla ihr durch einen Tränenschleier hindurch nachblickte, zerriss ihr zusätzlich das Herz, und sie seufzte tief auf.

Ihr neuer Besitzer musste einen hohen Rang haben, denn sie sprachen ihn alle mit Maulana an, wie man es in früheren Zeiten bei den Sultanen getan hatte. Dieses Wort kannte Helen bislang nur aus Historienserien im Fernsehen. Die schwarze Luxuslimousine samt Chauffeur, die draußen auf sie wartete, bestätigte ihren Eindruck. Ayash setzte sich auf den Beifahrersitz und Helen auf die Rückbank, wo sie sich den schwarzen Niqab überzog, den man ihr mitgegeben hatte, so dass nur noch ihre Augen zu sehen waren. Die Männer unterhielten sich, während Helen aus dem Fenster auf eine Stadt blickte, die ihr so bekannt vorkam wie ein vertrauter Mensch auf dem Krankenbett.

Mosul wirkte blass, still, lethargisch, ganz anders als zuvor. Das Gedränge in den Gassen hatte sich aufgelöst, die laute Musik in den Läden war verstummt, und anstelle der Lichtreklamen sah man nur noch schwarze Spruchbänder. Selbst der Tigris dort unter der Brücke sah einsam aus, vollständig isoliert von allem, was oben geschah.

Die Straßen, die sie durch die Autoscheibe sah, waren dieselben, durch die sie sich früher frei bewegt hatte, in Kleidern, die sie selbst ausgewählt und manchmal, inspiriert von Modemagazinen, sogar selbst entworfen hatte. Einmal hatte es ihr eine Abbildung angetan, die eine junge Frau in Jeans mit zerfetzten Knien zeigte, und sie hatte ihre eigene Hose auf die gleiche Weise eingerissen. Weil man so etwas bei ihnen nicht gewohnt war, dachte ihre Mutter, die Hose sei verschlissen, und bot ihr an, sie zu flicken. In genau dieser Straße hier hatte Helen sonst Knöpfe, Stoffe und Garn besorgt. Hier kauften hauptsächlich Näherinnen ein, dazu Kunden, die etwas reparieren lassen wollten, Schuhe etwa, eine Uhr oder ein Radio. Die Reparaturläden waren höchstens zwei mal drei

Meter groß und bestanden aus nichts weiter als Tisch, Stuhl und Lampe. Die Straße wurde noch immer König-Ghazi-Straße genannt, auch wenn sie inzwischen offiziell »Straße der Revolution« hieß. Helen wusste nicht, wer König Ghazi war, aber ihre Nachbarin Shaima, bekannt als Umm Hamid, hatte einmal erzählt, er sei ein ziemlicher Angeber gewesen. Als Sechzehnjähriger war er mit seinem Flugzeug, das die Briten Flying Carpet nannten, ganz niedrig über seine Schule hinweggeflogen, nur um von seinen Mitschülern gesehen zu werden.

Die Modegeschäfte wirkten vertraut, allerdings hatte man sämtlichen Schaufensterpuppen, genau wie ihr selbst, Niqabs angezogen. Doch im Gegensatz zu ihr standen die Puppen nicht zum Verkauf.

Helens Blick fiel auf riesige Transparente. Sie waren beschriftet mit Sätzen wie: »Der Niqab bedeutet Reinheit«, oder: »Gemeinsam lassen wir den Baum des Kalifats gedeihen.« Ein paar Meter weiter entdeckte sie ein handgeschriebenes Graffiti, das auf verschiedenen Mauern wiederkehrte. Die fetten, geschwungenen Buchstaben waren schon von weitem zu lesen: »Ich liebe dich, Nadawi!« Helen stellte sich den jungen Mann vor, wie er die Liebe zu seiner angebeteten Nada oder Nadia, die er mit dem Kosenamen Nadawi ansprach, auf den Mauern der Stadt verewigte. Wollte er mit diesem Satz einen Ausgleich zu den bedrohlichen Spruchbändern schaffen, oder handelte es sich um reinen Vandalismus? Oder vielleicht hatte da jemand einfach vor Liebe den Verstand verloren? Plötzlich drang Ayashs Stimme in ihre Gedanken. Aus dem Autofenster heraus brüllte er eine Frau auf dem Gehsteig an: »Du, Frau da, bedecke dein Haar!«

Die Straßen flogen an Helen vorbei und entschwanden

ihren Blicken, wie ihr früheres Leben es getan hatte. Und sie selbst hielt das Lenkrad nicht in der Hand, sie konnte nicht zurückkehren. Trotzdem würde sie es bei erster Gelegenheit tun. Sie würde ein Loch in der Mauer finden, hindurch-schlüpfen und nach Hause laufen zu ihrer Familie. Erneut unterbrach Ayash ihren Gedankengang, indem er dem Fahrer plötzlich befahl anzuhalten. Er stieg aus und lief zu einem Ge-schäft für Damenmode im Nabi-Yunus-Suk. Der Inhaber un-terhielt sich gerade mit einer Kundin, aber als Ayash zwischen sie trat, verschwand das Lächeln aus seinem Gesicht, und Pa-nik machte sich darauf breit. Den Dialog der beiden Män-ner konnte Helen nicht hören, aber sie sah deutlich, dass der Geschäftsinhaber Ayash angstvoll anflehte. Mit der Kundin sprach Ayash nicht. Sie ließ das Kleidungsstück, über das sie verhandelt hatte, einfach liegen und machte, dass sie fortkam. Dem, was Ayash nach seiner Rückkehr dem Fahrer erzählte, entnahm Helen, dass er den Ladeninhaber verwarnt hatte, weil er die geforderten zwei Meter Abstand zu der Kundin nicht eingehalten hatte. Auf diesen Gesetzesverstoß standen fünfundzwanzig Peitschenhiebe.

Und zusätzlich zu diesem Rechtsbruch hatte er noch mit der Kundin geflirtet und sie »mein Augapfel« genannt, be-merkte Ayash.

»Wie schamlos!«, sagte der Chauffeur.

Ein paar Minuten später hörten sie einen Mann laut schreien: »Seht euch doch nur mal diese Daesh-Tante an!« Er zeigte auf eine große Schaufensterpuppe in einem Geschäft für Damenmode. Der Fahrer trat auf die Bremse und stoppte, ohne dass Ayash es ihm befehlen musste. Helen vermutete, dass der Mann verrückt war. Niemand sonst hätte es gewagt, sich in der Öffentlichkeit so über den Daesh lustig zu machen.

Als Ayash aus dem Auto sprang und auf den Verrückten zurannte, sagte dieser noch lachend: »Und Sie, mein Herr, sind der Daesh-Onkel?«

Helen hielt sich mit beiden Händen die Augen zu, um die folgende Szene nicht sehen zu müssen, denn Ayash schlug unbarmherzig auf den Mann ein. Trotzdem bekam sie mit, wie Ayash ihn schließlich niederstreckte, sich auf ihn setzte, ihn würgte und dabei mit dem Kopf auf den Boden schlug. Diesmal sagte Ayash kein Wort, als er sich wieder ins Auto setzte. Als der Chauffeur aufs Gaspedal trat, tauchte der Mann kurz im Seitenspiegel auf. Er lag er blutüberströmt auf der Straße und bewegte sich nicht mehr.

Schließlich fuhren sie in ein Wohngebiet. Zwischen den Häusern verstreut lagen ein paar kleine Geschäfte, und Ayash gebot dem Fahrer, vor einem zu halten. Auf dem Ladenschild stand: »Verkauf von Essiggemüse und Oliven«. Ayash ging hinein, und Helen dachte schon, er wolle etwas kaufen, aber dem war nicht so. Stattdessen kam er kurz darauf mit einem alten Mann wieder heraus, der das Schild abmontierte. Als Ayash wieder einstieg, brummte er: »Ihnen ist einfach nicht klar, dass Essiggemüse und alles Vergorene verboten ist.«

Noch in derselben Wohnstraße hielten sie vor einem hennafarbenen, zweistöckigen Gebäude. Mit einem Handzeichen forderte Ayash Helen auf, hineinzugehen, während er selbst noch am Wagen stehen blieb und sich mit dem Fahrer unterhielt. Die Tür stand halb offen, und so trat sie ein.

Das Haus war möbliert und barg noch den Geruch von Menschen, die nicht mehr da waren. Helen war kurz davor zu ersticken, obwohl die geschmackvolle Einrichtung ihr gefiel, vor allem der Teppich mit den persischen Ornamenten und die türkisfarbene Keramikschale auf dem runden Holztisch. Die Sofakissen waren in warmen Farben gehalten, die mit dem Teppich harmonierten. Eine Spielzeugkiste neben einem der Sofas machte Helen tieftraurig. Sie stellte sich die Kinder vor, die ihr Spielzeug und ihr Haus hatten zurücklassen müssen. Auf dem Beistelltisch lag ein Stück trockenes Brot. Offensichtlich hatten die Bewohner in aller Eile aufbrechen müssen und nichts mitnehmen können, weder die großen Gegenstände wie den Fernseher an der Wand noch die kleinen wie das winzige Sandälchen neben der Tür. Beinah nahm Helen noch ihre Fingerabdrücke auf den Möbeln und ihre im Raum schwebenden Erinnerungen wahr. Vor ihrem inneren Auge sah sie, wie sie geflohen waren, nur mit dem, was sie auf dem Leibe trugen, genau wie die Menschen aus ihrer Gegend, die sich wie Billardkugeln nach einem kräftigen Stoß in alle Richtungen zerstreut hatten.

Helen war am Tag ihrer Gefangennahme allein unterwegs gewesen, aber von anderen Gefangenen hatte sie von ganzen Menschenkarawanen gehört, die aus ihren Häusern in die Berge zogen. Manche waren auch dort angekommen. Andere nicht, ihnen waren die Daesh-Fahrzeuge schon auf halber Strecke entgegengekommen.

Im Wohnzimmer beschäftigte sich Helen lange mit einer arabischen Kalligraphie, die gerahmt neben der Tür hing. Es fiel ihr schwer, die verschnörkelte Schrift zu lesen. Sie folgte den Buchstaben einzeln mit den Augen, und schließlich konnte sie das erste Wort entziffern: »Schönheit«, dann »Menschen«, dann »Hälfte«. Sie versuchte, auch die übrigen Wörter zu entschlüsseln, kam aber irgendwann nicht mehr weiter. Sie probierte es erneut, mit wachsender Neugier auf das, was auf »Die Schönheit eines Menschen rührt zur

Hälfte …« folgte. Aber die Buchstaben waren künstlerisch so stark verfremdet, dass man sie nicht so einfach erkennen konnte. Die Wörter sahen eher aus wie Bilder als wie Buchstabenfolgen. Plötzlich hörte sie draußen Ayashs Schritte näher kommen und fuhr zusammen. Während er im Zimmer auf- und abging, hielt sie den Blick gesenkt. Schließlich blieb er vor ihr stehen und sagte: »Ich heiße Ayash.«

Helen sagte nichts, warf aber einen kurzen Blick auf seinen langen, gelockten Bart und auf seinen Kopf, der direkt auf den Schultern zu sitzen schien.

»Ich bin Tunesier aus Frankreich«, fügte er hinzu.

Helen blieb stumm.

Er lief zurück zum Fernseher, kehrte wieder um und stellte sich vor sie hin.

»Meine Frau und meine Tochter habe ich in Frankreich zurückgelassen«, sagte er in französisch gefärbtem tunesischem Dialekt.

Mit einem Blick Richtung Fenster setzte er hinzu: »Ich bin dem Ruf Gottes gefolgt.«

Helen sagte noch immer nichts, und so fuhr er fort: »Meine Ehe mit dir ist eine dschihadistische Mission nach dem Willen Gottes. Der Staat erweist dir eine Gunst, denn du wirst Muslima werden und damit gereinigt.«

Gern hätte Helen ihm gesagt, ein wirklicher Gunstbeweis für sie wäre es, wenn er sie nach dem Willen Gottes in Ruhe ließe.

»Du bist eine Ungläubige, aber das ist nicht deine Schuld. Du bist ja so geboren«, erklärte er.

Helen wandte den Blick ab.

»Würdest du Yezidin bleiben, kämst du in die Hölle.«

Helen schwieg noch immer.

»Dusch dich und komm in mein Zimmer!«, sagte er zum Abschluss und ging ins Schlafzimmer.

Helen ließ sich Zeit im Bad, denn sie wusste, dass nun erst das Gebet und dann die Vergewaltigung folgten. So war es bei ihnen üblich. In dem Gebäude, in dem man die Frauen zu Anfang, gleich nach ihrer Entführung aus den Dörfern, eingesperrt hatte, hatten sich ein paar im Badezimmer das Leben genommen. Helen betrachtete ihr Gesicht in dem mit silbernen Ornamenten umrahmten Badezimmerspiegel. Sie wunderte sich, dass es noch so normal aussah, obwohl sie innerlich völlig verwelkt war. Sie schloss die Augen, in denen Tränen brannten, und wusch sich ein zweites Mal das Gesicht. Würde ihr Herz ihr gehorchen, würde sie sich ebenfalls umbringen, aber wie sollte es das tun, wo sie doch so an ihren Liebsten hing? Wenn sie nur diese schwere Zeit überlebte, diese Zeit, in der sie weder leben noch sterben konnte!

Im Schlafzimmer stellte sie sich neben Ayash, denn er wollte, dass sie mit ihm betete. »Oh Gott, bitte hilf mir, bring mich zurück zu meiner Familie, bei dem Herrn der Weltbewohner und bei Engel Pfau!«, murmelte Helen unhörbar vor sich hin. War es ein Gebet oder ein Flehen?

Kaum hatte Ayash sein Gebet beendet, befahl er ihr, ihre Kleider abzulegen und sich aufs Bett zu legen. Helen gehorchte wie ein Roboter. Sie weigerte sich weder, noch wehrte sie sich wie in den ersten Tagen ihrer Gefangenschaft und flehte auch nicht mehr darum, in Ruhe gelassen zu werden. Sie duckte sich nur und machte sich ganz klein, denn er ließ seinen Blick über ihren ganzen Körper wandern.

Er nahm ihre linke Hand und begutachtete den Vogel auf ihrem Finger.

»Was ist das?«

»Eine lange Geschichte«, antwortete sie.

»Ich möchte sie hören!«

Helen blieb stumm, und er wiederholte seine Aufforderung. Sie fragte sich, ob sie die Gelegenheit nutzen konnte, sich wieder anzuziehen, doch nun zog auch er sich aus. Helen dachte, er habe es sich anders überlegt und wolle nichts mehr von ihr hören. Offensichtlich wollte er ja Sex mit ihr. Aber er hob die Bettdecke an, deckte sie beide bis zur Taille zu und wiederholte seine Frage: »Was für eine Geschichte steckt hinter der Tätowierung?«

Helen zögerte. Sie fragte sich, ob er ihre Geschichte wirklich hören wollte. Konnte sie ihm vertrauen? War er tatsächlich einer von ihnen? Wer war dieser Ayash? Offenbar hatte er nicht vor, sie zu vergewaltigen oder zu schlagen. Warum hatte er ihr dann befohlen, zu duschen und sich auszuziehen? Und falls er nicht zu ihnen gehörte, welches Ziel verfolgte er dann?

Mitten in ihre Überlegungen hinein wiederholte Ayash seine Aufforderung und fügte noch hinzu: »Keine Angst, du kannst mir alles sagen!«

»Gehörst du zum Daesh?«, fragte sie.

»Es heißt nicht Daesh, sondern Islamischer Staat im Irak und in der Levante. Ich bin Sicherheitsbeauftragter der Hisba.« Die Hisba sei die Sittenpolizei, erklärte er. »Der Staat hat mir dieses Haus zugewiesen, und er bezahlt auch die Strom- und Wasserrechnung. Der Islamische Staat ist gut organisiert und erhebt Steuern auf Handelstransaktionen, die sich am Gewinn orientieren. Der Staat deckt unsere täglichen Bedürfnisse. So können wir für die Sache arbeiten statt für unseren Lebensunterhalt.«

Helen verzichtete darauf, ihn zu fragen, was für eine Sache

das sei. Menschen abzuschlachten, gefangen zu nehmen und aus ihren Häusern zu vertreiben?

Nach einer Minute der Stille fasste Ayash sie an. Jetzt bereute Helen ihr Schweigen, vielleicht hätte sie ihn mit ihrer Lebensgeschichte ablenken können, und er hätte sie nicht vergewaltigt?

»Du kommst mal ins Paradies, weißt du das?«, fragte er.

Sie erinnerte sich, wie einer von ihnen gesagt hatte, im Paradies würde sie kein Mensch sein, sondern eine Huri, an der sich die Gläubigen erfreuen konnten.

»Nein, ich komme nicht ins Paradies. Ich werde in der Hölle sein«, antwortete sie. Wenn er und seine Gruppe im Paradies waren, zog sie die Hölle vor.

»Warum nicht? Was für eine Sünde hast du denn begangen?«

Helen wusste nicht, was sie antworten sollte.

»Bist du heimlich mit einem Mann ausgegangen?«

»Ja, einmal habe ich das getan.«

»Das heißt, du hattest eine Beziehung zu ihm?«

Diese Frage machte ihr Angst, deshalb entgegnete sie schnell: »Nein, er hatte eine Beziehung zu mir.«

Als Ayash sie berührte, versteinerte sie. Zu müde, den geringsten Widerstand zu leisten, nahm sie die Schmerzen hin, wenn er ihre blauen Flecken berührte. Sie würde ihn tun lassen, was er wollte, schließlich würde er es ohnehin tun. Aber vielleicht war dieser Ayash nicht solch eine Bestie wie die anderen, die sie gefangen gehalten hatten. Vielleicht war er ursprünglich mal ein Mensch gewesen und durch Zauberei in einen Daesh-Kämpfer verwandelt worden? Dann könnte eine andere Macht ihn in einen Menschen zurückverwandeln wie in dem Märchen »Die Schöne und das Biest«. Sein gewaltiger

Körper, der auf ihr lag, nahm ihr den Atem, und sie hätte gerne geweint. Sie dachte an ihre Familie. Sie hatten keine Ahnung, wo sie jetzt war. Wie wütend wäre ihr Vater, wenn er wüsste, was sie mit ihr machten! Er war so zartbesaitet und verzieh ihr, was immer sie tat, vor allem, wenn er sie weinen sah. Selbst damals, als sie die Spielzeugkamera mit den Comicbildchen kaputt gemacht hatte. Ein Verwandter hatte sie ihrem Bruder Azad geschenkt. Sie selbst hatte eine Puppe bekommen, mit der sie aber zunächst nichts anzufangen wusste. Deshalb fragte sie ihren Bruder: »Sollen wir tauschen?« Er schüttelte den Kopf, starrte weiter in die Linse der Plastikkamera und drückte dabei auf eine seitlich angebrachte Taste, um zum nächsten Bild zu schalten. Ein Dutzend Bilder, die sich endlos wiederholten, mehr nicht. Aber genug, die beiden Kinder neugierig zu machen. Sie bat ihn, auch einmal hineinsehen zu dürfen, aber er ignorierte sie und drückte weiter auf die Taste. Da entriss Helen ihm die Kamera und rannte damit fort. Er lief ihr hinterher, und schließlich jagten sie sich ums Haus herum. Dabei fiel ihr die Kamera aus der Hand und brach entzwei. Ihr Bruder sah sie finster an und versetzte ihr einen heftigen Stoß. Als ihr Vater das sah, wurde er vor allem wütend auf ihn, der im Gegensatz zu ihr auch nicht weinte.

Wo Azad jetzt wohl war? Ob er nach ihr suchte? Wusste ihre Mutter, dass sie entführt worden war? Sie stellte sich vor, dass ihre Mutter, wie stets, wenn jemand vermisst wurde, ob nun ein Verwandter oder ein Fremder, ihr trauriges Lied anstimmte, das sich wie ein Schluchzen anhörte. An den Wochenenden kamen die Nachbarn abends zu ihrem Haus, und am Ende des Zusammenseins, wenn es dunkel geworden war, wurde gesungen. Die Stimme ihrer Mutter war immer schön, ob sie nun vor Freude sang oder vor Trauer. Manchmal versammelten sie sich auch in dem ans Haus grenzenden Obstgarten, was ihrem Vater sehr gefiel, denn er lud gern Gäste dazu ein, sich die Feigen frisch von den Bäumen zu pflücken. Ihr Vater war im Dorf sehr bekannt, keiner beschnitt die Jungen so schnell und geschickt wie er. Alle Jungen, die in ihrem Dorf und den benachbarten Dörfern geboren wurden, brachte man für die Beschneidung zu ihm. Er verdiente damit seinen Lebensunterhalt. Hinzu kamen die Geschenke, die die Eltern der Jungen ihnen ins Haus brachten. Allerdings konnte er von seinem Verdienst nie etwas ansparen, denn in Krisen gab er alles wieder aus, bewirtete seine Gäste mit allem, was er hatte, und lud bewusst die Bauern, deren Saat in der jeweiligen Saison nicht aufgegangen war, zu sich ein, um etwas von seinem Geld mit ihnen zu teilen. Einmal kam einer der Bauern zu ihnen ins Haus und stellte ihnen das ganze Wohnzimmer mit Granatäpfeln voll, weil ihr Vater das Geld, das er ihm in der Not gegeben hatte, nicht zurücknehmen wollte. Am selben Tag kam ihr Onkel Murad aus der Stadt und bat ihre Mutter, mit ihm die Familie des Mädchens aufzusuchen, das er heiraten wollte. Helen und Azad sollten sie begleiten, schlug er vor, sie gingen doch immer gern nach Sinjar. »Ich komme mit«, sagte Helen erfreut, Azad aber lehnte ab. Er hatte sich mit einem Freund im Garten verabredet. Auf einem der Bäume dort war eine Schlange, sagte Azad, mit der sie sprachen und spielten. »Ihr geht nirgendwohin«, sagte Helens Vater zu Murad, »es sei denn, ihr nehmt von diesen Tüten mit Granatäpfeln mit, so viel ihr tragen könnt! Nimm sie und schenk sie der Familie deiner Verlobten, Murad!«

Helens Mutter griff sich zwei Tüten und Helen ebenfalls. Zwei weitere reichte ihr Vater Murad, und so marschierten sie los. In der Stadt nahm der Onkel sie beide mit in den Suk, nachdem sie die Granatäpfel bei ihm zu Hause abgestellt hatten. Er setzte die kleine Helen auf seine Schultern, so dass sie hoch über den Waren und dem Gedränge der Menschen schwebte. Mehrmals nieste sie auf seinen Scheitel, weil ihr die Gewürze, die in großen offenen Tüten zum Verkauf angeboten wurden, in die Nase gestiegen waren. Vor einem Plakat für einen neuen Film, der in einem Kino zwei Straßen weiter gezeigt wurde, blieb Murad stehen und schlug vor, hineinzugehen. Helen staunte, als sie vor der großen Leinwand saß, und ihr Onkel und ihre Mutter lächelten sich an, weil sie die Beine übereinanderschlug wie die Erwachsenen. Als sie wieder ins Dorf kamen, rannte Helen zu ihrem Vater und sagte: »Mama hatte Angst vor dem Film, aber ich nicht!«

»Kinder haben noch keine Angst. Aber wenn du mal groß bist, wirst du vor gruseligen Filmen genauso große Angst haben wie deine Mutter«, erwiderte er.

Der Horrorfilm, den ich nun als Erwachsene sehe, macht mir tatsächlich Angst, Vater. Und er ist so real! Wäre mein Leben ein Film, würde ich mich bei jeder einzelnen Szene erschrecken. Weißt du noch, Vater, wie wütend du auf meine Lehrerin warst, als ich weinte, weil sie mich geohrfeigt hatte? Danach hast du mir verboten, zur Schule zu gehen, bis ich dir eingeredet habe, es sei »ja gar keine heftige Ohrfeige gewesen, ich habe sie gar nicht richtig gespürt, Papa«. »Ich lasse nicht zu, dass jemand die Hand gegen dich erhebt, wer immer es auch sei«, hast du damals gesagt. Wenn du wüsstest, Vater, wie viele mich in deiner Abwesenheit geschlagen, wie viele mich vergewaltigt haben! Weißt du noch, Vater, wie du einmal in der Nacht, auf unserem Dach, nach oben geschaut hast und ich dich fragte: »Was siehst du denn da?« Du hast auf den Himmel gezeigt und gesagt: »Jeder Mensch hat dort oben einen Stern. Sieh mal, das da ist deiner! Er strahlt genauso hell wie du! Ich will, dass du stets so weit oben bleibst wie dieser Stern. Beuge niemals den Kopf, Helen!«

Könnte ich nur meinen Kopf auf deine Schulter legen und weinen, Papa! Bitte, behalte mich immer auf deinem Schoß!

So sprach Helen im Stillen mit ihrem abwesenden Vater, und die Tränen rannen ihr über die Wangen.

Ayash war gerade mit ihr fertig geworden und wunderte sich, als sie sich die Tränen abwischte.

»Warum weinst du denn? Weil ich dich geheiratet habe?«, fragte er.

»Nein, ich habe an meine Familie gedacht.«

Nach mehr als einem Monat in diesem Haus traute Helen sich endlich, den Fernseher einzuschalten. Sie hatte dem Wunsch bislang widerstanden, weil Ayash sie gewarnt hatte. Er fürchtete, sie könne dort Lieder und Sendungen von Ungläubigen hören. Heute Abend jedoch wollte sie unbedingt die Nachrichten sehen, deshalb ging sie das Risiko ein.

Sie musste einfach erfahren, ob die Welt da draußen wusste, was hier mit ihr und ihren Leuten geschah. Als sie den Fernseher einschaltete, lief gerade eine Koranrezitation. Auch wenn sie das Gefühl hatte, sich den Koran gefahrlos anhören zu dürfen, hatte sie Angst, der Wachmann könne bemerken, was sie hier tat, oder Ayash könne jeden Moment zurückkommen, und behielt die ganze Zeit das Fenster im Auge. Nach dem Koran kam ein Zeichentrickfilm. Sie schaltete den Fernseher aus und hoffte, beim nächsten Mal die Nachrichten zu erwischen. Aber schon zehn Minuten später sah sie durchs Fenster Ayash am Auto stehen und mit dem Wachmann sprechen. Als er ins Haus trat, fragte sie ihn: »Ich wollte fragen, ob ich mir nicht zum Beispiel religiöse Programme oder Zeichentrickfilme im Fernsehen anschauen darf. Ich bin allein hier, und ich langweile mich.«

»Nein«, sagte Ayash streng, »die Fernsehgeräte sollen wir an die Organisation abliefern. Aber hör zu: Es ist schon eine neue Familie auf dem Weg hierher. Die Organisation hat den zweiten Stock an einen Mann aus Tschetschenien vergeben. Sie nennen ihn den ›Emir der Wüste‹. Er hat einen Vertrag unterschrieben, durch den er in den Besitz einer Ehefrau samt ihrer Habseligkeiten und ihrer Kinder gelangt ist. Der Emir der Wüste ist ein talentierter Mann und ein erstklassiger Designer. Er hat für den Staat Männerkleidung entworfen, die genauso aussieht wie zur Zeit der rechtgeleiteten Kalifen.«

»Wann kommen sie denn?«

»In zwei oder drei Tagen vielleicht, sobald die Frau entlassen ist. Sie ist unterwegs ohnmächtig geworden, deshalb musste der Emir der Wüste sie ins Krankenhaus bringen. Dort hat man herausgefunden, dass sie stark dehydriert war. Dabei hatte sie nie um Wasser gebeten. Wie auch immer, es geht ihr jetzt besser, aber sie muss noch ein, zwei Tage im Krankenhaus bleiben. Sie wird dir ein Trost sein, wenn sie da ist.«

Helen konnte nicht schlafen, nicht nur, weil Ayash so laut schnarchte, sondern weil der Schlaf sich einfach nicht einstellen wollte. Seit dem Tag ihrer Gefangennahme war das so. Wenn sie die Lider schloss, wurde sie nur noch wacher. Dabei bedeutete Wachsein nicht einfach, nicht zu schlafen, sondern hieß, sich zu erinnern. Sobald sie die Augen zumachte, tauchten ihre Liebsten vor ihr auf. Und heute Nacht dachte sie auch noch an die Gefangene, die sich bald zu ihr gesellen würde.

Am Morgen erklärte ihr Ayash, es sei schon jemand von der Organisation unterwegs, um den Fernseher abzuholen. Während er später hinausging, um dem Mann das Gerät in den Pick-up tragen zu helfen, blieb Helen im Schlafzimmer. Als sie die Tür zuschlagen hörte, wusste sie, dass Ayash weg war. Sie stand auf, ging ins Wohnzimmer und sah die leere Stelle an der Wand, wo der Fernseher gehangen hatte. Sie lief zur Vordertür. Sie wusste, dass sie verschlossen war, aber sie hatte es sich inzwischen angewöhnt, einmal pro Stunde vergeblich daran zu rütteln. Wenn sie abgesperrt war, war sie wie eine weitere Wand. Die Türen also konnte sie vergessen. Aber was war mit dem Fenster? Wenn sie es einschlug? Die Fensterscheibe zu zertrümmern war einfacher, als die Tür einzutreten. Sie hatte in der letzten Zeit stark abgenommen, vielleicht konnte sie sich durch den Spalt zwischen den eisernen Gitterstäben zwängen. Sie ging zum Fenster, um es näher in Augenschein zu nehmen. Der Spalt war eng, aber vielleicht doch breit genug, damit sie hinausschlüpfen konnte in ihr früheres Leben. Das Fenster war eine freundlichere Wand als die Tür, wenigstens konnte man hindurchblicken. Was sie allerdings in diesem Moment sah, war genau die Person, die sie nicht sehen wollte: der Chauffeur, der sie zusammen mit Ayash hierhergebracht hatte. Nun hatte er den Auftrag, sie zu bewachen. Er stand neben seinem Chevrolet vor dem Haus und telefonierte. Helen wünschte, er würde augenblicklich verschwinden, damit sie die Scheibe einschlagen und weglaufen konnte. Wie sie rennen würde! Sie würde nie mehr anhalten! Es war ein heller Morgen, aber was bedeutete das schon für eine Gefangene? Hell oder nicht, welchen Unterschied machte das in diesem Augenblick?

Helen nahm sich ein Flugblatt von dem Stapel auf dem Tisch. Gestern war er noch höher gewesen. Ayash musste sich welche mitgenommen haben, um sie an die Bewohner der Gegend zu verteilen, damit sie wussten, dass »die Beamten dem Staat einen Gehorsamseid zu leisten und von ihren früheren Regierungsfunktionen reuig Abstand zu nehmen haben. Alle Bürger haben ihre Fernsehgeräte und Satellitenantennen abzugeben, weil sie verbotene Programme aus Gebieten übertragen, die nicht unter der Kontrolle der Organisation stehen. Musik ist haram, ausgenommen sind religiöse Hymnen.« Helen blätterte weiter zu einer Ansprache des Emirs der Gläubigen über »die Werte, die sich das Kalifat zu verwirklichen bemüht wie die Neuverteilung des Reichtums und die Bekämpfung der Korruption« und über »den Staat, der das Kalifat wieder groß machen wird«.

Sie öffnete die Schränke in der Küche, um zu sehen, was sie enthielten, oder besser, ob sich ein Werkzeug fand, mit dem sich die Fensterscheibe einschlagen ließ. Unter verschiedenen Visitenkarten und Einkaufsbelegen entdeckte sie ein kleines Fotoalbum. »Familienalbum« stand auf dem Einband. Sie schlug es auf und blätterte in den Fotos der Familie, die in diesem Haus gewohnt hatte. Manche waren in Schwarz-Weiß, wie eines, das einen Jasminbusch vor dem Haus zeigte. Helen war nicht sicher, ob es sich um dieses Haus handelte, schließlich hatte sie die Front nur einmal zu Gesicht bekommen, nämlich beim Eintreten. Dann kam ein Foto von einer älteren Frau, die ihre geöffnete Hand ausstreckte, als rede sie mit jemandem, der nicht mit auf dem Bild war. Eine andere, jüngere, Frau mit sehr kurzem Haar und Brille war auf mehreren Farbfotos zu sehen. Einmal mit zwei kleinen Mädchen vor riesigen Bäumen in einem Park. Sie hatte ein sehr nettes Lächeln. Das Lächeln auf einem Foto bleibt ein Leben lang bestehen, auch wenn das, was in der Realität passiert, manchmal alles andere als zum Lächeln ist. Dieser Mann musste der Vater sein, auch wenn er auf keinem der anderen Familienfotos zu sehen war. Offenbar besaß er ein Teppich- und Antiquitätengeschäft oder arbeitete dort, denn auf dem Bild war er umgeben von verschiedenen Teppichen mit orientalischen Ornamenten und von Kalligraphien. So erklärten sich auch all die schönen Teppiche in diesem Haus. Auf einem waren winzige Menschen zu sehen, umgeben von Vögeln mit ausgebreiteten bunten Flügeln. Selbst die Uhr an der Küchenwand hatte eine klassische Form mit einem schmuckvollen Rahmen. Allerdings war sie bei zehn nach zehn stehengeblieben. Ihre Zeiger sahen aus wie zwei Hände, die um eine Veränderung bettelten, während die Zeit stillstand.

Helen öffnete den Kühlschrank und schloss ihn gleich wieder. Sie war hungrig, denn sie hatte seit gestern Morgen nichts mehr zu sich genommen, aber sie spürte kein Verlangen zu essen. Ihre Sinne waren lahmgelegt, sie war unfähig, etwas zu begehren. Wie ein Gespenst hatte sie nur noch einen Wunsch in dieser Welt: die echten Menschen wiederzusehen, die sie kannte. Als Gespenst allerdings wäre sie transparent, während sie umherschwebte. Stattdessen lebte sie nun unter Toten, die in ihren nach Verwesung stinkenden Gräbern mit ihr schliefen. Das konnte nur ein Albtraum sein, und sie wusste nicht, wann sie daraus erwachen würde. Die Leute in diesem Albtraum trugen dunkle Brillen, die sie sich aus dem siebten Jahrhundert mitgebracht hatten. Durch sie sahen sie das Leben im Spiegel jener Zeit. Sie wollten von ihr, dass sie ebenfalls ihre tote Welt sah, und verleugneten ihre, Helens, Welt, in der es Menschen gab, die zu ihr gehörten, Menschen, die sie liebte und die sie schmerzlich vermisste. Die Hälfte ihres Lebens würde sie dafür geben, zu erfahren, dass sie noch lebten.

Ziellos lief sie mehrmals zwischen Küche und Wohnzimmer hin und her. Als sie ihre Richtung änderte, fiel ihr Blick erneut auf die arabische Kalligraphie an der Wand. Entschlossen, sie diesmal ganz zu lesen, stellte sie sich davor, und endlich gelang es ihr. Der Spruch lautete: »Die Schönheit eines Menschen rührt zur Hälfte von seiner Zunge.«

Helen wusste nur zu gut, dass diese Weisheit nicht für sie galt. Sie hatte zu schweigen. In Anwesenheit von Ayashs Freunden durfte sie überhaupt keinen Gebrauch von ihrer Zunge machen. Fremde Männer durften ihre Stimme nicht hören, der Ansicht dieser Leute nach war das haram. Nur in ihrem Herzen konnte sie sprechen.

Als an jenem Abend die Gäste kamen, blieb ihre Stimme in ihrer Kehle eingeschlossen und sie selbst in ihrem Zimmer. Das heißt, eigentlich konnte sie sich in drei Räumen aufhalten: Küche, Bad und Schlafzimmer. In der Küche kochte sie das Essen für die Männer, aber ins Wohnzimmer bringen sollte sie es nicht, sie durften sie ja nicht sehen. Stattdessen kam Ayash in die Küche und holte das Tablett mit dem Essen ab. Sie kochte Tee in dem großen Kessel, der gleich dampfen und pfeifen würde. Das Pfeifen würde sich mit den religiösen Hymnen überlagern, die sie drinnen mit großer Begeisterung sangen, lauter Loblieder auf den Staat und seine Errungenschaften. Sie mussten nichts in ihren Herzen verschließen.

Unter den Gästen, die an jenem Abend im Wohnzimmer saßen, war auch der tschetschenische Emir der Wüste. Deshalb fragte Helen, als Ayash in die Küche kam, um den Tee zu holen, ganz leise nach der neuen Familie. Hatte der tschetschenische Emir sie mitgebracht?

»Nein. Morgen vielleicht«, antwortete Ayash und nahm das Tablett mit den Teegläsern mit hinaus.

Helen konnte es kaum erwarten, die Frau zu treffen, die dieses Gefängnis mit ihr teilen sollte. Nicht nur aus Neugier, sondern aus Sehnsucht nach einem Menschen wie ihr, nach einer weiteren eingeschlossenen Stimme. Auch wenn sie der Frau noch nicht begegnet war, kam es ihr vor, als wäre sie eine enge Freundin von ihr. Mit ihr wäre ihr Gefängnis weniger einsam, vielleicht könnten sie sogar zusammen fliehen. Mit dem Niqab bekleidet würden sie auf der Straße keinerlei Argwohn erregen. Zwar war überall Polizei, aber solange nur ihre Augen zu sehen waren, würde sie niemand erkennen, vielleicht nicht einmal Ayash. Auf jeden Fall wäre er mit anderen Dingen beschäftigt: die Ordnung in der Stadt zu überwachen und sicherzustellen, dass die Regeln der Organisation befolgt wurden; dass die Männer ihre Bärte wachsen ließen und die Frauen schariakonform gekleidet waren. Jedem, der westliche Kleidung, vor allem T-Shirts mit ausländischen Schriftzügen, verkaufte, würde er eine Geldstrafe aufbrummen. Und wenn er zum Zeitpunkt des Freitagsgebets einen Jungen auf der Straße antraf, würde er ihn anbrüllen, damit er in die Moschee ging. Falls jemand während des Gebets Witzchen riss oder lachte, würde Ayash ihn in Disziplinarhaft nehmen. Sah er jemanden rauchen, würde er ihn mit fünfundzwanzig Peitschenhieben bestrafen, hinzu kamen so viele Hiebe, wie Zigaretten in der Schachtel fehlten. Wurde er eines Jungen ansichtig, dessen Hose nicht einen Zoll über den Knöcheln endete, würde er dessen Eltern, genauer gesagt den Vater, mit zwanzig Peitschenhieben bestrafen. Genauso viele Hiebe erhielt ein Mann, dessen Ehefrau fehlerhaft bekleidet war, wenn zum Beispiel etwas unter ihrem Niqab hervorlugte. Für seine Arbeit, die, wie er sagte, zur Reformierung der Gesellschaft beitrug, erhielt Ayash einhundert Dollar im

Monat. Darüber hinaus kam die Organisation für seine täglichen Ausgaben auf, deshalb brauchte er die hundert Dollar gar nicht anzugreifen, hatte er Helen erklärt. Aber sie wusste, dass er sie für Drogen ausgab. Letzte Woche hatte er beinahe jeden Abend vor ihren Augen welche konsumiert und sie ebenfalls dazu gezwungen. Gegen den Handel mit Drogen schritt die Organisation offensichtlich nicht ein. »Nur Rauchen ist verboten, oder?«, fragte Helen, um sicherzugehen.

»Alkohol ist ebenfalls verboten«, entgegnete er. Dabei starrte er sie so konzentriert an, dass sie erwartete, es käme noch etwas Wichtiges. Aber mit dem, was Ayash dann ankündigte, hatte sie nicht gerechnet: »Ich werde dich freilassen, Helen, und zu meiner Familie zurückkehren. Unsere Religion sagt nämlich, wer einen Sklaven freilässt, wird im Himmel dafür belohnt.«

Helen erschrak, als sie das hörte, und wartete ab, was er noch zu sagen hätte. Er rieb sich die Stirn. »Welche Telefonnummer haben deine Angehörigen?«, fragte er. »Ich werde dich an sie verkaufen, ich brauche Geld für die Reise. Wenn man einmal hier ist, kann man nicht wieder zurück. Es gibt zwar einen zuverlässigen Schmuggler, aber der verlangt viel Geld.«

»Könnte man nicht im Telefonbuch von Kurdistan nachsehen? Vielleicht finde ich da ja eine Nummer von ihnen«, sagte Helen.

»Ich sehe nach und sage dir später Bescheid.«

»Wann denn?«

»Weiß ich noch nicht. Später, habe ich gesagt.«

Gleich nachdem seine Freunde das Haus verlassen hatten, ging Ayash schlafen. Offenbar war er zu erschöpft, um noch zu beten oder sie zu vergewaltigen. Helen konnte den nächsten Tag mit all seinen Versprechungen kaum erwarten. Sie wusste nicht, warum sie ständig an den Jasminstrauch denken musste, den sie im Fotoalbum gesehen hatte. Als Ayash am Morgen das Haus verlassen hatte, rannte sie zum Fenster, um nachzusehen, ob der Jasmin wirklich dort stand. Sie konnte ihn nicht entdecken. Was jedoch noch wichtiger war: Auch der Wachmann war nirgends zu sehen! Eine gute Gelegenheit zur Flucht, dachte sie. Mit irgendeinem schweren Werkzeug, das sie wohl in diesem Haus finden würde, konnte sie die Fensterscheibe einschlagen. Dann würde sie schnell zur Hauptstraße rennen und dort ein Taxi anhalten. Sie hatte zwar kein Geld, aber wenn der Taxifahrer sie nach Hause gebracht hätte, würde sie ihn bitten, kurz zu warten, damit sie ihm den Betrag aus dem Haus oder von ihrer Nachbarin Umm Hamid holen konnte. Wenn sie allerdings unterwegs aufgegriffen würde, würde man sie zu Ayash zurückbringen. Nach dem Gesetz der Organisation müsste er sie dann zu Tode steinigen. Und das würde er auch tun, selbst wenn er sie eigentlich gar nicht töten wollte, denn sonst würde die Organisation ihm dieselbe Strafe auferlegen. Das hatte er selbst ihr gesagt. Vielleicht wäre es besser für sie, auf Ayash zu warten, damit er ihr zu einer einfacheren, wenn auch teureren Flucht verhalf? Aber was, wenn er es sich anders überlegte? Oder wenn seine Worte letzten Abend nur auf die Drogen zurückzuführen waren? Nein, sie würde nicht auf ihn warten.

Helen rannte in die Küche und suchte nach einem Messer.

3. LEGOSTEINE

Helen zog sich den Niqab über und lief mit einem großen Messer in der Hand zurück ins Wohnzimmer. Dort erstarrte sie, überrascht vom Anblick eines Mädchens, das mit dem Rücken zu ihr neben der Spielzeugkiste saß. Ganz vertieft in ihr Spiel baute die Kleine einen Turm aus Legosteinen, der immer höher wurde, bis er sich schließlich zur Seite neigte und umfiel. Sofort fing sie von vorne an, errichtete eine Art Haus und schubste dann alle Wände um. Immer wieder wurde das würfelförmige Haus dem Boden gleichgemacht. Vom Bauen und Zerstören vollkommen in Anspruch genommen, bemerkte sie Helen gar nicht.

Das Messer noch in der Hand, stand diese wie angewurzelt da. Sie fürchtete, das Mädchen könne sich bei der leisesten Bewegung erschrecken wie ein zarter Schmetterling, wenn man versucht, sich ihm zu nähern, und vielleicht weglaufen. Beim Anblick der Legosteine stellte sie sich vor, es dem Mädchen gleichzutun und dieses Zimmer zu zerstören. Wenn sie wie das spielende Kind einfach die Wände einreißen und das Dach abheben könnte, sähe sie über sich den Himmel. Vielleicht würde er ihre Gebete eher erhören, wenn das Dach nicht mehr zwischen ihnen war. Wären die Wände einmal niedergelegt, würde sie erst ins Freie rennen und dann nach Hause. Nein, nicht wirklich nach Hause, da war ja niemand, sondern zu ihrer Nachbarin Umm Hamid. Bei ihr hatte sie ihre Tochter zurückgelassen, und sie wollte sich vergewissern, dass es ihr gut ging. Ihre Tochter hatte noch keinen Namen, bei ihrer Geburt war Helen zu durcheinander gewesen, um sich über einen Namen Gedanken zu machen. Was für einen Namen hätte Elias ausgesucht, wäre er am Tag ihrer Geburt dabei gewesen? Er hätte sich sehr gefreut zu erfahren, dass sie ein Mädchen bekommen hatte, ganz wie er es sich gewünscht hatte. Yassirs Name war zugleich mit ihm geboren worden, denn als sein Vater Elias ihn zum ersten Mal sah, sagte er sofort: »Yassir.« Helen wusste, dass er ein Fan des Fußballspielers Yassir Raad war, deshalb hatte der Name sie nicht überrascht. Immer wieder hatte er, wenn es beim Fußballgucken spannend wurde, seinen Lieblingsspieler angefeuert: »Yallah, Yassir!«

Helen schloss die tränenfeuchten Augen und ging in ihren Erinnerungen zurück. Ihre Nachbarin musste sich Sorgen um sie machen, weil sie seit jenem furchtbaren Tag nicht mehr nach Hause gekommen war. Ihre Tochter wunderte sich wahrscheinlich nicht über ihre Abwesenheit, sie war ja gerade erst geboren worden, als sie sie zurückgelassen hatte. Aber sie hatte sie ein paarmal gestillt, und vielleicht spürte sie doch, dass Helens Brust nicht mehr da war?

Als Helen einen Schritt zurücktrat, wurde das Kind auf sie aufmerksam, schrie vor Schreck auf und rannte schnell in den zweiten Stock. Helen ging zum Fenster und betrachtete ihr Spiegelbild in der Scheibe. Eine tiefverschleierte Frau mit einem Messer in der Hand, groß wie ein Fleischerbeil. Kein Wunder, dass die Kleine vor ihr geflohen war! Sie sah den Chevrolet vorfahren.

Der Fahrer stieg aus und kam aufs Haus zu. Schnell legte Helen das Messer auf den Tisch. Er klopfte zweimal an, kam dann herein und sagte: »Ayash ist heute in kämpferischer Mission unterwegs und wird vor morgen nicht zurück sein. Brauchst du etwas?«

»Nein, danke«, antwortete sie.

»Falls du doch etwas brauchst, ich bin in der Nähe«, sagte er und ging zurück zum Wagen.

Sie legte das Messer und den Niqab wieder an ihren Platz und lief zur Treppe, blieb aber davor stehen. Vielleicht vernahm sie von oben ein Lebenszeichen? Hinaufzugehen wäre unpassend. Was, wenn der Emir der Wüste dort war? Diese Männer hatten nichts gemein mit den Menschen, die sie in ihrem bisherigen Leben kennengelernt hatte. Helen und die anderen Mädchen aus dem Dorf hatten sich ohne Probleme unter die Jungen gemischt. Selbst als sie nach ihrer Heirat in die Stadt gezogen war, hatte sie sich Männern gegenüber nie ängstlich oder unsicher gefühlt. Und nie im Leben hatte sie einen jungen Mann mit einem so langen Bart getroffen, wie es beim Daesh üblich war. Nur ein Paar Scheichs im Heiligtum ließen ihre Bärte auf diese Weise wachsen, und das waren gute Menschen, die niemandem etwas zuleide taten. Woher waren diese Leute gekommen? Warum durften sie den Menschen hier all dies antun? Würden sie in Zukunft wirklich, wie Ayash behauptete, die ganze Welt beherrschen, sogar China? Warum er wohl heute so aus dem Bett gesprungen war, als sein Telefon geklingelt hatte, und so eilig fortgegangen war? Das Wissen, dass er heute nicht mehr wiederkommen würde, machte sie halb beklommen, halb erleichtert. Den Luxus, in Ruhe gelassen und nicht vergewaltigt zu werden, hatte sie seit Monaten nicht genossen, es war wie eine Erholungspause in diesem seltsamen Gefängnis, in dem man statt der Täter die Opfer bestrafte. Trotzdem wäre es ihr lieber, wenn Ayash zurückkäme, vielleicht hielt er ja sein Versprechen und ließ sie frei.

Als das Wasser im Kessel brodelte, hörte Helen Schritte. Sie schaltete den Herd aus und ging ins Wohnzimmer. Eine Frau kam die Treppe herunter, hinter ihr ein Junge und ein Mädchen, dasselbe, das sich vor einer Stunde so vor Helen erschrocken hatte. Die Frau nickte ihr zu, und Helen sagte: »Hallo, ich bin Helen, eine Gefangene wie du.«

Die Frau sah sie traurig an, gab aber keine Antwort.

Helen ging zurück in die Küche, kam jedoch gleich wieder zurück und sagte: »Ich habe gerade Tee gekocht. Möchtest du einen?«

Die Frau nickte, und Helen gab ihr ein Glas Tee. Die Frau setzte sich und sah sie dankbar an, sagte aber immer noch nichts. Helen zeigte auf den Kühlschrank. »Im Kühlschrank sind Brot und Käseecken.«

Der Junge sah Helen an, als wolle er etwas sagen, aber er wandte das Gesicht wieder ab und murmelte seiner Mutter etwas zu. In dem Moment begriff Helen, dass die Frau nicht sprechen konnte, denn sie sah, dass sie ihrem Sohn mit den Händen antwortete. Sie war beeindruckt, wie prompt der Junge die Zeichen seiner Mutter verstand und für sie übersetzte. »Meine Mutter sagt danke«, sagte er.

Helen lächelte die stumme Frau an, auf deren Gesicht sich ebenfalls ein vorsichtiges Lächeln zeigte. Sie hatte Lust, auch noch einen Kaffee mit ihr zu trinken, ging wieder in die Küche und suchte in den Schränken nach Kaffeebohnen, fand aber keine. Dafür fiel ihr Blick auf zwei Zeitschriften, die zwischen die Händehandtücher gestopft waren. Ihr Herz machte einen Sprung, als sie den Titel der zweiten Zeitschrift las: *Ninive,* das Monatsmagazin, für das Elias arbeitete. Vielleicht war dies die letzte Ausgabe, denn das Erscheinungsdatum Juni 2014 in der linken Umschlagecke fiel mit dem Einmarsch des Daesh in Mosul zusammen. Und der hatte Zeitschriften mit Bildern von unverschleierten Frauen, die, wie sie sagten, in der Hölle schmoren würden, verboten. Ihr Blick fiel auf einen Artikel mit dem Titel »Was tun gegen Menstruationsbeschwerden?«. Seit ihrer Gefangennahme atmete sie jedes Mal auf, wenn sie ihre Regel bekam. Sie hatte noch ein paar Antibabypillen, die sie wie einen Schatz unter ihrer Kleidung hütete. Rehana hatte sie ihr und den anderen Frauen gegeben. Sie hatte sie zusammen mit anderen Medikamenten während ihrer Küchenarbeit im Schrank gefunden. Ob sie an einer Überdosis dieser Medikamente gestorben war?

Helen dachte an Layla und ihren tieftraurigen Blick, als sie den Markt mit Ayash verlassen hatte. Sie wünschte, sie hätte Layla als ihre Tochter ausgegeben, vielleicht hätten sie ihr dann erlaubt, sie mitzunehmen. Aber dafür war es jetzt zu spät.

Sie blätterte die Zeitschrift durch und suchte nach einem Beitrag von Elias. Das Problem war, dass er manchmal etwas veröffentlichte, ohne seinen Namen darunterzusetzen. Sie stoppte bei einem Artikel mit dem Titel »Sonnenstich« und fragte sich, ob er von Elias stammen könnte. Auf die Arbeitsplatte gestützt las sie:

Es war ein ungewöhnlich heißer Frühlingstag, als der neue Krieg, genannt »Befreiung des Irak«, ausgerufen wurde. Das Thermometer kletterte auf 100 Grad Fahrenheit, und es lag so viel Staub in der Luft, dass der Kommandeur der amerikanischen Streitkräfte zögerte, seine Truppen nach Bagdad vorrücken zu lassen. Für die Iraker dagegen sah der Himmel ganz normal aus. Sie waren es gewohnt, von der Sonne wie von Kriegen heimgesucht zu werden, und sahen darin keinen Hinweis auf irgendein außergewöhnliches Ereignis.

Kein Iraker wäre beim Blick in den Himmel beispielsweise darauf gekommen, dass ausländische Soldaten mit ihren Panzern durch diese gefährlichen Straßen fahren würden, Tausende Meilen entfernt von den Ländern, aus denen sie kamen. Die Amerikaner müssen, als sie einrückten, ganz schöne Kopfschmerzen bekommen haben von der starken Sonne und von den ambivalenten Reaktionen der irakischen Bürger, die am ersten Tag noch Uncle Sams Ankunft feierten und Süßigkeiten verteilten und schon am zweiten riefen: »Nein, nein zur amerikanischen Besatzung!« Manche, die ihre Jobs verloren hatten, erfanden sich neu als »Mudschahidin«. Ihr erster Auftrag bestand darin, die Übersetzer umzubringen, die für die Amerikaner gearbeitet hatten. Sie nannten sie Verräter und ihr eigenes Tun »Widerstand«. Ihr zweiter Auftrag war es, Menschen zu entführen und von ihren Familien Lösegeld zu verlangen. Das nannten sie »Spendensammeln«. Ihr dritter Auftrag bestand darin, die Menschen zu terrorisieren, damit sie aus ihren Häusern flohen, was sie als »Beschaffung von Wohngelegenheiten für die Gläubigen« bezeichneten. Inzwischen blüht ihr Geschäft, aus der Organisation wurde ein ganzer Staat mit Flagge, Gesetzen und gestempelten Identitätskarten. Seine Beschäftigten kommen mittlerweile aus der ganzen Welt. Seine neueste Mission ist es nun, das Gedächtnis der Menschen zu löschen. Zu diesem Zweck hat er für jede Sache eine neue Bezeichnung erfunden. Das Shakespeare-Theater beispielsweise wurde zum Scheich-Zubair-Theater, das Haus der Geschenke zum Haus der göttlichen Führung, und aus dem Rechtszentrum wurde das Zentrum für Recht und göttlichen Ratschluss.

Der Artikel war tatsächlich in Elias' ironischem Stil geschrieben. Helen hielt die Zeitschrift an ihre Brust gedrückt, ließ ihre Gedanken schweifen und vergaß für einen Moment, wo sie war. Erst als der Junge sie ansprach, wachte sie wieder auf. »Kann ich mir hiervon etwas nehmen?«, fragte er. Er war in die Küche gekommen, um sich ein Stück Brot vom Tisch zu holen. Helen öffnete den Kühlschrank und gab ihm Käse dazu. Er musste acht oder neun Jahre alt sein, auf jeden Fall jünger als zehn, denn von Ayash hatte sie erfahren, dass Jungen ab zehn Jahren nicht bei ihren Müttern blieben, sondern ins Trainingslager überstellt wurden.

»Wie heißt du denn?«, fragte Helen.

»Zedo.«

»Und wie heißt deine Mutter?«

»Sie heißt Ghazal, und meine kleine Schwester heißt Joan«, antwortete er und legte das Stück Käse in das Brot. »Früher hat meine Mutter gesprochen«, fuhr er fort. »Sie ist an dem Tag stumm geworden, an dem sie meinen Vater und meine beiden Onkel vor unseren Augen getötet haben. Und meine große Schwester haben sie mitgenommen.« Er legte das Sandwich zur Seite.

Helen bereute, seine Wunde wieder aufgerissen zu haben. Sie wusste genau, von welchem Tag er sprach. Sie schloss die Augen und sah die Szene vor sich, deren Zeuge Zedo geworden war. Sie verfolgte das Massaker, als würde es im Fernsehen gezeigt. Männer, die in Gräben geworfen und erschossen wurden. Jungen, die ohne Hemden mit erhobenen Händen in Reihen standen, während Mitglieder der Organisation sie untersuchten, um die, die schon Achselhaare hatten, in die Lager und die ohne Haare unter den Achseln zu ihren Müttern in die »Gästehäuser« zu befehlen, wo man sie zum Verkauf vorbereitete. Helen hielt die Augen geschlossen angesichts der Kinder, die sich an die Gewandzipfel ihrer Großmütter klammerten und sich nicht von ihnen trennen wollten. Sie würden nie von ihnen getrennt werden, man würde sie lebendig mit ihnen begraben.

Ghazal kam in die Küche gelaufen und nahm Helen in die Arme.

»Meinen Mann haben sie auch mitgenommen«, sagte Helen. »Ich weiß nicht, ob er noch lebt oder schon tot ist.« Tränen rannen ihr wie aus einer heißen Quelle über die Wangen.

Sie dachte, dass Elias, falls er noch am Leben war, es nicht ertragen würde, zu erfahren, was ihr alles zugestoßen war. Als sie während Yassirs Geburt in den Wehen lag, hatte er vor ihrem Zimmer Tränen vergossen. »Das ist das erste Mal, dass ich einen Mann so außer sich sehe. Er muss dich sehr lieben!«, hatte die Hebamme später zu ihr gesagt. Ghazal weinte mit ihr, ein wortloses Röcheln drang dabei aus ihrer Kehle. Sie machte ein Zeichen mit der Hand. Helen verstand, was sie meinte: »Wir fliehen von hier.« Helen nickte. Die für die Flucht nötige Kleidung hatten sie, und ihre Männer waren nicht da. Weder Ayash noch der Emir der Wüste waren an diesem Abend zurückgekommen. Die Gefangenen wussten inzwischen, dass die Männer, wenn sie nicht nach Hause kamen und sich auch nicht mit Freunden trafen, wenn sie keine

Drogen nahmen, keine Gebete rezitierten, keine Pornoclips auf ihren Handys ansahen und auch die Gefangenen nicht vergewaltigten, an der Kampffront sein mussten.

Helen ging zum Fenster und sah den Wachmann an sein Auto gelehnt telefonieren. Sie überlegte sich einen Weg, ihn zumindest vorübergehend loszuwerden. In der Absicht, ihn zu überlisten, indem sie ihm auftrug, etwas Brot zu kaufen, zog sie sich erneut den Niqab über. Doch zu ihrer Überraschung klopfte er zweimal an die Haustür und öffnete sie dann. »Ich habe gerade die Nachricht erhalten, dass Ayash heute im Kampf gefallen ist«, sagte er. »Du musst ins Gästehaus zurückkehren. Ich habe den Auftrag, dich hinzubringen.«

Helen war geschockt. »Kann ich nicht noch ein oder zwei Tage hierbleiben und an seiner Beerdigung teilnehmen?«

»Sie haben seinen Leichnam nicht gefunden. Du musst sofort mitkommen!«, entgegnete er.

»Nein, das tue ich nicht, ich bleibe bei Ghazal!«, schrie Helen.

»Das ist ein Befehl, und du musst ihm folgen! Sonst wird man auch deinen Leichnam nicht mehr wiederfinden.«

Helen war kurz davor, schreiend zusammenzubrechen. Ghazal nahm sie in den Arm und weinte mit ihr.

»Yallah, schnell!«, sagte der Wachmann.

Als Helen sich nicht rührte, zog er eine Pistole und zielte auf sie. Joan fing an zu weinen, als er mit der Pistole in der Hand auf Helen zuging. Er stieß Ghazal zurück, packte Helen am Arm und zerrte sie mit Gewalt nach draußen. Dann schloss er die Haustür ab und schleifte Helen über den Hof des Hauses, wobei er absichtlich ein paar Schüsse in den Himmel abgab. Er stieß sie auf die Rückbank des Wagens, knallte die Tür hinter ihr zu und raste los. Am Ende der Straße machte er eine Vollbremsung, denn mitten auf dem Fahrdamm war ein Kind. Aus einem nahen Laden kam ein Mann gelaufen, riss es weg und hob die Hand, um dem Fahrer zu danken. Auf einem Schild an der Ladenfront las Helen: »Verkauf von Sirup und Tahini«. Sie erinnerte sich: Es war derselbe Laden, der früher Essiggemüse und Oliven verkauft hatte.

Wer würde sie nun der Gefahr entreißen? Innerlich verfluchte sie den Fahrer, der ihre Flucht mit Ghazal vereitelt hatte. Und sie verfluchte Ayash dafür, dass er gestorben war, bevor er sein Versprechen, sie freizulassen, eingelöst hatte.

4. DAS VOGEL-TATTOO

Auf der Rückbank des Wagens sitzend, betrachtete Helen mit feuchten Augen das Vogel-Tattoo auf ihrem Finger und streichelte es zärtlich. Bei ihr im Dorf sagte man, einen Ehering zu verlieren sei ein böses Omen, dem möglicherweise eine Trennung folgte. Deshalb hatte sich im Dorf das Gerücht verbreitet, Helen und Elias hätten auf Ringe verzichtet, weil sie fürchteten, im Falle eines Verlusts voneinander getrennt zu werden, wie es Helens Onkel passiert war: Er hatte zuerst seinen Ring verloren, und einen Monat später war seine Frau nicht mehr bei ihm. Sie hätten deshalb gedacht, eine Tätowierung sei dauerhafter und könne nicht verlorengehen. Aber das war nicht der wirkliche Grund, warum Helen und Elias auf ihrer Hochzeit zur Überraschung der Gäste statt eines normalen Eherings beide ein Vogel-Tattoo auf ihrem linken Ringfinger präsentierten. Der Grund war vielmehr, dass ein Vogel Anlass ihrer ersten Begegnung gewesen war und daraufhin zum Symbol ihrer Liebe wurde.

Der Tag ihres Kennenlernens lag inzwischen fünfzehn Jahre zurück. Helen war damals zwanzig gewesen und auf dem Heimweg aus dem Tal in ihr am Berghang gelegenes Dorf Halliqi. Plötzlich jedoch bemerkte sie vor sich ein Chukarhuhn, das in einer Falle festhing, und blieb stehen. Es hatte sich mit seiner kleinen Kralle in einer transparenten, farblich dem Boden angepassten Schnur verfangen, die neben einem

Feigenbaum am Boden befestigt war. Helen hatte in ihrer Familie schon oft davon erzählen hören, wie intensiv die Jäger diesen Vögeln nachstellten, deren Schönheit zugleich ihr Fluch war. Oft konnten sie sich ihrer Freiheit nicht lange erfreuen, sondern endeten bald in einem Käfig. Die Einwohner von Halliqi, wo sie recht häufig vorkamen, jagten glücklicherweise keine Vögel, noch aßen sie welche, denn das hätten sie als böses Omen betrachtet. Ganz im Gegenteil vollzogen sie ein jährliches Ritual, bei dem sie leere Käfige verbrannten und anschließend um das Feuer tanzten. Mit dieser Feier, die sie das »Fest der Vögel« nannten, glaubten sie den Vögeln in ihrer Gegend die Angst nehmen zu können, so dass sie später mit dem Schnabel an ihre Fenster klopfen würden, um Neuigkeiten anzukündigen. Und da man davon ausging, dass durch das Verbrennen der leeren Käfige das Böse vertrieben wurde, mussten diese Neuigkeiten größtenteils gut sein. Selbst in ihrer Art, sich zu bewegen, glichen die Einwohner von Halliqi den Vögeln, denn meist sah man sie in schwarmähnlichen Gruppen. Auf dem Weg zu einer Quelle flog normalerweise ein Vogel freiwillig voraus, trank etwas Wasser und wartete noch ein Weilchen. Erst wenn er sicher war, dass keine Jäger in der Nähe waren, begann er zu trillern. Dies war das Zeichen, dass der Schwarm unversehrt zum Wasser gelangen konnte. Wie die Menschen im Dorf war auch ihr Vogel von einfachem, aber stolzem Charakter. Wenn er von einem Jäger angeschossen wurde, flatterte er senkrecht immer weiter in die Höhe, bis er seinen letzten Tropfen Blut vergossen hatte, um dann wie ein Stein herabzufallen. Wurde er verletzt, machte er vor Schmerz taumelnde Bewegungen, die aussahen, als tanzte er. Die Leute von Halliqi nannten das den »Schmerzenstanz«, den sie manchmal zu trauriger Musik imitierten.

Jedes Haus verfügte über Flöte, Trommel oder Tambur, selbst wenn es an allem anderen fehlte. Wenigstens eins dieser Instrumente musste vorhanden sein, wie sonst hätten sie spielen, singen und ihre Lieder über die Generationen weitergeben können? Die meisten konnten weder lesen noch schreiben, denn es gab in der Nähe keine Schulen, aber alle, ob groß oder klein, männlich oder weiblich, sangen oder spielten ein Instrument. Wenn die Sonne unterging, setzten sie sich um ihre Laternen und stimmten ihre Lieder an. Starb jemand, war ihr Gesang besonders traurig und nur von einer Flöte begleitet. Die zweite Art sich zu vergnügen, war das Geschichtenerzählen. Es gab reale Geschichten, die irgendwelchen Verwandten passiert waren, und erfundene, die mit »Es war einmal …« begannen. Die realen waren zuweilen seltsamer als die erfundenen.

Die Chukarhühner unter den Feigenbäumen waren für Helen wie für die übrigen Dorfbewohner ein vertrauter Anblick. Doch zum ersten Mal sah sie nun einen Vogel, der in eine Falle geraten war. Sie ließ ihr Brennholzbündel auf den Boden fallen und bückte sich, um den Vogel zu befreien. Er schlug mehrmals mit den Flügeln, bevor er, wie um ihr zu danken, zärtlich an ihrer Hand pickte. Kaum hatte sie die Schlinge um seinen Fuß gelöst, taumelte er ein paar Schritte rückwärts. Als sie ihm über sein gestreiftes Gefieder strich, breitete er die Flügel aus und flog hoch in die klare Luft. Im selben Moment hörte Helen einen wütenden Schrei hinter sich und fuhr zusammen.

»Du da, was tust du denn da?«

Sie drehte sich um. Ein junger Mann kam auf sie zugelaufen.

»Ist das dein Ernst?!«, fragte er. »Weißt du, was du da getan hast?«

Als Helen nicht antwortete, fuhr er fort: »Seit einer Stunde warte ich darauf, dass dieser Vogel in die Falle geht, und als es endlich so weit ist, lässt du ihn einfach wieder fliegen!«

»Ich wusste ja nicht, dass es dein Vogel war. Der Arme war halbtot. Was, wenn es ein Weibchen ist, das für seine Jungen sorgen muss? Findest du es in Ordnung, sie einfach zu trennen?«

Helen wusste nicht, warum sie das gesagt hatte, allerdings hätte sie nicht erwartet, dass ihre Worte einen solchen Eindruck auf den jungen Mann machen würden. Im ersten Moment wirkte er erschrocken, dann sah er sie tieftraurig an, und schließlich wandte er sich ab und blickte zu den grün gesprenkelten Hügeln hinüber. Als er sie wieder ansah, hatte er Tränen in den Augen.

Er zog sich ein paar Schritte zurück, setzte sich neben den Feigenbaum auf die Erde und stützte die Stirn in die Hände. Unschlüssig, was sie tun oder sagen sollte, setzte Helen sich neben ihn. Dann dachte sie, es wäre doch besser, zu gehen, vielleicht musste er ein wenig allein sein und weinen. Sie hob ihr Brennholz wieder auf und machte sich auf den Weg. Nach etwa zwanzig Metern jedoch blieb sie stehen und drehte sich um. Er saß noch immer am selben Fleck, als hätte nun er die Stelle des gefangenen Vogels eingenommen. Sie zögerte einen Moment, dann ging sie zu ihm zurück.

Als er aufstand und sich die Tränen aus den Augen wischte, fühlte Helen die gleiche Freude wie in dem Moment, in dem der Vogel vor ihr aufgeflattert und davongeflogen war.

Der Mann sah sie an. »Meine Frau ist vor kurzem gestorben und hat meinen kleinen Sohn zurückgelassen. Sie starb, während sie ihn stillte. Deine Worte waren für mich Salz in der Wunde.«

»Oh, das tut mir leid. Das ist wirklich traurig!«, antwortete Helen, und das Holzbündel fiel ihr aus der Hand.

Er hob es für sie auf. »Ich trage das für dich.«

»Danke, aber es ist zu weit bis zu mir nach Hause. Ich wohne nämlich dort oben auf dem Berg.« Sie wies die Richtung mit der Hand.

»Das macht nichts. Ich wäre euch allerdings dankbar, wenn ihr dort einen Schluck Wasser für mich hättet.«

»Wir haben auch Shinina, wenn du magst.«

Er nickte. In seinen Augen glitzerten noch immer Tränen.

Eine Stunde lang liefen sie schweigend durch das unwegsame Gebirge. Helen war daran gewöhnt, sie stieg mit ihrer Freundin Amina öfter ins Tal hinab, sei es zum Spaß, sei es, um mit ihr die Schafe zu hüten oder Wasser oder Brennholz zu holen. Heute fiel ihr das Gehen besonders leicht, sie hatte ja die Hände frei. Immer höher stiegen sie auf den Berg mit seinen schroffen Felsen, die ihr jedoch so vertraut waren wie die Fältchen in den Gesichtern ihrer Großeltern. Nach etwa fünfhundert Metern sagte Elias atemlos: »Ich wusste gar nicht, dass es auf dem Berg Ackerflächen gibt.« Helen blieb vor einem Tomatenstrauch am Wegesrand stehen und pflückte eine der roten Früchte. »Möchtest du?«

Elias setzte das Feuerholz auf einem großen Felsen ab und nahm ihr die Tomate aus der Hand. »Danke! Könnten wir hier vielleicht ein Päuschen einlegen?«

Sie setzte sich auf einen großen, flachen Felsen. Er ließ sich neben ihr nieder und betrachtete die kleinen Sträucher, die zwischen den Steinen wuchsen. Dann sah er sie an. »Von weitem habe ich diesen Berg immer im Blick«, sagte er. »Aber es ist mir nie eingefallen hinaufzusteigen.«

»Kommst du von weit her?«

»Aus Mosul. Ich heiße Elias.«

Er erwartete, dass sie sich ebenfalls vorstellen würde, doch stattdessen stieß sie nur einen schrillen Pfiff aus.

Er fuhr zusammen, aber sie erklärte ihm, sie habe nur ihrer Familie mitteilen wollen, dass ein Gast im Anmarsch sei. Sie erhob sich wieder und er ebenfalls. Im selben Moment wand sich vor ihren Augen eine große Schlange vom Stamm eines Bäumchens. Elias zog Helen an der Hand zurück und schrie: »Vorsicht!«

Aber Helen lachte nur und sagte: »Keine Angst! Ich nehme die Schlange mit nach Hause. Sie bringt Glück.«

Als sie auf das Tier zuging, rief Elias: »Nein, um Gottes willen, ich habe Angst vor Schlangen!«

Einen Moment später schien er seine Worte zu bereuen und korrigierte sich: »Ich habe nicht wirklich Angst vor Schlangen, aber ich weiß nicht, wie ich mich ihnen gegenüber verhalten soll. Ich habe noch nie eine in freier Natur gesehen.«

»Nicht weiter schlimm, du wirst bei uns noch viele zu Gesicht bekommen. Aber sie sind alle harmlos.«

Sie gingen weiter, und schließlich sagte sie: »Gleich sind wir da.«

Sie führte die Finger zum Mund und stieß einen weiteren Pfiff aus, der anders klang als der erste. Es dauerte nicht lange, und ein noch lauterer und kürzerer Pfiff kam zurück.

»Das ist mein Vater«, sagte sie, »er hat mir geantwortet, dass er dich willkommen heißt.«

Elias erklärte ihr, dass er von der ganzen Gegend nur die grasbewachsene Ebene kannte, zu der er sich immer aufmachte, wenn er Chukarhühner fangen wollte. Anschließend verkaufte er sie in Mosul, um sich ein Zubrot zu den Honoraren zu verschaffen, die er für seine Zeitschriftenartikel bekam. Manchmal wurden seine Artikel eben nicht gedruckt, dann verdiente er sein Geld damit, Vögel zu jagen und anschließend zu verkaufen. »Aber dass es hier oben in den Bergen noch Leben gibt, hätte ich nicht erwartet«, sagte er und machte einen Bogen um eine weitere Schlange, die auf einem Baumstumpf lag.

Als sie den Berg auf der anderen Seite wieder hinabstiegen, wurden ihre Schritte automatisch schneller. Ganz plötzlich hatte sich vor ihnen die weite grüne Fläche eines Tals aufgetan, die sie überqueren mussten, um in das zum Stamm Halliqi gehörende Dorf zu gelangen. Dieser lebte hier schon seit eh und je, niemand hätte sagen können, seit wann, genauso wenig wie sie das Alter ihrer knorrigen Bäume hätten nennen können. Im Laufe der Jahrhunderte hatte sich in der Welt viel verändert, nicht jedoch in der Gegend um Halliqi. Zumindest gab es dort bis zu Elias' Ankunft an jenem Tag im Sommer 1999 weder Telefon noch Internet noch Strom. Wasser holte man aus verschiedenen Quellen, die verstreut um das Dorf herum lagen. Dass die Menschen in den Dörfern im Umkreis seiner Stadt noch sehr einfach lebten, wusste Elias, aber wie primitiv ihre Lebensweise speziell in der Gegend um das Tal Halliqi noch war, überraschte ihn doch. Sie kam ihm regelrecht phantastisch vor, kaum glaubhaft inmitten der lauten Welt des ausgehenden zwanzigsten Jahrhunderts.

Die Nachrichten aus der Welt beschränkten sich für sie auf das, was jemand wie Elias aus der Stadt mitbrachte. Deshalb wurden immer gleich die Nachbarn herangepfiffen, um den Gast willkommen zu heißen und die neuesten Nachrichten zu hören, gleichsam wie aus dem Radio. Danach gingen sie alle zurück zum Schafehüten, zu ihren Handwerken oder ihrer gegenseitigen Sorge füreinander. Wenn etwa jemand am Abend sah, dass bei einem Haus kein Feuer im Lehmofen brannte, brachte er sofort Brot dorthin. Ein erloschener Backofen konnte nur bedeuten, dass die Familie kein Mehl hatte.

Elias würde sich bald fragen, ob die Leute hier stets so gute Laune hatten, weil sie von den Nachrichten über die lokalen und weltweiten Katastrophen verschont blieben oder eher wegen ihrer beschaulichen Lebensweise. Sie wurden morgens nicht vom Wecker geweckt, sondern von Vogelgezwitscher, und es gab bei ihnen weder feste Arbeitszeiten noch Türschlösser. Sie hielten ihre Haustür stets offen, für die Sonne und für Besucher. Selbst die wiederkehrenden Kriege im Lande hatten das Halliqi-Tal nicht stärker berührt als irgendwelche Nachrichten aus fernen Ländern. Wenn die Menschen in Halliqi von solchen Dingen hörten, klatschten sie einmal in die Hände und schüttelten so mitleidig wie missbilligend den Kopf. Polizei, Sirenen, Gefängnisse, Autoabgase, all dies gab es hier nicht. Die Kinder spielten draußen, und ihre Eltern hatten weder Angst, dass sie verlorengingen, noch dass Fremde ihnen etwas antun könnten. Es gab im Halliqi-Tal auch gar keine Fremden, genauso wenig wie Geheimnisse. In diesem abgelegenen, von den guten wie den schlechten Seiten der Welt abgeschnittenen Fleckchen Erde wussten alle von allen alles.

Die Flöte auf der als Tisch dienenden Holzplatte in der Ecke des großen Wohnraums war das Erste, was Elias in Helens Elternhaus auffiel. Gleich bei ihrer Ankunft hatte ihr Vater ihn zur Begrüßung wie einen Verwandten auf beide Wangen geküsst. Helens Mutter hatte ihm die Hand gereicht, die er daraufhin geküsst hatte, wie man es auf dem Dorf bei älteren Frauen tat. Sie lud ihn ein, sich auf den Boden zu setzen, besser gesagt auf eine Matratze mit einem aus verschiedenen bunten Stoffflicken genähten Überzug. Die übrigen Matratzen im Raum waren alle hellbraun. Elias zog sich an der Tür die Schuhe aus und setzte sich. Vor ihm an der Wand hing ein gerahmtes Stickbild. Es zeigte Figuren mit erhobenen Händen, über ihnen Sterne in verschiedenen Größen. Elias wusste damals noch nicht, dass Helen solche Bilder verfertigte. Als eines der wenigen Mädchen im Dorf, die zur Schule gegangen waren, hatte sie die Kreuzstichstickerei im Kunstunterricht gelernt. Die nächste Schule lag im Dorf Sinouni, mindestens vier Stunden von Halliqi entfernt. Man lief zuerst drei Stunden zu Fuß bis auf die Ebene und fuhr von dort noch einmal mindestens eine Stunde mit dem Auto. Helens Onkel Murad war derjenige gewesen, der vorgeschlagen hatte, Azad und Helen in dieser Schule anzumelden, an der er selbst unterrichtete. Helens Mutter war anfangs dagegen gewesen, sie meinte, der Weg sei zu weit, und der Unterricht wäre wahrscheinlich schon vorbei, bevor sie überhaupt in der Schule ankämen. Aber Murad hatte sie überzeugen können, indem er vorschlug, die Kinder nur drei Tage in der Woche zum Unterricht gehen und an den übrigen Tagen zu Hause lernen zu lassen. Schülern aus abgelegenen Dörfern gestattete man dies. Außerdem bot Murad ihnen an, an den Unterrichtstagen bei ihm zu übernachten. So konnten sie zusätzlich Zeit mit ihren Großeltern verbringen.

Helen mochte die Schule weniger wegen des Unterrichts als wegen des Wegs dorthin, der morgens mit dem Ritt auf einem Esel begann. Er trug sie und Azad an den Fuß des Berges, wo Onkel Murad sie mit seinem Pick-up abholte. Von ihrem Platz auf der offenen Ladefläche aus sahen sie die Häuser an sich vorbeifliegen. Bei jedem Schlagloch wurden sie in die Höhe geschleudert, und wenn einer von ihnen vornüber oder nach hinten kippte, lachten sie. Am Ende des Tages gab ihr Großvater ihnen ein paar Süßigkeiten. Oft wurde er von der Großmutter dafür getadelt. »Sie sind damit schon satt und essen nichts Richtiges mehr.« Helen lernte von ihrem Großvater das Kartenspiel Conquian, Azad dagegen ging lieber mit Onkel Murad nach draußen.

Nach der Primarstufe hörten sie mit der Schule auf, aber Helen malte weiter. Ihre Bilder und farbigen Stickereien waren in der ganzen Gegend bekannt.

Elias betrachtete noch immer das Bild im Wohnraum, als Helen ihm einen Eimer Wasser brachte, damit er sich Hände und Gesicht waschen konnte. Einem Wink von ihr folgend setzte er sich auf eine Bank vorm Haus. Er öffnete die Hände, und sie goss ihm Wasser hinein. Als er sich fertig gewaschen hatte, reichte sie ihm ein weißes Handtuch. Im selben Moment stieß Helens Vater mehrere laute Pfiffe aus. Dann drehte er sich zu Elias um. »Ich habe gerade bekannt gegeben, dass es heute Abend Ihnen zu Ehren hier eine Feier gibt, damit auch unsere Nachbarn Sie sehen und willkommen heißen können.«

»Das ist eine große Ehre, aber ich möchte Ihnen keine Umstände machen. Außerdem sehe ich unterwegs nichts mehr, wenn es dunkel ist«, sagte Elias.

»Wir treffen uns immer mit den Nachbarn, erst recht, wenn wir jemanden zu Gast haben. Unsere Freunde mögen das sehr«, erklärte Helens Vater. »Außerdem erwarten wir von Ihnen, dass Sie bei uns übernachten. Wir können Sie doch nicht den nächtlichen Gefahren des Weges aussetzen. Am besten bricht man morgens nach Sonnenaufgang auf. Der Tag hat Augen, wie man sagt.«

»Ich fürchte, meine Schwester würde sich Sorgen machen. Sie passt nämlich auf meinen Sohn auf, und ich wollte ihn heute noch abholen. Sonst würde ich gerne noch länger bleiben. Wie wäre es denn, wenn ich in ein oder zwei Tagen noch einmal wiederkäme?«

»In drei Tagen wäre es noch besser, dann feiern wir das Fest der Vögel. Sie könnten beim feierlichen Verbrennen der Käfige mitmachen. Haben Sie unsere Vögel auf Ihrem Weg hierher gesehen? Sie fliegen sehr niedrig und entfernen sich ungern weit von ihrem Brutplatz. Leider haben wir das Problem, dass hin und wieder aus den umliegenden Dörfern und Städten Jäger kommen und Fallen für diese Vögel aufstellen«, sagte Helens Vater.

Elias warf Helen einen flüchtigen Blick zu und senkte den Kopf. Auch sie sah zu Boden.

»Komm, Helen!«, rief ihre Mutter aus der Küche. Es war das erste Mal, dass er ihren Namen hörte. Er wusste nicht, warum er sich so darüber freute.

Helen kam mit einem Tablett aus der Küche zurück und bot ihm Shinina und ein paar Feigenplätzchen an.

Elias fand sie köstlich. »So etwas Gutes wie dieses Gebäck habe ich im Leben noch nicht gegessen.«

Ramziya, Helens Mutter, setzte sich aufrecht. »Die mache ich selbst. Jeden Monat kommt ein Händler aus Sinjar und kauft sie mir in großen Mengen ab, um sie in den umliegenden Suks zu verteilen.«

»Sogar in den Suks von Bagdad und Mosul!«, sagte Shammo, Helens Vater.

»Von nun an werde ich in den Suks von Mosul danach suchen und an Sie alle denken«, sagte Elias mit einem Blick zu Helen, die neben ihrem Vater saß. Er stand auf, um zu gehen.

»Warten Sie noch einen Moment!«, sagte Shammo und eilte in die Küche.

Elias lächelte Helen an, die sich ebenfalls erhoben hatte. Sie sah ihrer Mutter sehr ähnlich. Besser gesagt war sie eine moderne Ausgabe ihrer Mutter, denn sie trug weder deren runde weiße Kopfbedeckung noch das traditionelle weite Gewand, das mit einem Baumwollband um die Taille zusammengehalten wurde, sondern einen langen Rock mit Baumwollbluse. Ihr kaffeebraunes Haar fiel ihr in lauter kleinen Löckchen auf die Schulter. Wie ihre Mutter war sie mittelgroß, aber schlanker.

Shammo kam mit zwei großen Tüten voller Feigenplätzchen, einer Kette aus getrockneten Feigen und dazu einer in eine durchsichtige Plastiktüte verpackten Feigentorte in Form eines großen Vogels zurück.

»Das ist zu viel«, protestierte Elias. Aber Shammo bestand darauf, ihm die Tüten zu geben.

»Danke sehr!«, sagte Elias.

»Ya halla – aber gern«, erwiderte Shammo.

»Vielleicht ist das zu schwer, wenn man zu Fuß geht, Vater«, warf Helen ein.

Ihr Vater überlegte, meinte schließlich: »Ich weiß eine Lösung!«, und verließ eilig den Raum.

Als er wenige Minuten später zurückkam, zog er einen Esel hinter sich her.

»Dieser Esel kennt sich hier aus. Jedes Mal trägt er unsere Gäste nach Hause und kommt dann wieder zurück«, sagte Shammo und tätschelte dem Tier den Rücken. »Sie können ihn reiten und die Tüten an ihm festbinden, und wenn Sie am Fuß des Berges angekommen sind, lassen Sie ihn einfach frei. Er findet von allein zurück.«

Als Elias aufgesessen hatte, winkte er ihnen noch einmal zu. »Auf Wiedersehen!«, rief er.

»Ya halla!«, erwiderte Shammo.

In Halliqi sagt man nicht »Auf Wiedersehen!«, sondern nur »Marhaba!« oder »Ya halla!«

5. ROT

Nachdem Elias von dem Esel abgestiegen war und ihn wieder den Berg hochgeschickt hatte, stellte er sich an den unbefestigten Weg und wartete auf ein Auto, das ihn bis zur Asphaltstraße mitnehmen würde. Dabei drehte er sich noch mehrmals nach dem Esel um und vergewisserte sich, dass er den richtigen Weg nahm, bis er seinen Blicken entschwunden war. Nach einer Viertelstunde sah er von weitem ein Auto kommen, hob die Hand und winkte. Der Wagen wurde langsamer und blieb vor ihm stehen.

»Wohin möchten Sie?«, fragte der Fahrer. Er hatte eine Zigarette zwischen den Lippen und einen dicken Schnurrbart.

»Ich wäre Ihnen sehr dankbar, wenn Sie mich bis zur Hauptstraße mitnehmen könnten.«

»Steigen Sie ein!«

Elias setzte sich neben den Fahrer, der sofort Gas gab, so dass das Auto mit einem Ruck anfuhr. »Ich fahre nach Sinouni«, sagte er. »Hilft Ihnen das weiter?«

»Sehr. Da gibt es einen Busbahnhof, wo ich einen Bus nach Mosul nehmen kann.«

»Gut, dann bringe ich Sie zum Busbahnhof.«

»Hoffentlich macht Ihnen das keine Umstände!«

»Kein Problem. In einer knappen halben Stunde sind wir da.«

»Das ist sehr nett!«

»Halla!«, erwiderte der Fahrer und blies eine große Rauchwolke in die Luft.

»Sind Sie hier aus der Gegend?«, fragte Elias.

»Aus dem Dorf Hardan. Kennen Sie das?«

»Ich habe davon gehört.«

»So einen Ort gibt es nicht noch einmal auf der Welt, meine Zeit!« Der Fahrer inhalierte den Rauch und blies ihn dann in die Luft.

»Kennen Sie das Dorf Halliqi?«, fragte Elias.

»Ja. Auch eine schöne Gegend, aber sehr abgelegen, ganz am Rande des Landes. Man findet es nicht mal auf der Landkarte! Es gibt dort viele Feigenbäume.«

»Und Chukarhühner«, sagte Elias.

»Die Chukarhühner lieben Feigen, deshalb sammeln sie sich dort. Es heißt, sie singen so bezaubernd, weil sie high sind von all den leckeren Feigen«, sagte der Fahrer und seufzte: »Meine Zeit!«

»Ich komme gerade von da. Zum ersten Mal bin ich bis ins Dorf hinaufgestiegen. Es hat mir sehr gefallen.«

»Die Leute dort sind unvergleichlich. Sie heißen einen immer willkommen, egal ob man ein Fremder oder Verwandter ist. Sie haben auch unvergleichlichen Joghurt da oben, meine Zeit!«

»Ja, das stimmt!«

Der Fahrer warf seine Zigarette aus dem Fenster und zündete sich sofort eine neue an. »Wen kennen Sie denn da oben?«, fragte er.

»Eine Familie, der ich gerade zum ersten Mal begegnet bin. Der Vater heißt Shammo und seine Frau Ramziya.«

»Shammo, der Beschneider?«

»Ob er Beschneider ist, weiß ich nicht.«

»Doch, doch. Wer kennt ihn nicht? Ein wunderbarer Mensch!«

»Ja, das ist er.«

Der verbissene Gesichtsausdruck des Fahrers stand nach Elias' Empfinden in einem gewissen Widerspruch zu seinem fröhlichen Gemüt und seiner Art, ständig »Meine Zeit!« zu sagen. Dabei wurde sein Gesicht bei jedem Zug aus seiner Zigarette noch ein Stück finsterer. Nachdem er sie ebenfalls aus dem Fenster geworfen hatte, schaltete er das Radio an. Der Anfang eines Lieds drang heraus: »Deine Liebe fiel wie Regen in mein Herz …«, aber der Fahrer schaltete auf einen Nachrichtensender um. Elias hätte das Lied gern zu Ende gehört, aber es wäre ihm peinlich gewesen, den Fahrer darum zu bitten. Mit ernster Stimme sagte der Sprecher: »Dem letzten UNICEF-Bericht zufolge ist die Kindersterblichkeit im Irak höher als in jedem anderen Land der Welt. Trotzdem beschloss der UN-Sicherheitsrat die Aufrechterhaltung des Wirtschaftsembargos gegen den Irak. Damit stimmte der Rat innerhalb der letzten neun Jahre vierzigmal über diese Resolution ab.« Nach einer kurzen musikalischen Unterbrechung fuhr der Sprecher fort: »Der Irak hofft auf eine Teilnahme seiner Nationalmannschaft an den Olympischen Spielen im Jahr 2000 in Sydney. Heute spielt sie im Rahmen der dritten asiatischen Gruppe gegen Jordanien, und zwar im König-Abdullah-II.-Stadion in Amman.« Zum Abschluss der Nachrichten berichtete der Sprecher: »In diesem Sommer wird die weltweit letzte Mondfinsternis des zwanzigsten Jahrhunderts zu sehen sein. Das Phänomen wird sich über drei Stunden hinweg in Europa, Indien und dem Nahen Osten verfolgen lassen. Der Irak und Syrien sind dabei die einzigen arabischen

Länder, in denen eine vollständige Mondfinsternis zu beobachten ist. Die beste Aussicht darauf hat man in der Ninive-Ebene.«

»Oh, eine Mondfinsternis! Da müssen wir uns vorbereiten«, sagte der Fahrer und machte eine Vollbremsung, weil ein Schaf über die Straße lief. Elias wurde erst nach vorn geschleudert und dann in seinen Sitz gedrückt. »Ob es wohl verlorengegangen oder von seiner Herde weggelaufen ist?«, fragte er.

Er hatte gar keine Antwort erwartet, aber der Fahrer erwiderte lachend: »Oder es geht bloß mal allein ein bisschen frische Luft schnappen.«

Danach blieben sie längere Zeit still. Elias ließ den Blick über die weiten, brach liegenden Landflächen neben der Straße schweifen.

»Ich muss tanken«, sagte der Fahrer plötzlich und bog in die Zufahrt zu einer Tankstelle.

Elias stieg aus, ging in den dazugehörigen Laden und kam mit zwei Flaschen Coca-Cola und zwei Tütchen gesalzenen Pistazien wieder heraus, um sie mit dem Fahrer zu teilen.

»Ich liebe Pistazien«, sagte dieser.

»Meine Zeit!«, wollte Elias schon sagen, aber er beschränkte sich auf ein Lächeln.

Am Busbahnhof angekommen, bedankte er sich und rannte zu einem Kleinbus mit achtzehn Sitzen. Der Fahrer stand daneben und rief unaufhörlich: »Yallah, noch zwei Personen!«

Elias stieg ein, gefolgt von einer Frau mit einer großen Plastiktüte in der Hand. Der Fahrer wartete noch, bis sie auf ihrem Platz war, was eine Weile dauerte. Unter ihrem blauen Kopftuch lugten ein paar graue Haarsträhnen hervor, sie hatte einen krummen Rücken und trug trotz der Hitze eine langärmelige Jacke. Keine drei Minuten nach der Abfahrt rief sie dem Fahrer zu: »Wo ist das Hauptquartier der Soldaten?«

»So etwas gibt es hier nicht, Tantchen«, sagte der Fahrer. »Wo möchten Sie denn hin?«

»Ich weiß nicht. Der Haddschi ist verstorben, und sein letzter Wille war, dass die Tüte wieder ins Hauptquartier gebracht wird.«

»Was für eine Tüte?«, fragte der Fahrer.

»Die hier. Da ist alles drin, die Khaki-Uniform, der Helm, der Gürtel und die Stiefel. Er hat sie sein Leben lang getragen. Jetzt sind sie ja nutzlos.«

»Wie können Sie so etwas sagen, Tantchen?«, fragte der Fahrer und wechselte die Spur, um einem langsameren Fahrzeug auszuweichen. »Was ist denn mit Kampf, Patriotismus, Opfermut?«

»Keine Sorge, mein Sohn, alles in der Tüte. Sie brauchen mich nur dort hinzubringen.«

Als sie die letzte Haltestelle anfuhren, fragte die Frau: »Sind wir da?«

»Die Arme«, sagte Elias' Sitznachbar zum Fahrer, »bringen Sie sie doch wieder nach Hause, das Fahrgeld übernehme ich.«

Elias klingelte bei seiner älteren Schwester Sana. Als sie öffnete, reichte er ihr als Erstes eine Tüte Feigengebäck.

»Wo hast du denn das her?«, fragte sie.

»Aus dem Dorf Halliqi.«

»Davon habe ich noch nie gehört.«

»Ich wusste bislang auch nichts von seiner Existenz. Allerdings ist es ein ganz besonderes Dorf.«

»Aber was hat dich denn dahin geführt, Bruder?«

»Ein Chukarhuhn. In drei Tagen gehe ich wieder hin, dann müsste ich Yahya noch mal bei dir lassen. Geht das?«

»Natürlich geht das. Da hast du dir wohl eine große Jagd vorgenommen!«

»Nein, ich jage keine Vögel mehr.«

Sie sah ihm in die Augen. »Du bist seltsam heute«, sagte sie. »Was willst du denn sonst dort?«

»Ich werde mit den Leuten dort das Fest der Vögel feiern, und vielleicht schreibe ich einen Artikel über diese besondere Zeremonie.«

Im selben Moment schaltete sich geräuschvoll die Klimaanlage ein und blies erst heiße, dann kalte Luft in den Raum. »Gott sei Dank«, sagte Sana, »der Strom ist wieder da! Wir sind fast umgekommen vor Hitze.«

In einer Ecke des Zimmers spielte der acht Monate alte Yahya mit seiner drei Jahre älteren Cousine Rula. Sie wedelte ihm mit einem Fächer aus Stroh Luft zu, und er riss ihn ihr aus der Hand und steckte ihn in den Mund. »Eh!«, sagte sie. Elias kniete sich zu den beiden auf den Boden. »Mach die Augen zu!«, sagte er zu Rula, und als sie es tat, legte er ihr die Feigenkette um den Hals.

»Rate mal, was das ist!«

Mit geschlossenen Augen befühlte sie die Kette. »Was ist es denn, Onkel?«

Sie öffnete die Augen wieder, und er sagte: »Diese Kette kann man essen.«

»Die ganze oder nur eine?«, fragte sie.

Ihre Mutter Sana kam dazu. »Immer nur eine, mein Schatz!«, sagte sie und flüsterte Elias zu: »Ich wette, diese Kette wird bald verschwunden sein.«

Sana war 1995 aus dem Distrikt Sinjar nach Mosul gezogen, nachdem ihr Mann Karim eine Stelle im Sekretariat der Universität angetreten hatte. Ein Jahr später waren Elias und seine Frau ihnen gefolgt. Die Familie seiner Frau wohnte ebenfalls in Mosul, und weil er auf Honorarbasis von zu Hause aus arbeitete, war er mobil. Wenn er daran zurückdachte, wie seine Frau gestorben war, während sie Yahya die Brust gab, kamen ihm jedes Mal die Tränen. Sie hatte über Herzbeschwerden geklagt, meinte aber, sie wären in ein, zwei Minuten bestimmt wieder verschwunden. Stattdessen starb sie, und das Neugeborene auf ihrem Schoß weinte, als verstünde es, was geschah.

Jetzt nahm er Yahya auf den Arm und ging mit ihm zu seinem Haus zwei Straßen weiter. Dort legte er den Jungen in sein Bettchen und sich selbst in sein eigenes Bett daneben. Augenblicklich trugen seine Gedanken ihn zurück ins Halliqi-Tal. Als er Helen vor seinem inneren Auge sah, lächelte er vor Freude.

Im Morgengrauen erwachte er, weil Yahya weinte, und machte ihm schnell seine Milch. Seltsamerweise hatte er, als er, von Yahya geweckt, die Augen aufschlug, sofort wieder Helen im Kopf. Auch beim Füttern seines Sohnes dachte er an sie. Er wäre gern wieder neben ihr hergelaufen, selbst in Begleitung einer Schlange. Er plante, später noch in den Suk zu gehen, um ein Geschenk für ihre Familie zu kaufen. Zuerst dachte er an ein paar Süßigkeiten, die er Helen zu probieren geben wollte. Aber dann überlegte er es sich anders, denn etwas Essbares wäre ja irgendwann verschwunden, und er wollte ihnen gern etwas Bleibendes schenken. Allerdings hatte er keine Idee, was das sein könnte.

Mit Yahya auf den Schultern streifte Elias den halben Tag durch den Suk al-Saray und suchte nach einem Geschenk. Es war ein heißer Sommertag, aber die hohen, mit Ornamenten geschmückten Decken des Suks schützten die Einkäufer vor der Sonne. Elias lief durch die Gewölbegänge auf der rechten und auf der linken Seite. Schließlich legte er im Café Hadba, das für seinen frischgepressten Granatapfelsaft mit gemahlenen Walnüssen bekannt war, eine Pause ein. Als der Kellner vor der Theke klirrend mit einem Teelöffel an ein Glas klopfte, musste Yahya lachen. Dadurch wurde der Kellner auf ihn aufmerksam, und er kam an ihren Tisch. Er fuhr dabei fort, an das Glas zu klopfen, und schäkerte mit Yahya, der nicht aufhören wollte zu glucksen. Elias bestellte Tee für sich und Granatapfelsaft für Yahya.

»Schmeichle du meinen Augen …!«, sang der Kellner nun für das Kind.

Dazu drang aus einem großen Radio Nazem al-Ghazalis Stimme: »Du mit den schwarzen Augen!«, doch noch ehe das Lied zu Ende war, war Elias schon aufgestanden und hatte Yahya wieder auf den Arm genommen. Er zahlte schnell und ging, denn nun wusste er endlich, was er kaufen wollte. Nachdem er den Suk al-Saray verlassen hatte, lief er durch die Al-Hammam-Gasse zum Jabbar-Markt für neue und gebrauchte Geräte. Wie erwartet, war schon von draußen Nazem al-Ghazalis Stimme zu hören. Der Inhaber war für seine Liebe zu diesem Sänger bekannt und legte nie etwas anderes auf. Im Innern des Geschäfts standen rechts vom Eingang ein antikes, ein Meter langes, mit Schnitzereien versehenes Truhenradio sowie weitere große Apparate der Marken Philips und Marconi, offenbar allesamt eher für dekorative Zwecke gedacht als für den täglichen Gebrauch. Auf der linken Seite jedoch waren kleinere, praktischere Geräte ausgestellt. Elias suchte ein rotes Radio der lokalen Marke Al-Qithara aus und ging damit zur Kasse. Dort hörte er einen Kunden, der das gleiche Modell in weißer Farbe in der Hand hielt, den Ladenbesitzer fragen: »Wie viel kostet dieser Knistermann?«

»Siebzigtausend Dinar«, erwiderte der Verkäufer. »Knistern tut das Gerät nur unmittelbar nach dem Einschalten, das hört wieder auf. Ein ausländisches Radio kostet das Doppelte.«

Als Elias an der Reihe war, sagte er grinsend: »Einen Knistermann mit Batterien, bitte!«

In der Nacht schlief Elias erst um zwei Uhr ein. Vielleicht hatte er zu viel Tee getrunken, als er nach Mitternacht seinen neuen Artikel in Angriff genommen hatte. »Über dem Dorf Halliqi wirkt die Morgensonne so frisch und jung, als sei dies der erste Ort auf der Welt, den sie bescheint«, hatte er geschrieben. »Bei Sonnenuntergang sammeln sich die Schatten unter den Bäumen und zwischen den Häusern, und ein leises Lüftchen weht, so dass man auf Ventilatoren verzichten kann. Die Gegend bezaubert bei aller Schroffheit mit ihrer vielfältigen Natur, mit Hügeln, Tälern und Felsen und mit Quellen, die wie heimliche Empfindungen im Untergrund dahinströmen. Beim Entdecken dieser Schönheiten gerät man in einen regelrechten Rausch, als hätte man von einem uralten Geheimnis erfahren, das dazu angetan ist, das ganze Leben umzukrempeln. Innerhalb dieses Dorfes dagegen hat sich das Leben in den vergangenen Jahrhunderten so gut wir gar nicht verändert. Um das Dorf auf einer Landkarte zu dokumentieren, müsste man es in die Nordwestecke des Sinjar-Gebirges zeichnen, auf eine Hügelkette mit Aussicht ins Tal in der Nähe der syrischen Grenze.«

Hier hatte er aufgehört und beschlossen, den Artikel im Anschluss an seine für den folgenden Tag geplante Reise fertig zu schreiben. Allerdings war er nicht auf die Idee gekommen, dass Yahya am nächsten Morgen Masern haben könnte. Er war ein ruhiges Kind, das nie grundlos weinte, aber diesmal vergoss er viele Tränen, denn er hatte roten, juckenden Ausschlag am ganzen Körper und außerdem Fieber. Elias rannte mit ihm zum Arzt. Der verschrieb ein fiebersenkendes Mittel und sagte, Yahya brauche mindestens eine Woche Pflege, bis er wieder gesund wäre.

Zu Elias' Erleichterung ging es ihm von Tag zu Tag besser, und bald konnte er wieder mit ihm spielen. »Musstest du denn ausgerechnet jetzt deine Masern bekommen, Schatz?«, neckte er ihn.

Wenn das Kind schlief, flogen Elias' Gedanken sofort zu Helen: Ob sie wohl auch so viel an ihn dachte wie er an sie? Hatte sie ihn vermisst, weil er seine Verabredung nicht eingehalten hatte? Aber warum sollte sie ihn vermissen, sie hatte ja kaum Zeit mit ihm verbracht! Allerdings hatte er sie ja auch nicht länger gesehen, wie also war es bei ihm so weit gekommen?

Die ganze Woche ging Elias nicht aus dem Haus. Am achten Tag kam Sana vorbei. Schon an der Tür fragte sie: »Warum bist du denn nicht gekommen, um mir Yahya zu bringen? Rula fragt auch schon nach ihm.«

»Er hatte Masern, und die sind ansteckend«, erwiderte er und führte sie in die Küche, denn er war gerade dabei zu kochen. Yahya saß in seinem Hochstuhl dabei. »Jetzt geht es ihm wieder gut. Der Arzt will ihn sich am Montag noch mal ansehen, um sichergehen, dass er wirklich ganz gesund ist.

Wenn alles gut geht, bringe ich ihn dir am Dienstag ganz früh am Morgen, damit ich ins Dorf aufbrechen kann, bevor es zu heiß wird.«

Sana lief zu Yahya in seinem Hochstuhl. Sein Gesichtchen war ganz mit Brei verschmiert. »Er hat nichts, er sieht doch richtig rosig aus«, meinte sie.

»Hättest du ihn mal vor einer Woche gesehen! Da war er eine feuerrote Rose!«

Am Abend brachte Elias seinen Sohn ins Bett und setzte sich auf das Bett daneben, um über das Bergdorf nachzudenken, das den Besucher hundert Jahre in die Vergangenheit versetzte. Das Fest der Vögel hatte er verpasst. Ob er sie trotzdem besuchen konnte? Und was das Wichtigste für ihn war: Würde Helen sich über sein Kommen freuen, oder war er für sie nur ein Besucher unter vielen?

Elias ging in die Küche, wo ein Käfig mit einem Chukarhuhn stand. Es hatte einen kohlschwarzen Strich über den Augen, das übrige Gefieder war in verschiedenen Brauntönen gestreift, und sein Gesang war sehr lieblich. Er hätte es wie die anderen Vögel für einen stattlichen Preis verkaufen können, aber um sich damit zu trösten, hatte er es das ganze Jahr über behalten. Ob Helen und ihre Familie ihm je vergeben würden, wenn sie wüssten, dass er sich einen Vogel in einem Käfig hielt?

Der 10. August 1999, ein Dienstag, war so glühend heiß, wie es im Sommer üblich war, doch diesmal erfüllte die Sonne Elias wie nie zuvor mit Glück und Energie. Sein rotes Geschenk in einem Rucksack auf dem Rücken, marschierte er gen Westen auf die Berge zu.

Bei der Quelle im Halliqi-Tal machte er halt und trank Wasser aus der hohlen Hand. Die Quelle war sein Wegweiser, bei ihr begann der Aufstieg zum Dorf, das von weitem so winzig wirkte, als sei der Weg dahin endlos. Die Häuser des Dorfes sahen aus, als hätte jemand sie akkurat auf den Hang gezeichnet. Auf den ersten Blick war nicht zu erkennen, dass sie aus dem Gestein des Berges gebaut waren. Würfelförmig, mit flachen Dächern, kleinen Fenstern und Türen aus rohem, unlackiertem Holz sahen sie eins wie das andere aus. In gleichmäßigen Abständen standen Bäume zwischen den Gebäudegruppen: Feigen, Mandeln, Eichen, Maulbeeren und Terebinthen. Auf den sanft geschwungenen Hügeln weideten Schafe.

Nach zwei Stunden Marsch setzte sich Elias auf einen Felsen. Ihm war der Verdacht gekommen, dass er sich verirrt haben könnte. Er meinte für den Weg diesmal länger gebraucht zu haben als neulich mit Helen. Als er sich umsah, entdeckte er in geringer Entfernung eine Herde Schafe.

Da lief er hin und fragte die Schäferin: »Weißt du vielleicht, wo Helen wohnt?«

»Das Mädchen Helen, das etwa in meinem Alter ist?«, fragte sie mit wissendem Lächeln zurück. Sie hatte ein Muttermal auf der Wange, und ihr Haar war zu einem langen Zopf geflochten.

»Ja«, antwortete er verlegen.

Sie wies ihm die Richtung mit der Hand. »Siehst du den Hügel da? Dahinter ist ein gepflasterter Maultierpfad, dann kommen Feigenhaine. Da geh hindurch, bis du zu einem Sumachhain kommst. Dahinter wohnt Helen.«

»Danke!«

»Halla!«

Den Anweisungen der Schäferin folgend ging Elias weiter. Er fühlte sich wie in einem wunderbaren Traum. Immer wieder tauchten Vögel vor ihm auf, die Helens Namen sangen, und er rief sich ihr herzförmiges Gesicht in Erinnerung. Eine innere Reinheit spiegelte sich darin wider. Sie erschien ihm beherzt und selbstbewusst, wenn auch ein wenig sonderbar, da sie pfiff und keine Angst vor Schlangen hatte. Von ungewöhnlichem Äußeren, wenn man die üblichen Maßstäbe anlegte, war sie doch durchaus attraktiv. Der Kontrast zwischen ihren honigfarbenen Augen und der weizenfarbenen, fast bräunlichen Haut machte sie eher noch anziehender. Doch jenseits von alldem war da noch etwas ganz Besonderes an ihr, etwas Lebendiges, das er nicht hätte benennen können.

6. ALS DER WAL DEN MOND VERSCHLANG

Elias klopfte nicht an, denn die Tür stand weit offen, und im Inneren regte sich nichts, was auf die Anwesenheit eines Menschen hingewiesen hätte. Nachdem er ein paar Minuten am Eingang gestanden hatte, vernahm er einen ziemlich langen Pfiff. Als er sich daraufhin umdrehte, sah er Helens Mutter Ramziya auf sich zukommen, die linke Hand über den Mund gelegt. Wieder trug sie ihr weites weißes Gewand, das in der Taille mit einem gelben Baumwollgürtel zusammengerafft war, und auf dem Kopf einen runden weißen Turban. Sie begrüßte ihn herzlich, doch bevor er ihren Gruß erwidern konnte, hörte er aus der Ferne einen zweiten Pfiff und dann noch einen in einem anderen Ton, der klang, als bestünde er aus zwei Silben.

»Das ist meine Nachbarin«, sagte Ramziya. »Ich habe sie zum Tee eingeladen, und sie hat mir geantwortet, dass sie gleich kommt. Sie will nur gerade noch fertig machen, was sie angefangen hat.«

»Das ist nett. Aber ich dachte, ich hätte zwei Pfiffe gehört.«

»Ja. Meine Nachbarin wohnt weit weg, deshalb hat meine andere Nachbarin, die uns näher ist, erst ihr meine Einladung und dann mir die Antwort übermittelt.«

Elias lächelte. Diese Pfiffe schienen mit dem Gesang der Chukarhühner zu harmonieren, als wäre das eine der Ursprungston und das andere sein Echo.

»Tut mir leid, dass ich mich um zwei Wochen verspätet habe. Mein Sohn war krank, sonst hätte ich mir die Gelegenheit, das Fest der Vögel mit Ihnen zu feiern, nicht entgehen lassen.«

»Machen Sie sich deshalb nur keine Sorgen! Heute ist schließlich auch ein Feiertag. Wenn ein Gast kommt, haben wir immer Feiertag. Wichtig ist nur, wie geht es Ihrem Sohn?«

»Danke, gut. Er hatte Masern, aber er ist wieder gesund.«

»Gott sei Dank«, sagte Ramziya und wies mit der Hand zum Haus. »Bitte sehr! Shammo ist noch im Sumachhain, aber er kommt gleich nach Hause.«

»Kann ich zu ihm gehen?«, fragte Elias.

»Warum nicht? Bis zum Hain ist es nicht weit. Gehen wir!«

»Ich hätte mich beinahe verirrt, aber eine Schäferin hat mir den Weg durch den Sumachhain zu Ihrem Haus gezeigt«, sagte Elias, als sie unterwegs waren.

»Es gibt nur diesen Sumachhain im Dorf. Früher wuchsen hier Feigen, aber durch fehlende Pflege haben sie sich in Sumach verwandelt.«

»Ich wusste gar nicht, dass Feigen sich in Sumach verwandeln können«, sagte Elias.

»Sumachbäume siedeln sich auf trockenen, vernachlässigten Böden an, wo es Probleme gibt«, erklärte sie. »Deshalb haben wir auch das Sprichwort ›Als die Feigen verschwanden, kam der Sumach‹, um den ungehorsamen Sohn eines klugen Vaters zu beschreiben.«

»Aha, der Sumach ist also eine Problempflanze. Aber er schmeckt gut, vor allem mit Zwiebeln.«

Helens Mutter lachte. »Ja, das stimmt«, sagte sie. »Wir verwenden ihn als Gewürz für viele Gerichte. Manchmal kommt sogar Umm Khairy und holt sich etwas. Sie sagt, es hilft gegen Entzündungen. Sie ist sehr klug, mashaallah! Gegen jede Krankheit hat sie ein Mittelchen.«

»Ist sie Ärztin?«, fragte er.

»Umm Khairy ist die Dorfärztin, auch wenn sie nie zur Schule gegangen ist. Sie hat ihr Wissen von ihrem Vater geerbt. Sie weiß, wie man mit Kräutern heilt. Masern zum Beispiel behandelt sie mit Olivenbaumblättern. Und wenn sie eine Krankheit nicht behandeln kann, gibt sie einem ein Schmerzmittel aus gekochten Kräutern, bis man in die Sinjar-Klinik gebracht werden kann.«

Als sie das Wäldchen betraten, beugte sich Shammo gerade über einen kleinen Busch. Neben ihm stand Azad.

»Komm, Azad, heiße unseren Gast willkommen!«, rief Ramziya.

Nachdem sie sich begrüßt und umarmt hatten, zerrieb Shammo eins der ovalen, spitz zulaufenden Blätter zwischen den Fingern. »Riechen Sie mal!«, sagte er zu Elias.

Elias tat wie geheißen. »Es duftet nach Zitrone«, meinte er und fügte hinzu: »Lassen Sie mich doch heute bei der Gartenarbeit helfen, ich würde gern noch mehr lernen!«

»Nicht jetzt, wir müssen noch das Abendessen vorbereiten und danach den Tee mit den Nachbarn«, sagte Shammo, drehte sich zu Ramziya um und fragte: »Du hast doch den Nachbarn gesagt, dass sie kommen sollen, oder, Ramziya?«

Ramziya nickte und sagte: »Ich gehe schon mal nach Hause, um den Bulgur zu kochen.«

Auch Azad entschuldigte sich: »Ich treffe mich bis zum Abendessen noch mit Dakhil.«

»Wenn Sie mir bei der Gartenarbeit helfen möchten, können wir morgen vor der Mondfinsternis noch einmal herkommen«, sagte Shammo zu Elias.

»Ah, richtig, morgen ist ja der 11. August, der Tag der vollständigen Mondfinsternis!«, rief Elias. »Hier auf dem Berg soll sie am besten zu sehen sein.«

»Ja, so Gott will. Wir werden unser Bestes tun, um den Mond vor dem Wal zu retten«, sagte Shammo und sammelte die kleinen roten Früchte aus den nahe am Boden wachsenden Blütenständen in einen Strohkorb. Zwischendurch hielt er kurz inne, um Elias zu erklären: »Diese frischen Sumachkerne nehmen wir mit. Wir werden sie mit Wasser und Salz besprengen und mit einem Stück Stoff abdecken, das sie aber nicht berühren darf. Dann lassen wir sie ein oder zwei Tage liegen, und wenn sie getrocknet sind, schütten wir sie in ein Sieb, um die Schalen von den Kernen zu reiben. Wenn wir die Kerne entfernt haben, lassen wir die Schalen eine Weile im Schatten liegen, bis sie die schöne rote Farbe bekommen, die Sie kennen. Vielleicht können Sie etwas davon mit nach Mosul nehmen.«

»Ich liebe roten Sumach. Übrigens habe ich ebenfalls ein rotes Geschenk für Sie«, sagte Elias und hob die Tüte in die Höhe.

»Was kann denn das sein? Warten Sie, lassen Sie uns erst nach Hause gehen, damit alle es sehen können«, sagte Shammo lächelnd.

Als sie den Hain verließen, trafen sie, fünf Sträucher vom Haus entfernt, wieder auf Azad. Zusammen mit einem anderen jungen Mann streichelte er eine Schlange. Shammo blieb kurz stehen und erklärte: »Schon als Kinder haben sich Azad und Dakhil mit dieser Schlange angefreundet. Auf dem Nachhauseweg gehen sie jeden Tag bei ihr vorbei, und es ist, als würde sie sie kennen und auf sie warten, denn sie kommt jedes Mal genau auf diesen Zweig herunter.«

»Helen hat mir gesagt, dass die Schlangen hier harmlos sind«, sagte Elias in der Hoffnung, etwas über Helen zu erfahren. Aber Shammo erwiderte nur: »Ja, sie sind harmlos.«

Als sie ins Haus traten, grillte Ramziya gerade Auberginen über einem Kohlenfeuer. Eine Viertelstunde später kam auch Azad herein und lief schnurstracks zu dem Kohlebecken. Er befreite die Auberginen von ihrem Stielansatz und zog die gegrillte Haut ab, während Ramziya Olivenöl in einen großen flachen Topf goss, um die gehäuteten Auberginen darin zu braten. Shammo stieß einen Pfiff aus, von dem Elias sich wünschte, dass er dazu diente, Helen herbeizurufen. Und tatsächlich trat Helen nur wenige Minuten später mit einem Wasserkrug ins Haus. Sie grüßte ihn, verschwand in der Küche und kam mit einem Stapel dünner Brotfladen wieder heraus. Sie besprengte sie zuerst mit Wasser, um sie einzuweichen, und legte sie dann in ein handgeflochtenes Strohkörbchen, das sie zu den übrigen Speisen auf eine Bodenmatte stellte. Shammo holte den Topf mit Bulgur aus der Küche. »Haben wir nicht noch etwas vergessen, Ramziya?«, fragte er, und seine Frau brachte das Sumachpulver.

»Gut so. Bitte sehr, Elias!«, sagte Shammo.

Sie setzten sich um die Matte herum auf den Boden. Die anderen warteten, dass Elias anfing, denn so war es bei ihnen Brauch, wenn sie Gäste hatten. Elias nahm sich etwas Salat, und alle übrigen taten dasselbe. Helen streute sich ein wenig Sumach über ihren Salat, und Elias machte es ihr nach.

»Lassen Sie sich die Auberginen nicht entgehen!«, sagte

Shammo, und Elias nahm sich welche. Sie wickelten ihre Auberginen in die Brotfladen, und Elias machte es auch so.

Als sie fertig gegessen hatten, sagte Elias: »Ich habe Ihnen ein Geschenk mitgebracht. Ich hoffe, dass es Ihnen gefällt.«

Er stellte das rote Qithara-Radio vor sie hin. »Vielleicht bringt Ihnen dies ein wenig Unterhaltung, man kann damit Nachrichten aus der ganzen Welt empfangen.«

Alle wirkten sie sehr aufgeregt, und Elias freute sich, vor allem, als Helen und Azad wieder ins Zimmer kamen, um das Radio zu sehen.

»Es gibt im Dorf nur ein Radio, nämlich das von Aliko«, sagte Ramziya. »Und er ist sehr besorgt darum und erlaubt niemandem, es anzurühren. Er nennt es seinen Zauberkasten.«

Elias drückte die Einschalttaste und drehte am Senderrädchen. Zwischen Störgeräuschen war die Stimme eines Rundfunksprechers zu hören. Elias drehte das Rad hin und her, bis die Stimme klarer wurde. Sie sprach Französisch. »Es kann sogar ausländische Sender empfangen«, sagte Azad.

Elias drehte weiter, bis Demis Roussos' Song »Far away« erklang.

Azad sprang auf und machte ein paar passende Tanzbewegungen. Alle lachten.

»Das ist ein wundervolles Geschenk«, sagte Helen.

»Danke für diesen Zauberkasten, Elias!«, pflichtete Shammo ihr bei.

»Ich freue mich, dass er Ihnen gefällt«, antwortete Elias, froh, das Radio gekauft zu haben, obwohl er in diesem Monat nur wenig verdient hatte.

Als die Sonne unterging, zündeten Azad und Helen jeder eine Laterne an und stellten sie zum Zeichen, dass sie bereit waren, ihre Gäste zu empfangen, vors Haus. Shammo holte den großen Teekessel und setzte ihn vor dem Haus auf ein Becken mit glühender Kohle, daneben stellte er ein großes Tablett mit Teegläschen und eine Zuckerdose.

Die Besucher strömten auf den großen, von Maulbeerbäumen beschatteten Hof, eine Freifläche, wie sie für die abendlichen Zusammenkünfte vor jedem Haus lag. Alle hatten ihre Musikinstrumente mitgebracht. Vorerst jedoch legten sie diese unter einem Maulbeerbaum ab und gingen, sich Tee einzuschenken und miteinander zu plaudern. Die Männer waren größtenteils ähnlich gekleidet, sie trugen weite Hosen, Jacken in derselben Farbe und aus demselben Material sowie breite, verschiedenfarbige Stoffgürtel. Dazu hatten manche weiße Stoffkappen auf dem Kopf. Die jungen Frauen hatten ihr Haar nicht bedeckt, nur die älteren trugen flache Turbane. Shammo ging mit Elias von einem zum anderen, um ihn vorzustellen. Ein junger Mann mit Schnurrbart und dünnem Kinnbart trat zu ihnen und grüßte. »Das ist mein Neffe Abdullah, er wohnt in Sinjar«, sagte Shammo.

Elias erzählte Abdullah, dass er ursprünglich ebenfalls aus Sinjar kam. Wie sie so plaudernd nebeneinanderstanden, war erkennbar, dass sie beide ungefähr gleich groß waren, nämlich etwa einen Meter achtzig, und zudem einen ähnlich hellen Teint hatten. Beide trugen sie ein weißes Hemd und moderne Hosen, Abdullah allerdings eine graue Stoffhose und Elias Bluejeans. Und wäre es Elias gelungen, ein paar Kilo abzunehmen, wäre er vermutlich genauso schlank gewesen wie Abdullah.

»Dies hier ist das Dorf meiner Kindheit«, sagte Abdullah, »deshalb komme ich noch hin und wieder her.«

»Wann bist du denn nach Sinjar gezogen?«

»Vor mehr als zwanzig Jahren. Mein Vater ging dorthin, um mit seinem Bruder Gemüse anzubauen. Er träumte von einem eigenen Garten, aber er starb, bevor er sich diesen Traum erfüllen konnte. Danach habe ich mich bemüht, ihn zu verwirklichen.«

Elias wollte fragen, ob sein Traum inzwischen wahr geworden war, aber Abdullah entschuldigte sich, weil ein anderer Mann nach ihm gerufen hatte. Elias sah zu Helen hinüber. Sie stand neben einem Mädchen, dessen Züge ihm vertraut vorkamen. Wenig später erkannte er sie wieder, es war die Schäferin, die ihm den Weg hierher gewiesen hatte. Er ging zu den beiden, und Helen stellte sie einander vor: »Meine Freundin Amina, Elias, unser Gast.«

Entzückt, seinen Namen aus Helens Mund zu vernehmen, reichte Elias Amina die Hand.

»Vielen Dank, dass du mir den Weg hierher gezeigt hast, als ich mich verirrt hatte!«

»Es gibt hier im Dorf drei Mädchen, die Helen heißen«, sagte Amina. »Aber ich dachte mir schon, dass du meine beste Freundin meintest.«

Alle drei lächelten sie. Ob Helen ihrer Freundin von ihm erzählt hatte?, fragte sich Elias. Empfand sie etwas für ihn? Wusste sie, wie sehr er sich über ihre Gegenwart freute?

Die Besucher ließen sich einer nach dem anderen in zwei Halbkreisen auf dem Boden nieder, einem größeren für die Erwachsenen und davor einem kleineren für die Kinder.

»Zeit, sich hinzusetzen, oder?«, fragte Elias.

»Ja«, erwiderte Helen. »Irgendjemand wird eine Geschichte erzählen, und danach dürfen die Zuhörer ihre Fragen stellen.«

Elias nickte und trat zur Seite, um sie vorbeizulassen. Shammo lud ihn mit einem Wink ein, sich neben ihn zu setzen, was Elias auch tat. Abdullah hockte vor den anderen auf dem Boden, er war der Erzähler an diesem Abend. Als alle Blicke auf ihn gerichtet waren, hob er an: »Es war einmal in alten Zeiten ein Kaiser namens Dschingis Khan. Der vergrößerte sein Reich immer weiter, indem er viel Blut vergoss, ganze Stämme auslöschte und verschiedene Städte besetzte. Als er schließlich auf dem Totenbett lag, trug er seinem Enkel Hülegü auf, den von ihm begonnenen Sturm über Asien weiterzuführen. Und Hülegü setzte dieses Vermächtnis seines Großvaters so gewalttätig um, wie er nur konnte. Bagdad war zu jener Zeit die Hauptstadt des Abbasidenreiches und Treffpunkt von Gelehrten aus allen Teilen der Welt. Dafür war sie überall bekannt, so auch Hülegü, und er beschloss, die Stadt zu besetzen. Er führte sein Heer in ihre Nähe und belagerte sie. Er riss die Mauern nieder, tötete ihre Bewohner zu Tausenden und zerstörte alle kulturellen und architektonischen Sehenswürdigkeiten. Sein erstes Ziel war die Bibliothek, die man das ›Haus der Weisheit‹ nannte. Sämtliche Bücher, von Gelehrten und Literaten in mühevoller Arbeit verfasst, ließ Hülegü in den Tigris werfen, bis das Wasser des Flusses sich von der Tinte schwarz färbte. Als er sah, dass die Einwohner der Stadt aufs äußerste erzürnt waren, forderte er sie auf, ihm den größten Gelehrten Bagdads zu schicken. Allerdings wollte keiner der Gelehrten vor den Tyrannen treten, bis auf einen jungen Mann, dem noch nicht einmal ein Bart gewachsen war. Der zeigte sich bereit, zu Hülegü zu gehen, allerdings unter der Bedingung, dass er ein Kamel, eine Ziege und einen Hahn mitnehmen durfte. Als die beiden sich gegenüberstanden, musterte Hülegü den jungen Mann vom

Scheitel bis zur Sohle und fragte: ›Haben sie keinen älteren Gelehrten finden können, um ihn zu mir zu schicken?‹ Da antwortete der junge Mann: ›Hättest du gern einen größeren? Dann habe ich hier ein Kamel. Oder möchtest du einen bärtigen? Da ist eine Ziege! Oder willst du einen mit lauter Stimme? Für diesen Fall wartet draußen auch noch ein Hahn auf dich.‹

Hülegü begriff, dass er einen außergewöhnlichen Menschen vor sich hatte, rieb sich das Kinn und sagte: ›Weißt du, warum ich hierhergekommen bin?‹

›Unsere Taten und unsere Sünden haben dich zu uns gebracht‹, antwortete der junge Mann. ›Wir wussten Gottes Güte nicht zu schätzen, und statt Probleme zu lösen, schufen wir uns neue.‹

›Dann möchtet ihr mich also von hier vertreiben?‹, fragte Hülegü.

›Wenn wir unsere Zwistigkeiten begraben, vermagst du nicht mehr zu bleiben‹, antwortete der junge Mann.«

Abdullah hörte auf zu erzählen. Ein Mädchen hob die Hand, um eine Frage zu stellen. Er nickte ihr zu, und sie sagte: »Warum war die Bibliothek Hülegüs erstes Ziel?«

»Weil er wusste, dass die Bibliothek zur damaligen Zeit der Stolz und die Stärke der Bagdader Bevölkerung war«, erwiderte Abdullah. »Wenn man ein Buch aufschlage, hieß es, eröffne sich einem die ganze Welt.«

»Ich habe gar kein Buch, das ich aufschlagen könnte«, sagte das Mädchen.

Nun meldete sich ein kleiner Junge: »Wie kann man denn in einem Buch die ganze Welt finden?«

»Sämtliche Dinge im Universum sind in kleinen Buchstaben darin festgehalten«, sagte Abdullah. »Diese Buchstaben setzen sich zu Wörtern und Bedeutungen zusammen, die einen, während man an seinem Platz sitzt und liest, an jeden Ort der Welt tragen können.«

Elias hob die Hand, und Abdullah sah ihn erwartungsvoll an. »Ich habe eine Idee«, sagte Elias. »Ich weiß, dass es hier in der Nähe keine Schulen gibt. Wie wäre es, wenn ich diejenigen, die das möchten, kostenlos im Lesen und Schreiben unterrichtete?«

Ein Flüstern lief durch die Menge. Vor Begeisterung vergaßen sie alle die Regeln, und jeder redete einfach drauflos, ohne vorher die Hand zu heben. Von seinem Platz in der Mitte des Hofs aus rief Abdullah: »Seid bitte mal einen Augenblick still, ich möchte unserem Gast etwas sagen.«

Als alles schwieg, fuhr er fort: »Im Namen des Stammes Halliqi danke ich dir für dieses Angebot, Elias. Tatsächlich lassen sich diejenigen, die hier oben lesen und schreiben können, an den Fingern einer Hand abzählen. Aber vielleicht können sie dir bei dieser großen Aufgabe helfen, auch wenn sie nur wenige sind.«

Anschließend wandte er sich wieder an die Dörfler: »Was haltet ihr davon, Brüder und Schwestern?«

»Im Redenhalten ist Abdullah der Beste von uns«, scherzte Shammo.

Abdullah lachte. »Ich bin bereit, Elias mit dem wenigen, was ich weiß, zu unterstützen«, erklärte er.

Elias sah lächelnd zu Helen hinüber, und sie verstand. »Ich mache auch mit«, sagte sie.

»Azad kann ebenfalls lesen und schreiben«, rief Ramziya.

»Ich habe auch nichts dagegen«, meinte Azad.

»Wie Sie wissen, stehen Ihnen unsere Häuser offen, Elias«, sagte Shammo. »Aber ich fürchte, wir werden Sie zeitlich sehr in Anspruch nehmen. Sie leben ja Stunden von unserem Dorf entfernt.«

»Ich liebe dieses Dorf«, sagte Elias. »Und ich würde sehr gerne, beispielsweise einmal pro Woche, hierherkommen. Wenn ich Ihnen einen Buchstaben pro Woche beibrächte, könnten in ein paar Monaten alle lesen und schreiben.«

Abdullah stand auf und sagte: »Lasst uns das feiern! Jetzt ist es Zeit für die Musik.«

Große und Kleine standen auf und griffen nach ihren Instrumenten. Mehrere Kinder kletterten in die Bäume, um von dort aus zuzusehen. Manche der Erwachsenen gingen erneut Tee trinken, andere setzten sich hin, um zu musizieren. Einer schlug die Saiten seines Tamburs, und die anderen schlossen sich an wie ein eingespieltes Orchester.

Elias konnte nicht umhin, Helen beim Flötespielen zuzusehen. Sie trug ein hellviolettes, bodenlanges Kleid mit langen, bestickten Ärmeln, die wie Fischflossen am Ende breiter wurden, und während sie spielte, sah sie noch schöner aus als sonst. Einer summte ein Volksliedchen an, ein anderer antwortete mit einer passenden Strophe, und schließlich fielen alle in den Gesang ein, der immer lauter anschwoll, während der Rhythmus sich beschleunigte. Azad spielte auf dem Tambur, ein anderer junger Mann wirbelte auf der Trommel. Damit leiteten sie zu einem schnellen Dabke-Tanz über.

Shammo stand auf, um den Tanz zu eröffnen, Ramziya schloss sich ihm an, und die anderen folgten. Sie fassten sich an den Händen, bildeten einen großen Kreis, streckten und neigten sich im Wechsel. Irgendwann trat Shammo aus dem Kreis und ging auf Elias zu, um ihn, als besonderen Gruß für seinen Gast, einzuladen, mit ihm in der Mitte des Kreises zu tanzen. Beide tanzten barfuß, eine Hand in die Höhe, die andere nach unten gestreckt, so dass sie aussahen wie zwei befreundete Vögel.

Zum Schluss spielten die Musiker eine ruhige Melodie, die Elias so bezauberte, dass er sie mitsummte. Vier Mädchen tanzten dazu. Sie wiegten sich im Stehen leicht hin und her und ließen die Säume ihrer weiten Gewänder schwingen. Mit über den Kopf erhobenen Händen, die sie wie Zweige zum Horizont hin öffneten, machten sie abwechselnd Schritte nach rechts und nach links, um dann hintereinander herzulaufen, wobei sie die rechte Hand Richtung Publikum schwenkten. Schließlich trat eine vor und machte ein paar Drehungen, während die Musik immer lauter und schneller wurde. Irgendwann blieb sie stehen, neigte ein wenig den Kopf und ließ sich wie ein verletzter Vogel zu Boden fallen. Als jedoch die drei anderen Tänzerinnen die Hände nach ihr ausstreckten, erhob sie sich wieder, und alle vier liefen leichtfüßig zurück auf ihre Plätze, während die Musik zum Ende des Tanzes hin ausklang.

Es war bereits nach Mitternacht, als die Nachbarn ihre Instrumente wieder auf den Rücken nahmen und gingen. Elias genierte sich bei der Vorstellung, bei Helens Familie im Haus zu schlafen, aber Shammo sagte, als hätte er seine Gedanken gelesen: »Ya halla, Elias. Wissen Sie, was? Wir haben ganz vergessen, unseren Gästen das Radio zu zeigen! Vielleicht schalten wir es das nächste Mal ein, um sie zu überraschen. Kommen Sie, ich zeige Ihnen Ihr Bett!«

Elias folgte ihm aufs Dach des Hauses. Dort gab es zwei niedrige Betten, höchstens zwei Zoll über dem Boden, dazu ein drittes, höheres Bett, über dem ein Seil gespannt war. Darüber wiederum lag ein großes Leinenlaken, das mit Wäscheklammern befestigt war. Die Konstruktion sah aus wie ein Zelt.

Elias vermutete, dass es sich dabei um Shammos und Ramziyas Bett handelte. Auf der anderen Seite befand sich ein vollständig mit einem Laken überzogenes Bett, auf dem getrocknete Feigen aufgehäuft waren. Shammo faltete die Schmalseiten des Lakens zusammen und legte es samt der Feigen darin auf einen großen rechteckigen Stein an der Seite. Dann schüttelte er die Matratze auf. »Dies ist Ihr Bett«, sagte er.

Elias legte sich hinein und dachte sich noch, er hätte nichts dagegen gehabt, wenn Shammo die Feigen auf seinem Bett liegen gelassen hätte, denn er hätte gerne ein paar davon gegessen. Doch kurz darauf nahm er lächelnd wieder Abstand von diesem Wunsch. Wäre er in Erfüllung gegangen, hätte er bis zum Morgen weiter an Gewicht zugelegt, dabei versuchte er doch schon seit einer Weile abzunehmen. Sein Schwachpunkt war jedoch, dass er in der Nacht gerne noch etwas aß, vor allem Pistazien. Den Blick auf die glitzernden Sterne über sich gerichtet überlegte er, dass zumindest sein wöchentlicher Aufstieg ins Dorf zum Unterrichten ihm beim Abnehmen helfen würde. Am Himmel über ihm leuchtete eine Hoffnung auf wie ein zusätzlicher Stern. Die schlafende Helen stand ihm vor Augen, und er schloss die Lider, um sie damit zuzudecken.

Am Morgen erwachte er von der Sonnenhitze. Da außer ihm niemand mehr auf dem Dach war, ging er hinunter. Die Fenster standen alle offen, aber es war niemand im Haus. Durch eines der Fenster sah er Ramziya draußen im Lehmofen Brot backen, mehrere Kinder schliefen unter den Bäumen. Im Wohnzimmer lag auf einem Baumstumpf, der als Tisch diente, die Flöte, daneben stand das Radio. Elias nahm es in die Hand und verstellte den Senderknopf, bis er Fairuz singen hörte: »Du siehst, wie groß das Meer ist, groß wie das Meer ist meine Liebe zu dir.« Kurz bevor das Lied zu Ende war, trat Helen mit einem Körbchen voller Eier ins Zimmer. Sie blieb stehen, um zuzuhören, und als ihre lächelnden Blicke sich trafen, wurde Elias warm ums Herz.

»Hast du gut geschlafen?«, fragte sie.

»Sehr gut, und du?«, erwiderte er. Lieber allerdings hätte er sie gefragt: »Wie hast du letzte Nacht geschlafen in meinen Augen?«

»Ich konnte nicht schlafen«, antwortete sie.

»Warum nicht?«

»Ich weiß nicht.«

Azad kam ins Haus und sagte zu Helen: »Ich weiß nicht, ob wir heute zur Quelle gehen können, wir schaffen es kaum, die Granatapfel- und Eichelschalen zu zerreiben, bevor wir uns schon wieder für die Mondfinsternis fertig machen müssen.«

»Lass uns zuerst frühstücken!«, meinte Helen.

»Wie wäre es, wenn ich zur Quelle ginge und euch Wasser brächte, so dass ihr inzwischen eure andere Arbeit abschließen könnt?«, schlug Elias vor.

»Aber wir gehen nicht nur zur Quelle, um Wasser zu holen, sondern auch, um die Bettlaken zu waschen«, antwortete Helen.

Als Elias nichts erwiderte, fügte sie noch hinzu: »Wir gehen zusammen mit den Jungen und Mädchen aus der Nachbarschaft, denn wir waschen die Laken gemeinsam und haben unseren Spaß dabei. Vielleicht möchtest du ja mitkommen?«

»Sehr gern«, sagte Elias.

»Dann kann Elias heute an meiner Stelle gehen«, sagte Azad zu seiner Schwester, »und ich zerreibe die Schalen. Aber wir müssen uns ein bisschen beeilen.«

»Ich gebe den Nachbarn Bescheid, dass wir gleich mitkommen«, sagte Helen.

Sie ging hinaus und stieß hintereinander zwei Pfiffe aus. Als Antwort kamen mehrere kurze Pfiffe zurück. Azad nahm den Teekessel von der Glut, und Helen holte Joghurt, gekochte Eier und warmes Brot aus der Küche. Nachdem sie in aller Eile gefrühstückt hatten, ging Helen hinaus und kam mit dem Esel zurück, den Elias schon kannte.

»Gehen wir?«, fragte sie.

»Ich bin so weit, aber nehmen wir denn die Laken nicht mit?«, fragte Elias.

»Nein, wir sind heute nicht an der Reihe«, erklärte Helen. »Jedes Mal waschen wir die Laken einer anderen Familie. Wir helfen uns immer gegenseitig, damit es nicht so anstrengend ist.«

Elias und Helen liefen mit dem Esel zu einem Haus, vor dem sich schon mehrere junge Frauen und Männer, ebenfalls mit ihren Eseln, versammelt hatten. Ein paar von ihnen kannte Elias noch vom Vorabend her. Nachdem sie sich begrüßt hatten, luden die Männer die Laken auf die Esel. Als auch Helens Esel seinen Teil abbekommen hatte, begannen sie mit dem Abstieg ins Tal. Dabei redeten und scherzten sie ununterbrochen.

»Mir fällt auf, dass anders als in der Stadt Mädchen und Jungen hier in gemischten Gruppen unterwegs sind«, meinte Elias.

»Wir sind hier alle miteinander bekannt«, erwiderte Helen.

»Wie viele Einwohner hat das Dorf ungefähr?«

»Vielleicht fünfhundert.«

»Die meisten Familien hier sind ziemlich groß, oder?«

»Ja. Wir sind eine von den kleinen Familien. Meine Mutter hat erzählt, dass Azad und ich auf die Welt gekommen sind, war ein richtiges Wunder. Meine Eltern waren schon älter und hatten noch keine Kinder bekommen. Aber dann passierte das Unerwartete, und meine Mutter bekam Zwillinge. Azad sagt immer, er ist der Ältere von uns beiden, dabei ist er nur eine halbe Stunde früher geboren.«

»Ihr beide seid aber auch ein hübsches Wunder!«

Helen lächelte.

An der Quelle breiteten sie die Laken eins nach dem anderen aus, besprengten sie mit Wasser, bestreuten sie mit Waschpulver und stellten sich dann allesamt darauf. Anschließend fassten sie sich an den Händen und stampften wie in einem gemeinschaftlichen Tanz mit den Füßen darauf herum. Wenn das jeweilige Laken sauber war, hängten die jungen Männer es zum Trocknen über ein großes Brett. Helen stand neben Elias und hielt ihn pflichtschuldig an der Hand. Als sie zusammen mit den anderen auf dem Laken herumhopsten, hüpfte ihm beinahe das Herz aus der Brust und hinab auf das Laken. Sie wiederholten den Vorgang mit jedem Laken, das sie mitgebracht hatten. Elias wünschte, sie hätten langsamer gemacht und sich mehr Zeit gelassen, damit er seine Hand länger in Helens hätte liegen lassen können. Aber so oder so würde die Zeit nie ausreichen, dachte er.

»Nie ist genug Zeit«, sagte sie.

Er sah sie an. Hatte sie sein Herz klopfen hören, dass sie jetzt genau dies sagte?

»Wir müssen uns nämlich beeilen, bevor der Wal den Mond verschluckt«, fügte sie hinzu.

Helen und die übrigen jungen Frauen lasen kleine Steine vom Boden auf und rieben sich an der Quelle damit die Fersen ab, während die jungen Männer einschließlich Elias die sauberen Laken auf die Esel packten.

Als Helen mit Elias zu Hause ankam, wartete ihre Familie schon mit einem vorgezogenen Abendessen auf sie, damit sie sich danach den anderen anschließen konnten. Alle zusammen würden sie auf einen Berg ziehen, den sie den »Hundezahn« nannten, weil er inmitten niedrigerer Hügel und Erhebungen aufragte. Shammo nahm eine Laterne, Ramziya gab Helen, Azad und Elias Teller und große Löffel, und sie marschierten Richtung Berggipfel, zusammen mit etwa vierhundert anderen, die Laternen, Töpfe, Tabletts, Teller und Schöpfkellen dabeihatten, allesamt bereit, den Mond zu retten. Denn sie waren weit genug oben, um hoffen zu dürfen, den Wal mit ihrem Lärm erreichen und in die Flucht schlagen zu können, so dass er den Mond unbehelligt weiterziehen ließ. Schließlich konnten sie den armen Mond, der im Maul des Wals um sein Leben kämpfte, nicht im Stich lassen. Sonst würde er blutrot anlaufen, und Katastrophen und Kriege würden das Land heimsuchen.

Zum ersten Mal hatte Elias im September 1980 davon gehört, dass der Wal zuweilen den Mond verschluckte. Er war damals sechs Jahre alt gewesen und hatte mitbekommen, wie seine Mutter durch eine Wolke aus Zigarettenrauch zu ihrer Nachbarin sagte: »Hast du von Haddschi Abu al-Timmans Prophezeiung gehört? Er hat in der Zeitung geschrieben, im Irak werde es bald eine Mondfinsternis geben, ein großer Wal werde den Mond verschlucken. Dann soll es dunkel werden und eine große Katastrophe über das Land hereinbrechen. Die Prophezeiung muss eingetroffen sein, denn wer hätte an einen Krieg mit dem Iran gedacht?«

»Ich habe auch davon gehört, aber, unter uns«, sagte die Nachbarin leise, »diesen Haddschi Abu al-Timman hat sich die Regierung doch nur ausgedacht, damit das Volk den armen Wal für den Ausbruch des Krieges und all diese Dinge verantwortlich macht. Wenn Haddschi Abu al-Timman tatsächlich existierte und nicht bloß eine Erfindung wäre, müsste er verrückt sein. Wie könnte er sonst den Leuten raten, auf die Dächer ihrer Häuser zu steigen und auf Töpfe und Teller zu schlagen, nur, um den Wal zu erschrecken?«

Der Krieg dauerte an, und als die Zahl der Toten und Verletzten in der Stadt mit jedem Tag größer wurde, begannen die Leute wieder von dem Wal zu reden, der dem Land Unglück gebracht habe, so dass ihnen nichts übrigblieb, als auf die Dächer zu steigen und, die Augen zum Himmel gerichtet, so laut sie konnten, auf die Töpfe zu hämmern und zu rufen: »Du dort oben ohne Leiter, unser Mond, er ist in Not, o bitte hilf uns weiter!«

Zwei Tage vor Kriegsende fiel Elias' Vater an der Front. Man brachte ihn nach Hause, in die irakische Flagge gehüllt und mit einem schwarzen Spruchband versehen, auf dem in weißen Buchstaben stand: »Gefallen für die Ehre der Nation.« Dies war nur eines von Tausenden solcher Spruchbänder, die sich während der acht Kriegsjahre über die Häuserfronten spannten.

Zweieinhalb Jahre später stieg Elias, wie die übrigen Leute seiner Gegend, erneut mit Mutter und Schwester aufs Dach. Sie bewaffneten sich mit Schöpfkellen und Töpfen, denn der Wal war schon wieder kurz davor, den Mond zu verschlingen. Elias, damals siebzehn, fand es deprimierend zu sehen, wie der Mond allmählich vom Himmel verschwand, vor allem da Amerika bereits mit Krieg gegen den Irak gedroht hatte. Wenig später wehte der »Desert Storm« Armeen aus der ganzen Welt heran. Denn wie der Wal den Mond hatte der Irak

Kuwait verschlungen, und nun versuchten sie ihn zu erschrecken, damit er das Land wieder ausspuckte. Anstelle von Schöpfkellen und Töpfen verwendeten sie allerdings Bomben und Raketen. Elias erinnerte sich noch, wie der Strom ausgefallen war, wie die Rettungswagen angejagt kamen, um die Verletzten ins Krankenhaus zu bringen, wie man ständig die Sirenen hörte, auf die Luftangriffe folgten. Bei jeder Detonation in der Nähe ihres Hauses zuckte Elias' Mutter zusammen. »Dieser verdammte Wal!«, sagte sie dann. »Was hat er uns nur für Unglück gebracht!« Als der Krieg zu Ende war, riefen die Leute: »Endlich hat der Wal den Mond wieder ausgespuckt! Vor lauter Schreck hat er ihn ausgespuckt!« Sie beglückwünschten einander, und Freudentriller mischten sich in das Krachen der Luftschüsse. Die Menschen nahmen ihren Alltag wieder auf und hätten das traditionelle Trommeln auf die Teller fast vergessen, wäre der Krieg nicht Ende 1998 wiedergekehrt, diesmal unter der Bezeichnung »Desert Fox«. Da fiel ihnen der Wal wieder ein. Zwar gab es diesmal gar keine Mondfinsternis, aber trotzdem rezitierten sie das dafür bestimmte Gebet und gelobten Opfer, um das Böse aus ihrem Land zu vertreiben. Elias' Mutter allerdings bekam die Operation Desert Fox nicht mehr mit, sie war ein Jahr vor Kriegsausbruch gestorben. Ihr Arzt hatte ihr immer geraten, sich das Rauchen abzugewöhnen, aber sie hörte nicht auf ihn. »Wenn ich nicht mehr rauchen würde«, sagte sie, »würde ich auch an dem Tag sterben, der mir bestimmt ist, nur bei besserer Gesundheit.«

Elias hegte angesichts der heutigen Mondfinsternis ganz andere Gefühle als die übrigen. Ihn beschäftigte weniger der Mond als ein Dorfmädchen, dessen Lächeln so warm war wie ein Brot, das frisch aus dem Ofen kam. Obwohl ein paar Geistliche die Warnung ausgesprochen hatten, dass diese letzte Mondfinsternis des zwanzigsten Jahrhunderts das Ende der Welt ankündige, war Elias nicht im Geringsten beunruhigt. Das Ende der Welt machte ihm keine Sorgen, im Gegenteil, er hatte das Gefühl, dass seine Welt hier auf dem Hundezahn gerade erst begann.

Der Horizont sah aus wie zweigeteilt, wobei ein Teil dunkler war als der andere. Innerhalb weniger Minuten war es stockfinster, und Lärm erhob sich, um dem unverbesserlichen Wal, der dem Mond schon wieder aufgelauert hatte, Angst einzujagen. Im selben Moment drehte sich Helen, die hinter Azad stand, zu Elias um, und sein Herz begann ebenfalls laut zu schlagen. Er erwiderte ihren Blick, sah erneut zum Mond hinauf, dann wieder zu ihr. Von allen Seiten waren sie von leuchtenden Laternen umgeben wie von einer im Dunkeln glitzernden Kette. Elias meinte, die Chukarhühner pfeifen zu hören, als wären sie von fern bei der Rettung des Mondes behilflich.

7. L WIE LIEBE

»Hier in Mosul hat die Mondfinsternis nur zwei Minuten gedauert«, sagte Sana zu Elias, »aber sie haben ein Riesenaufhebens darum gemacht. Na, egal. Nun sag, wie war deine Reise?«

»Hör mal zu«, erwiderte Elias lächelnd, »es gibt da ein Mädchen, das ich heiraten möchte.«

»Wirklich? Das ist ja eine wundervolle Nachricht! Woher kommt sie?«

»Vom Stamm Halliqi. Sie lebt oben in den Bergen.«

»Geh und halte um ihre Hand an! Und zwar gleich morgen!«

»Ich gehe am Freitag, dem Zwanzigsten. Wir haben ausgemacht, dass ich jeden Freitag ins Dorf hinaufgehe.«

»Du bist ganz schön kompliziert, Bruder.«

»Meinst du, du könntest deinem komplizierten Bruder einen Gefallen tun und freitags immer auf Yahya aufpassen?«

»Yahya ist überhaupt kein Problem. Aber heirate dieses Mädchen, damit sie ihm eine Mutter sein kann! Warte, mir fällt gerade ein, nächsten Freitagabend habe ich schon einen Termin.«

»Dann gehe ich an dem Freitag danach.«

»Nein, geh zu deiner Verabredung, nur sei vor sechs Uhr abends zurück!«

»Alles klar.«

Nach der Mondfinsternis hatte Elias das Dorf verlassen, aber Helen musste noch den ganzen Abend an ihn denken. Und als sie in der Nacht die Augen schloss, sah sie sein ovales Gesicht vor sich. Seine ausdrucksvollen Augen leuchteten auf, wenn er lächelte, und ebenso, wenn er traurig war. In beiden Fällen ging von seinem Blick eine einzigartige Wärme aus, die ihr bis ins Herz drang und es aufbrach wie eine Pistazie. Sie lag noch lange wach und dachte daran, wie sich beim Wäschewaschen an der Quelle ihre Hände berührt hatten, wie sie zusammen zum Mond aufgeschaut und versucht hatten, ihn aus seiner Not zu retten. Am Ende war der Mond wieder erschienen, in seiner ganzen Pracht und unversehrt.

Als der Morgen dämmerte, wachte Helen auf und stellte fest, dass sie Elias liebte. Es kam ihr vor, als hätte ihre Seele Flügel bekommen und wäre zu ihm geflogen. Und ihr Körper vermisste nun die Seele und sehnte sich danach, wieder eins mit ihr zu werden. Am liebsten hätte sie allen von ihrer Liebe zu Elias zu erzählt, aber ihrer Familie würde sie bestimmt nichts davon sagen. Genau genommen wollte sie es nur ihrer Freundin Amina anvertrauen. Sie stellte sich an die Vordertür und pfiff, um Amina mitzuteilen, dass sie sie heute beim Schafehüten begleiten würde. Ein Bestätigungpfiff ihrer Freundin kam zurück.

An jenem Morgen wogten die Gräser in einem sanften Wind, und die Schafe mit ihren wiegenden Köpfen liefen mal langsamer vor den Freundinnen her, um sich etwas Gras abzurupfen, dann wieder schneller. »Warum bist du bei der Mondfinsternis nicht mit auf den Hundezahn gestiegen?«, fragte Helen. »Ich habe nach dir gesucht, konnte dich aber nicht entdecken.«

»Lach mich nicht aus!«, erwiderte Amina. »Ich bin beim Schafehüten tief und fest unter einem Baum eingeschlafen. Erst als ich hörte, wie auf die Teller getrommelt wurde, bin ich aufgeschreckt. Zuerst dachte ich, es wären die Glöckchen der Schafe, und bekam Panik. Ich glaubte, sie wären weggelaufen, während ich schlief. Ich hab mich so gefreut, als ich feststellte, dass sie alle noch da waren und keines fehlte! Meine Schafe laufen nie vor mir weg, nicht einmal, wenn mein Vater eins von ihnen vor den Augen der anderen schlachtet. Sie sind dann nur traurig, aber weglaufen tun sie nicht. Ich mache immer die Augen zu, wenn er das tut, damit ich ihr Blut nicht sehe.«

»Die Liebe der Tiere zu uns ist aufrichtig«, warf Helen ein.

»Meine Schafe verstehen mich besser als meine Familie. Außer dir und den Schafen versteht mich niemand«, sagte Amina.

»Ich hab dich lieb, meine Freundin!«

»Du scheinst ja heute richtig gute Laune zu haben, Helen!«

»Ich bin glücklich und habe das Gefühl, alle zu lieben, sogar deine Schafe, und zwar mehr als je zuvor.«

Amina lachte.

»Ich möchte dir ein Geheimnis anvertrauen«, sagte Helen.

Amina wartete ab, was sie sagen würde, und schließlich stieß Helen hervor: »Ich liebe Elias.«

»Euren Gast? Als du Flöte gespielt hast, hat er dich ganz verliebt angesehen.«

»Nach seinem ersten Besuch hier konnte ich kaum abwarten, dass er wiederkam.«

»Nimm dich in Acht, dass niemand etwas davon bemerkt!«

»Ich habe es zwar nicht in der Hand, aber ich werde versuchen, meine Liebe zu ihm geheim zu halten.«

»Wird er uns wie versprochen im Lesen und Schreiben unterrichten?«

»Nächsten Freitag fängt er an. Du kommst doch auch?«

»Nein, wie du weißt, bin ich tagsüber beschäftigt.«

»Es passiert doch nichts, wenn du die Schafe mal einen Tag allein lässt. Komm bitte am Freitag, mir zuliebe!«

»Also gut, sobald ich den Pfiff höre, komme ich.«

Um ihre Gefühle für Elias zu verbergen, hatte Helen beschlossen, ihn nicht anzusehen. Sie fürchtete, ihre Augen könnten sie verraten. Aber sofort hatte sie diesen Vorsatz wieder vergessen und erwiderte seinen lächelnden Blick. Elias ging voller Begeisterung ans Werk. Er hatte Papier, Stifte und eine Schachtel Kreide mitgebracht und setzte sich nun mit den drei Freiwilligen in den Schatten des Maulbeerbaums, um den Unterricht vorzubereiten, bevor die Schüler kamen.

»Was meint ihr, sollen wir ihnen einen oder zwei Buchstaben pro Tag beibringen?«, fragte er.

»Zeig ihnen zwei Buchstaben und sieh, ob es geht«, schlug Abdullah vor.

»Gut«, sagte Elias. »Verteilen wir diese Blätter und Stifte, damit sie üben können! Ich schlage vor, dass wir die Schüler in mehrere Gruppen aufteilen, so dass jeder von uns mit einer Kleingruppe arbeiten kann. Wenn ihr so weit seid, können wir anfangen.«

Azad stieß einen lauten Pfiff aus, um den Beginn des Unterrichts anzukündigen, und die Schüler kamen eilig auf den Hof gelaufen. Als Helen sich suchend nach Amina umsah, trat ihre Freundin von hinten an sie heran und hielt ihr die Augen zu.

»Ich weiß, wer du bist, deine Hände riechen nach Schaf«, sagte Helen.

Amina zog die Hände zurück und stemmte sie empört in die Hüften. Helen zwinkerte ihr zu. Amina nahm zwischen den übrigen Schülern Platz, die bereits den ganzen Hof füllten. Sie waren zwischen sechs und siebzig Jahre alt, Großeltern saßen hinter ihren Enkeln.

Elias begrüßte sie. »Sie sehen wundervoll aus, so von Maulbeerbäumen eingerahmt!«, sagte er. Er suchte in der Menge nach Helen. »Heute werden wir zwei Buchstaben durchnehmen. Der erste heißt Alif. Man schreibt ihn wie eine Eins, nämlich so!«, sagte er und griff nach einem Stück Kreide.

Er hielt einen Moment inne. »Oh, ich habe vergessen, eine Tafel mitzubringen! Macht aber nichts.« Er malte den Buchstaben einfach auf den Stamm des neben ihm stehenden Baums. Die Freiwilligen beeilten sich, Papier und Stifte zu verteilen, damit die Schüler den Buchstaben nachschreiben konnten, wenn auch manche lieber Zweige benutzten, um ihn vor sich in den Boden zu ritzen.

»Der zweite Buchstabe heißt Ba«, sagte Elias nun. »Man schreibt ihn wie eine Reisschüssel mit einem Punkt darunter. Und wenn wir Alif und Ba miteinander verbinden, erhalten wir das Wort Ab, Vater. So!

Jetzt stelle ich Ihnen eine Frage, und Sie müssen sie beantworten«, fuhr er fort und schrieb: »B+A+B+A=«.

Die Freiwilligen lächelten sich an, als sie hörten, wie eine Großmutter ihren Enkel daran erinnerte, einen Punkt unter die Reisschüssel zu setzen.

Elias teilte die Klasse in mehrere Gruppen, damit sie die Übungen mit Hilfe der Freiwilligen fortsetzen konnten.

»Ich muss um Erlaubnis bitten, heute früher zu gehen«, sagte Abdullah.

»Warte auf mich, ich komme mit!«, rief Elias. »Ich muss

auch gehen. Azad und Helen können mit den Schülern weiterüben.«

Er trat zu Azad und sagte: »Tut mir leid, ich muss heute vor sechs Uhr meinen Sohn abholen. Grüße deine Eltern von mir! Nächsten Freitag sehen wir uns wieder.«

Er sah zu Helen hinüber und winkte ihr. Dann ging er mit Abdullah fort.

Wortlos stiegen sie die Höhen, auf denen das Dorf lag, hinunter. Endlich brach Elias das Schweigen: »Die Luft ist so sauber hier oben. Überhaupt keine Verschmutzung.«

»Ich bin hier, sooft ich kann«, erwiderte Abdullah. »Aber heute bin ich in Sinjar mit einem befreundeten Händler verabredet.«

Wieder herrschte eine Weile Schweigen, bis Elias sagte: »Du hast mir erzählt, Abdullah, dass du seit deiner Kindheit davon geträumt hast, einen Garten zu besitzen. Was ich dich noch fragen wollte: Hast du dir diesen Traum inzwischen erfüllt?«

»Ich habe mit dreizehn die Schule verlassen, um im Garten meines Onkels zu arbeiten. Was mich darin am meisten fasziniert hat, war der Bienenstock. Eines Tages erlaubte mein Onkel mir, mich um diesen Bienenstock zu kümmern, und es war, als wäre ich in einer neuen, geheimnisvollen Welt erwacht. Ich beobachtete die Bienen bei ihrer Arbeit und stellte fest, dass sie eine absolut gut organisierte und produktive Gemeinschaft bilden.

Wenn man sie von weitem sieht, denkt man, sie bewegen sich ohne jeden Plan, aber sobald man sich ihrer Welt nähert, erkennt man, wie durchdacht alles ist. Selbst ihr Summen ist wie eine Symphonie, Bruder, dirigiert von der oben fliegenden Königin. Aber manchmal musste ich ein paar Königinnen töten.«

»Warum das denn?«, fragte Elias.

»Für das Wohl des Volkes«, erklärte Abdullah. »Manchmal werden die Völker schwach, und ich kreuze sie miteinander, damit sie wieder stärker werden. Gibt es aber mehr als eine Königin, fliegt eine von ihnen weg und nimmt einen ganzen Schwarm mit. Und das ist ein noch größerer Verlust. Wie es im Haus nicht mehr als eine Frau geben darf, darf auch ein Bienenstock nicht mehr als eine Königin haben. Mein ezidisches Umfeld weiß, wie sehr ich Polygamie verabscheue.«

»Zwei Frauen zufriedenzustellen stelle ich mir schwierig vor«, sagte Elias. »Leider ist das heute ziemlich verbreitet und inzwischen regelrecht Mode bei uns. Aber sag mal, hältst du noch immer Bienen?«

»Aber sicher«, antwortete Abdullah. »Ich will dir alles erzählen. Eines Tages sah ich, dass in unserer Straße ein Garten zum Verkauf stand, und bat meinen Onkel, mich zu den Kaufverhandlungen zu begleiten. Ich hatte ungefähr tausend Dinar gespart, aber der Eigentümer verlangte neuntausend Dinar, also etwa so viel, wie in Sinjar zwei Häuser kosten. Meine ganze Familie versammelte sich, um das Thema zu diskutieren. Ich erwartete natürlich, dass sie sagen würden, ich könne den Garten unmöglich kaufen. Aber dann ergriff zu meiner Überraschung meine Mutter die Initiative. Sie gab mir ein Kästchen voll Gold, ihre Brautgabe und Geschenke, die mein seliger Vater ihr über die Jahre gemacht hatte. ›Verkaufe das‹, sagte sie, ›und tu es zu dem dazu, was du schon hast!‹ Die Frau meines Bruders schloss sich an und gab mir ebenfalls ihr ganzes Gold. Als ich den Garten schließlich kaufte, gab es darin zehn Bienenstöcke. Drei Jahre später waren es mehr als hundert. Wenn ich die Bienenköniginnen bei ihren Bewegungen beobachte, muss ich immer daran denken, welche Rolle Frauen in meinem Leben gespielt haben und wie großzügig sie mir gegenüber waren. Mit den Einnahmen aus dem Garten konnte ich heiraten und meine Kinder großziehen. Der Honig verschafft mir meinen Lebensunterhalt, und was noch wichtiger ist: Ich habe Freunde durch ihn gewonnen.«

»Hast du aus Liebe geheiratet, oder war es eine arrangierte Ehe?«, fragte Elias.

»Weder noch«, erwiderte Abdullah. »Sari war ein Mädchen in meinem Alter und wohnte im selben Viertel. Wir gingen meist zusammen zu dem Bach, wo sich, vor allem im Sommer, die jungen Männer und Frauen trafen, um das Geschirr zu spülen und sich die Füße zu waschen. Zwischen Sari und mir entwickelte sich dabei eine echte Freundschaft, wir tauschten uns über alles aus, was uns in jener Zeit beschäftigte, und bei den Dorffesten tanzten wir sogar miteinander. Meine Mutter dachte, zwischen uns bestünde eine Liebesbeziehung. Deshalb ging sie eines Tages zu Saris Mutter und bat sie, mir Sari zur Frau zu geben. Als meine Mutter dann herausfand, dass ich mit dieser Aktion nicht zufrieden war, war sie absolut verblüfft. ›Ich habe doch gesehen, wie glücklich ihr miteinander wart‹, sagte sie, ›da wollte ich die Hochzeit offiziell machen.‹ Als Sari erfuhr, dass ich sie nicht zu heiraten beabsichtigte, war sie sehr verletzt. Sie ist äußerst sensibel. Sie war mir so böse, dass sie jedes Mal den Bach verließ, sobald ich dort ankam. Ich bedauerte, ihre Freundschaft verloren zu haben, sie bedeutete mir viel, und ich stellte fest, dass sie mir fehlte. Darum erklärte ich meiner Mutter, sie habe doch gut daran getan, um Saris Hand zu bitten. Aber diesmal lehnte Sari meinen Antrag ab. Niemals würde sie mich als

Ehemann akzeptieren, sagte sie. Eines Tages jedoch passte ich sie bei dem Bächlein ab. Als sie mit ihren Tellern, die sie abwaschen wollte, dort ankam, sagte ich zu ihr: ›Ich habe dir etwas zu sagen. Bitte hör mir zu!‹ Endlich sah sie mich an, und ich erklärte: ›Du wirst immer meine beste Freundin bleiben, und ich wünsche dir den besten Ehemann der Welt. Aber ich wünsche mir auch, dass wir unser Leben lang Freunde bleiben.‹ Sie lächelte. ›Kommst du zu der Party am Wochenende?‹, fragte sie dann. ›Ja‹, sagte ich, ›das tue ich.‹ Mit der Zeit wurden unsere Treffen am Bach immer schöner, denn nun trafen sich auch unsere Herzen. Als ich meine Mutter bat, erneut um Saris Hand anzuhalten, sagte sie: ›Nein, das werde ich nicht tun. Dieses Mädchen hat ja schon einmal nein gesagt.‹ Doch endlich konnte ich sie überzeugen, dass Sari einverstanden war und dass sie mit Saris Mutter darüber sprechen musste. Jetzt haben wir zwei Jungen und zwei Mädchen und sind, Gott sei Dank, eine glückliche Familie.«

Abdullah hielt inne und holte Luft. »Ich habe zu viel geredet, oder?«

»Nein, ganz im Gegenteil. Erzähl mir doch noch, wie du durch den Honig Freunde gewonnen hast!«

»Wie du weißt, ist es von uns aus nicht weit bis Syrien, und so kam ich eines Tages auf die Idee, mal nach Syrien zu reisen, sowohl aus geschäftlichen Gründen als auch zum Vergnügen. Es war das erste Mal in meinem Leben, dass ich ins Ausland reiste. Ich hatte mehrere Töpfe von meinem Naturhonig dabei, um ihn dort verkaufen und mit dem Erlös ein paar Orte besichtigen zu können. Zu meinem Glück fand ein reicher Kaufmann Gefallen an meinem Honig und bot an, mir dabei behilflich zu sein, ihn regulär nach Syrien zu exportieren. Und so blühte mein Geschäft, meine Reisen wurden immer zahlreicher, ich lernte immer mehr wundervolle Händler kennen und fand Freunde unter ihnen.«

»Wie den, den du heute triffst?«

»Ja, Saleh ist ein lieber Freund von mir. Ich habe ihn auch schon der Familie meines Onkels vorgestellt. Er hat ihnen Feigen abgekauft und sie an verschiedene Läden verteilt. Die Familie meines Onkels besitzt ein Becken aus Stein, in dem sie die Feigen mit Knüppeln aus Eichenholz zerstampfen, bis sie so weich sind wie Kuchenteig. Daraus machen sie dann, zusätzlich zu den Ketten aus getrockneten Feigen, Feigentörtchen in Form von Vögeln und anderen Tieren.«

»Davon habe ich schon gekostet. Sie schmecken wunderbar! Und dein Onkel Shammo hat mir auch von diesem Händler erzählt.«

»Er möchte mich heute in einer ganz besonderen Sache sprechen.«

»Einer guten, hoffe ich!«

»Ich erzähle es dir, aber die Sache sollte vorerst unter uns bleiben, sie ist noch nicht spruchreif.«

Elias nickte.

»Er will sich mit meiner Cousine Helen verloben«, sagte Abdullah, »und möchte, dass ich mitkomme, wenn er um ihre Hand anhält.«

Elias verstummte für einen Moment und musste erst einmal Luft holen, bevor er fragte: »Und wann?«

»Das weiß ich noch nicht. Wenn ich ihn heute treffe, werden wir einen geeigneten Termin ausmachen.«

»Und was sagt Helen dazu?«

»Sie weiß noch nichts davon. Heute habe ich erst einmal ihrem Vater davon erzählt, er wird es dann ihrer Mutter sagen und sie Helen. Ich gehe aber davon aus, dass alles gut geht. An meinem Freund gibt es nichts auszusetzen, jedes Mädchen würde ihn haben wollen.«

»Er hat aber auch Glück, Helen ist ein herzensguter Mensch.«

»Na klar, meine Cousine ist eine der Besten.«

Mit schweren Schritten kam Elias bei seiner Schwester an. »Wie sieht's aus?«, fragte sie sofort. »Hast du um ihre Hand angehalten?«

»Jemand ist mir zuvorgekommen.«

»Und sie hat eingewilligt?«

»Ich weiß nicht.«

»Das heißt, du hast ihr gar nichts gesagt?«

»Nein.«

Sana schwieg einen Moment und sagte dann: »Mach dir keine Sorgen! Wenn sie dein Schicksal ist, kann sie dir niemand wegnehmen.«

Die Woche bis zum nächsten Freitag war die längste in Elias' Leben. Einerseits sehnte er sich nach Helen, andererseits fragte er sich, ob sie der Heirat mit dem Feigenhändler wohl zugestimmt hatte, und so fand er einfach keinen Schlaf. Manchmal half Lesen ihm beim Einschlafen, deshalb nahm er sich in der Nacht auf Freitag eine Zeitschrift mit ins Bett und blätterte darin. Auch wenn er sich sonst nicht für Astrologie interessierte, lechzte er diesmal nach irgendeinem Zeichen, selbst wenn es von Sternen käme, die Millionen Meilen entfernt waren. Deshalb las er die Seite mit den Horoskopen. Sein Sternzeichen kündete von Geld, von Unterstützung und Herausforderungen. Er ließ seine Gedanken schweifen und stellte sich verschiedene schwierige Situationen vor, darunter ein nervenaufreibendes Szenario, in dem Shammo ihn nach dem Unterricht einlud, bei ihnen zu übernachten, um Helens Hochzeitsfeier beizuwohnen.

Weil seine Kehle sich trocken anfühlte, stand er wieder auf und ging in die Küche. Nachdem er sich ein Glas Wasser eingeschenkt hatte, ging er zu dem Vogelkäfig. Das Chukarhuhn darin kam ihm unglücklich vor, deshalb sagte er: »Wenn Helen meine Frau wird, lasse ich dich frei, das verspreche ich.«

Allerdings wartete er mit der Einlösung seines Versprechens nicht, bis sein Wunsch sich erfüllt hatte, sondern stand schon früh im Morgengrauen auf und ging in die Küche. Wie gewöhnlich fütterte und tränkte er den Vogel, und kaum sah er, dass er fertig gefressen hatte, öffnete er die Käfigtür, um ihn einzuladen herauszukommen. Er wartete eine Minute, aber der Vogel kam nicht. Also nahm er ihn mit der Hand heraus. Das Leben draußen war gefährlicher als das im Käfig, dachte er, aber es war es wert, gelebt zu werden. Er behielt den Vogel eine Minute in der Hand, dann öffnete er die Haustür und forderte ihn auf, das Morgenlicht zu erkunden und seiner Wege zu gehen. Das Chukarhuhn machte zwei Schritte in seiner Hand, rührte sich aber nicht vom Fleck, als mache die weite Welt vor seinen Augen ihm Angst. Elias setzte es in den Käfig zurück und beschloss, es nicht hier freizulassen, sondern in seiner gewohnten Umgebung, dort oben unter den Feigenbäumen. Nach diesem Entschluss war er sehr erleichtert. Es kam ihm vor, als wäre sein Versprechen im Voraus angenommen worden und sein Wunsch wäre kurz davor, in Erfüllung zu gehen.

8. DAS LETZTE LIED

Als Elias am Freitagmorgen auf dem Weg ins Dorf war, um zum zweiten Mal seinen Unterricht zu geben, stellte er sich vor, Helen erneut an dem Feigenbaum zu treffen, wo sie sich zum ersten Mal begegnet waren, an dem Tag damals, als sie ihn an seinen Schmerz erinnert und zum Weinen gebracht hatte. Nun war ihm wieder zum Weinen, aus lauter Liebe. Sonderbarerweise war Helen tatsächlich da, ganz wie er es sich gewünscht hatte. Sie saß mit dem Rücken an den Baum gelehnt, als hätte sie auf ihn gewartet. Vor Freude vergaß er sie zu begrüßen und setzte sich wortlos neben sie. Er bemerkte, dass jemand den Buchstaben F und das Wort »Feige« mit Kreide auf den Baumstamm geschrieben hatte. »Wessen Schrift ist das?«, fragte er.

»Keine Ahnung«, sagte sie, »aber du wirst überall Buchstaben und Wörter finden, auf Bäume, Felsen und in die Erde geschrieben.«

»Wirklich? Wie ist das möglich?«

»Die Leute waren so begeistert, dass Azad und ich ihnen noch zwei weitere Buchstaben beigebracht haben. Und offenbar haben sie alles mit Kreide oder Stöcken niedergeschrieben, wo immer sie gerade waren. Sogar beim Musizieren auf unseren abendlichen Treffen haben sie geübt«, sagte Helen. »Und jetzt warten sie ungeduldig auf deine zweite Unterrichtsstunde.« Sie lächelte. »Welche Buchstaben hast du ihnen denn heute mitgebracht?«

Elias zog ein Stück Kreide aus der Tasche. »Ich zeige es dir«, sagte er und schrieb auf den Baumstamm: »L+I+E+B+E. Zum Beispiel: Ich liebe dich.«

»Lies vor!«, sagte er.

»Aber ich liebe dich doch gar nicht!«

»Ich habe dir ja auch nur ein Beispiel genannt.«

Helen lachte und las: »Ich liebe dich«, und noch einmal: »Ich liebe dich. Ich liebe dich, Elias.«

Er schrieb ihren Namen auf den Baumstamm und malte ein Herz darum herum. Helen nahm ihm die Kreide aus der Hand und zeichnete einen Amorpfeil, der das Herz durchbohrte.

»Erinnerst du dich noch an das Chukarhuhn, das ich fangen wollte und das du hast entkommen lassen?«, fragte er.

Sie sah ihn an, antwortete aber nicht, und so fuhr er fort: »Ich wünschte, ich könnte alle Käfige auf der Welt verbrennen, bis auf einen einzigen.«

»Und welchen?«

»Den goldenen Käfig für uns beide.«

»Ich lasse mich nicht in einen Käfig sperren, nicht mal in einen goldenen. Ich habe die Seele eines Vogels«, sagte Helen.

»Ich bin ein Vogel wie du, und dein Name bedeutet ja auch Vogelnest. Dann heiraten wir am besten in einem Nest statt in einem Käfig«, erwiderte Elias.

»Wie das?«

»Meinst du, wie wir heiraten sollen? Oder wie die Vögel heiraten?« Er lachte.

»Ich meine, vielleicht ist meine Familie nicht einverstanden.«

»Dann entführe ich dich.«

»Wie in der Geschichte von Khansey und Rasho?«, fragte sie.

»Die Geschichte kenne ich nicht. Erzähl sie mir!«

Helen zögerte kurz. Elias sah sie lächelnd an und beugte sich erwartungsvoll in ihre Richtung. So begann Helen zu erzählen: »Rasho war eine Waise. Er war ein Sänger und ein hervorragender Flötenspieler und lebte allein in dem Dorf Karsi in Sinjar. Die Dorfleute waren es gewohnt, ihn barfuß und zerlumpt durch die Gassen ziehen zu sehen, aber seine Stimme drang einem mitten ins Herz, deshalb blieben sie meist stehen, um seinen Liedern und seinem Spiel zu lauschen. Einige brachten ihm Essen, und so konnte er sich am Leben erhalten. Eines Tages fiel er einem reichen Granatapfelhändler auf, der großen Gefallen an seinem Gesang fand. Er setzte sich nieder, um sich mit ihm zu unterhalten, und nahm ihn schließlich mit nach Hause. Von nun an sorgte er für ihn, als gehörte er zur Familie. Rasho half ihm mit den Granatäpfelbäumen, und es ging ihm ziemlich gut, denn er hatte nun ein Dach über dem Kopf und neue Kleider. Dieser Händler hatte eine Tochter, die Khansey hieß. Mit der Zeit kam es so weit, dass sie und Rasho sich verliebten. Er besang ihre schwarzen Augen und ihr bezauberndes Lächeln, und sie hörte ihm mit wachsender Leidenschaft zu. Ganz im Stillen wuchs ihre Liebe immer weiter und wurde schließlich so schwer wie ein reifer Granatapfel. Eines Tages hatte Rasho in der Obstpflanzung so viel zu tun, dass er nicht rechtzeitig zum Mittagessen kam. Da ging Khansey zu ihm hinaus und brachte ihm ein Gericht, das sie selbst zubereitet hatte. Während er davon aß, saßen beide auf dem Boden und sahen sich verliebt an. ›Wir müssen unsere Liebe in uns begraben‹, sagte Rasho.

›Wenn dein Vater davon erfährt, wird er sehr zornig. Er macht sich mit Recht Hoffnung, dass du jemanden heiratest, der besser zu dir passt als ich, auch wenn er dich weniger liebt, denn niemand kann dich so lieben wie ich.‹ ›Ich werde niemand anderen heiraten‹, sagte Khansey, ›also los, entführe mich!‹«

Helen machte die Stimmen der beiden nach, so dass leicht zu erkennen war, wer gerade sprach.

»Rasho sagte: ›Ich habe das Brot deines Vaters gegessen und werde ihm keine Schande bereiten.‹

›Sei kein Feigling, steh auf und entführe mich!‹, rief Khansey.

›Nein, das tue ich nicht!‹

›Siehst du den großen Felsen dahinten? Wenn ich dort ankomme, bevor du mich entführt hast, bin ich danach nur noch eine Schwester für dich!‹

›Dann soll es eben so sein. Ich werde das Vertrauen deines Vaters nicht missbrauchen.‹

Khansey entfernte sich etwa zehn Meter, drehte sich dann noch einmal um und sagte: ›Jetzt kommt der letzte Schritt.‹

Rasho rief: ›Bleib stehen, du Wahnsinnige!‹ Er holte sie ein und sagte: ›Wenn ich dich entführe, wohin soll ich dich dann überhaupt bringen?‹

›Das weiß ich nicht, und es ist mir auch egal.‹

›Komm, wir gehen zu Khalaf Khan Ali!‹, schlug Rasho vor. ›Er ist das Oberhaupt des Stammes Haskan in Sinjar.‹

Als sie bei Khalaf ankamen, bot dieser ihnen Tee und Dattelgebäck an und fragte: ›Woher kommt ihr, und wohin wollt ihr?‹

›Wir werden nichts essen und trinken, solange Sie uns nicht Ihr Wort gegeben haben, dass wir hier sicher sind‹, sagte Rasho.

›Ihr seid hier in Sicherheit‹, sagte Khalaf.

›Ich bin ein armer Mann namens Rasho, und dies ist Khansey, eine Angehörige des bekannten Qerani-Stammes. Ich habe sie entführt und ersuche Gott und Sie um Hilfe, damit wir heiraten können.‹

Khalaf sagte zu seinen Männern, die um ihn herumstanden: ›Macht euch bereit, wir gehen zuallererst zu Khanseys Eltern und beruhigen sie, dass ihre Tochter bei uns und in Sicherheit ist.‹

So war es in unserer Gegend üblich. Durch das Eingreifen der Stammesoberhäupter ließen sich Probleme schnell aus der Welt schaffen. Als Khalaf von Khanseys Eltern zurückgekehrt war, sagte er zu seinen Männern: ›Holt Trommel und Mizmar! Khansey und Rasho halten heute Hochzeit.‹

Aber das Glück der Verliebten hielt nicht lange an. Denn die Pest breitete sich aus zu jener Zeit und raffte zahlreiche Bewohner der Gegend dahin. Wenige Tage nach der Hochzeit erreichte die Seuche auch Khalafs Haus. Seine Frau, seine sieben Kinder und zahlreiche Verwandte starben. Als auch Rasho sich nicht mehr wohlfühlte, sagte er zu Khansey: »Ich mache mal einen kleinen Gang.«

Doch schon nach ein paar Schritten brach er zusammen und musste erkennen, dass es mit ihm zu Ende ging. Er kroch zu einem großen Felsstück und lehnte sich mit dem Rücken dagegen. Khansey rannte zu ihm, bettete seinen Kopf auf ihren Unterarm und lauschte seinem letzten Lied. Man nennt es das Lied von Khansey und Rasho.«

»Wie lautet denn der Text des Liedes?«, fragte Elias.

»Das weiß ich nicht. Ich habe ihn mir nicht gemerkt.«

Elias blickte zum Himmel auf, als versuche er sich zu erinnern. Dann sagte er: »Ich weiß es. Warte eine Minute!«

Er hatte diesmal eine kleine Tafel dabei, die er für den Unterricht verwenden wollte. Die zog er jetzt aus der Tasche und begann mit der Kreide darauf zu schreiben. Er legte sich der Länge nach auf den Boden und schien vollkommen vertieft.

Helen kletterte auf einen rechteckigen Felsen, balancierte darauf und ließ den Blick über die gelb und grün gesprenkelten Hügel in der Ferne schweifen. Dabei entdeckte sie einen Jungen, der etwas aufsammelte, was von seinem Esel gefallen waren. Als sie nach einer Weile Elias auf sich zukommen sah, kletterte sie den Felsen wieder hinunter und ging zu ihm.

»Hör zu!«, sagte er. »Ich lese dir den Text von Rashos Lied vor.«

Diesen Morgen
beim Aufwachen liebte ich dich.
Ich hörte einen Vogel für dich singen,
und ein Vogel legt seine ganze Liebe in sein Lied.

Diesen Morgen
werde ich die Berge erklimmen.
Die Sterne des Himmels sind schöner dort oben,
denn sie funkeln in deinen Augen.

Diesen Morgen
folge ich dem Lied des Vogels,
wohin auch immer,
denn es bringt mich zu dir.

»Woher kennst du denn das Lied, wenn du die Geschichte gar nicht kennst?«, fragte Helen.

Elias lachte und antwortete nicht.

»Du hast dir das Lied gerade erst ausgedacht, stimmt's?«

»Rashos Lied ist bestimmt schöner«, sagte Elias. »Dieses ist ganz auf die Schnelle geschrieben.«

»Du schreibst Lieder?«

»Manchmal schreibe ich Lieder und manchmal Werbetexte für Zeitschriften.«

»Werbung wofür?«

»Für alles Mögliche. Für das Schädlingsbekämpfungsmittel Tarzan zum Beispiel, wirkt gegen Insekten und Mäuse! Oder für den Energydrink, der Kraft verleiht und inspiriert.«

Sie lachten beide. Er sah sie an, sie wandte den Blick kurz ab und dann wieder zu ihm hin.

»Geh mal zu dem Felsen dahinten und sag: Enführe mich!«, verlangte er.

»Nein, das tue ich nicht, und solltest du dich vom Berg stürzen.«

Wieder lachten sie. Er legte seine Hand auf den Baumstamm hinter ihr, kam näher und war schon im Begriff, sie zu küssen, als sie aus der Ferne einen Pfiff hörten. Elias zog sich zurück, schaute in die Richtung, aus der der Pfiff gekommen war, und erblickte den Jungen mit dem Esel.

»Mit seinem Pfiff lädt er uns ein, uns nach Hause zu bringen«, erklärte Helen.

»Wie wäre es, wenn du auf dem Esel reitest und ich euch folge?«, schlug Elias vor.

»Nein, ich laufe lieber.«

Der Junge kam zu ihnen herunter. »Hallo, Lehrer, haben wir heute Unterricht?«, fragte er Elias.

»Ja, gleich, wenn wir da sind.«

»Ich kann Sie beide auf meinem Esel mitnehmen.«

»Danke, mein Lieber!«, sagte Elias. »Aber wir werden laufen und unterwegs noch ein bisschen Brennholz sammeln. Wir sehen uns gleich!«

Als der Junge mit seinem Esel gegangen war, sagte Helen: »Wir hätten gar nicht auf dem Esel reiten können, er hat ja so schon mehr als genug zu tragen.«

»Wo ich auch noch so dick und schwer bin!«, sagte Elias und legte sich die Hand auf den Bauch.

»Nicht wirklich«, sagte sie.

»Gerade diese Woche habe ich wieder gesündigt und zu viele Bratkartoffeln gegessen. Wenn ich mir Sorgen mache, habe ich immer Heißhunger auf Salziges.«

»Warum hast du dir denn Sorgen gemacht?«

»Sag mir zuerst, warum du gesagt hast, deine Eltern würden mich nicht als Ehemann für dich akzeptieren?«

Helen zögerte, und Elias blieb stehen. Kurz darauf, als sie sich wieder in Bewegung gesetzt hatten, erklärte sie: »Weil sie schon einem anderen ihr Wort gegeben haben. Und wortbrüchig zu werden, ist bei uns eine Schande.«

»Wer ist es?«

»Ein Feigenhändler, der schon lange mit uns zusammenarbeitet.«

»Und was hältst du von ihm?«

»Saleh ist ein guter Mensch.«

»Das heißt, du wirst ihn heiraten?«

»Ich weiß nicht.«

Elias schwieg. Wortlos stieg er weiter bergauf.

»Bist du böse?«, fragte sie.

»Nein, warum sollte ich böse sein? Du bist frei, zu heiraten, wen du willst.«

»Nein, das bin ich nicht.«

»Warum nicht?«

»In unserem Dorf kann ein Mädchen einen guten Heiratsantrag nicht ausschlagen, es sei denn, sie hat einen überzeugenden Grund.«

»Ich liebe dich, und du liebst mich. Ist das kein überzeugender Grund?«

»Liebe allein reicht bei meinen Leuten nicht.«

»Kann ich sie überzeugen, indem ich offiziell um deine Hand anhalte?«

Sie lächelte ihn zustimmend an.

Er sah ihr tief in die Augen. Das Wort honigfarben reichte nicht. Er sah zwei Ozeane aus Honig in ihnen, dazu ein sonniges Leuchten, das seine Welt in ein warmes Licht tauchte.

»Zeig mir die Hand, um die ich anhalten werde!« Er führte ihre Hand an seine Lippen und drückte einen zärtlichen Kuss darauf.

Der Weg bis zu Helens Zuhause erschien Elias nun kürzer als zuvor, in ihrer Gesellschaft fühlte er die Zeit nicht mehr. Wie sehr die Zeit sich dehnen oder verkürzen konnte, je nachdem, wie sehr man in seiner Tätigkeit aufging, erstaunte ihn.

»Ich will mit dir zusammen alt werden. Ich möchte nicht jung sterben«, sagte er.

Sie wunderte sich, warum er das sagte.

Ein paar Schüler hatten sich bereits an dem Versammlungsort vor dem Haus niedergelassen und warteten auf den Beginn des Unterrichts. Als Helen mit Elias eintraf, sagte sie: »Ich gebe den übrigen Schülern Bescheid, dass der Unterricht gleich anfängt.«

»Ja, pfeif du nur, mein Vögelchen!«, flüsterte Elias ihr zu.

Als so viele Schüler im Hof saßen, dass kein Fußbreit mehr Platz war, begann Elias zu unterrichten. Er zog die Tafel aus der Tasche, aber darauf stand noch das Lied, das er für Helen geschrieben hatte. Weil er keinen Schwamm dabeihatte, pflückte er sich schnell ein Maulbeerblatt und wischte die romantischen Worte damit weg. Anschließend malte er den Buchstaben L auf die Tafel und sagte: »Schreiben wir ein kurzes, aber dennoch großes Wort: Liebe!«

Die Schüler schrieben das Wort sorgfältig ab, manche auf Papier, andere auf den Boden vor ihren Füßen. »Ich wünschte, dieses Wort hätte mehr Buchstaben, dann würden wir länger daran schreiben«, rief Abdullah von hinten.

Elias lachte, die anderen fielen ein. Er verteilte die Übungsblätter an seine Helfer, damit jeder sie mit seiner Gruppe bearbeiten konnte.

Am Ende des Unterrichts nahm Elias Helen beiseite und flüsterte ihr zu, er wolle mit ihrem Vater sprechen. Um diese Zeit sei er meist im Sumachhain, sagte sie. Dort fand er Shammo dann auch. Er war gerade dabei, ein paar niedrige Büsche abzuschneiden. Wie üblich trug er ein langärmeliges Hemd und eine an den Oberschenkeln pludrige und an den Fersen eng anliegende Hose, die in der Taille von einem Flechtgürtel gehalten wurde.

Elias grüßte ihn und sagte: »Ich habe heute eine ganz besondere Bitte an Sie und hoffe, Sie werden sie nicht abschlagen.«

»Sie bedeuten uns viel, eine Bitte erfüllen wir Ihnen gern«, antwortete Shammo.

»Ganz kurz: Ich möchte Sie um die Hand Ihrer Tochter Helen bitten.«

Shammo schwieg nachdenklich. Er wirkte überrascht. Schließlich sagte er: »Ich werde mich mit meiner Familie beraten und Ihnen beim nächsten Mal die Antwort geben.«

Elias dankte ihm und wollte schon gehen, aber Shammo sagte noch: »Bitte gehen Sie doch nicht ohne ein Mittagessen!«

»Gut.«

»Ich habe gehört, dass die Leute mit Ihrem Unterricht sehr glücklich sind«, sagte Shammo auf dem Heimweg.

»Das macht mich noch glücklicher.«

»Ich möchte Ihnen etwas sagen. Ich hoffe, dass Sie mich verstehen!«

»Ja, bitte!«

»Vor Ihnen hat schon ein anderer Mann mit mir über Helen gesprochen, und ich habe ihm zugesagt. Ich gebe ihm nicht den Vorzug vor Ihnen, aber, wie wir sagen, der Segen wird dem gegeben, der zuerst fragt.«

Helen bemerkte, dass Elias beim Mittagessen bedrückt wirkte und nur mit Mühe etwas Reis und Soße herunterbrachte. Sie fürchtete, dass ihr Vater seinen Antrag abgelehnt habe. Gleich nach dem Tee bat Elias, gehen zu dürfen.

»Blieben Sie nicht besser noch bis zum Morgen?«, fragte Shammo.

»Das ist nett von Ihnen, aber ich kenne den Weg inzwischen genau, das ist kein Problem, nicht mal im Dunkeln«, antwortete Elias.

9. ACHTERBAHN

Auf dem Dach, in ihrem Bett unter dem Stoffhimmel, berichtete Shammo Ramziya: »Heute hat Elias mir eröffnet, dass er Helen heiraten möchte. Wir haben Saleh zwar schon unser Einverständnis gegeben, aber wir müssen es Helen sagen.«

»Keine Sorge, ich rede mit ihr. An Saleh ist nichts auszusetzen, er passt am besten zu ihr«, erwiderte Ramziya.

»Elias ist auch ein netter Kerl.«

»Aber er war schon mal verheiratet und hat einen Sohn. Und er hat kein geregeltes Einkommen.«

Am nächsten Tag, als Ramziya mit ihrer Tochter allein im Wohnzimmer war, ergriff sie die Gelegenheit gleich beim Schopf. Helen nähte gerade an einer orangefarbenen Bluse, die sie selbst zugeschnitten hatte. »Du wirst doch nicht Elias heiraten, oder?«, fragte Ramziya.

»Warum nicht?«, gab Helen zurück.

»Überleg es dir gut, mein Kind, eine Heirat ist keine Sache für ein oder zwei Tage, sondern fürs ganze Leben. Saleh kann dir bestimmt ein angenehmes Leben bieten. Er ist sehr vermögend, besitzt ein Haus und mehrere Geschäfte. Elias ist zwar gebildet, aber er hat keinen Job, wie soll er da eine Familie ernähren?«

»Mama, sagst du nicht selbst immer, dass Gott einem weiterhilft, solange man gute Absichten hat?«

»Saleh hat auch gute Absichten.«

»Warum hasst du Elias so?«

»Ich hasse ihn doch nicht, ganz im Gegenteil, er ist ein guter Mensch, und ich wünsche ihm, dass er eine gute Frau findet – bloß eben nicht dich.«

»Du bist ja verrückt!«, sagte Amina. Die beiden Freundinnen waren, jede mit einem Armvoll Brennholz für ihre Familien, unterwegs aus dem Tal hinauf ins Dorf. Gerade hatte Amina erfahren, dass Helen den reichen Händler zurückzuweisen und sich mit dem Habenichts Elias zu verbinden gedachte.

»Was hat denn Liebe mit Heiraten zu tun?«, fragte Amina. »Liebe, wen du willst, aber heirate den, der zu dir passt!«

»Wer von uns beiden ist denn da die Verrückte, Amina?«

»Meine Mutter sagt, die Männer sind alle gleich. Aber egal. Warum gefällt dir Elias denn überhaupt besser als Saleh?«

»Ich weiß es nicht genau. Es ist nichts Bestimmtes, das ich benennen könnte. Aber die ganze Welt verändert sich, wenn ich mit ihm zusammen bin. Sogar die Lieder lösen tiefere Empfindungen bei mir aus, als wären sie nur für mich geschrieben.«

»Deine Liebe ist Feuer«, trällerte Amina und zog dabei die Vokale in die Länge wie der große Sänger Abdul Halim Hafez.

Als Helen am Abend nach Hause kam, teilte ihre Mutter ihr mit, dass Saleh und Abdullah in zwei Tagen zum Abendessen eingeladen seien. »Du solltest dich darauf vorbereiten«, sagte Ramziya. »Dies ist eine Gelegenheit, sich mit den Köpfen und Herzen näherzukommen.«

Helen sagte nichts, sondern stieg rasch aufs Dach. Es war

noch nicht Schlafenszeit, trotzdem legte sie sich ins Bett und blieb bis zum Morgen liegen. Im Schlaf träumte sie von Elias, und als sie erwachte, dachte sie als Erstes an sein Lächeln. Für sämtliche Reichtümer der Welt würde sie dieses Lächeln nicht eintauschen wollen. Warum sollte sie sich überhaupt mit dem anderen Mann treffen? Was sollte sie ihm sagen? Dass sie Elias liebte? Helen fühlte sich nicht wohl, nicht nur wegen der Verabredung mit Saleh, sondern auch, weil sie Bauchschmerzen hatte und ihr schwindelig war.

Am Morgen trank sie zwar Tee, frühstückte aber nicht. Den ganzen Tag war ihr übel, und sie hatte keinen Appetit. Ramziya fiel das auf. »Komm, mein Kind, wir gehen zu Umm Khairy!«, sagte sie.

Umm Khairy war eine ledige Frau Mitte fünfzig, die mit ihrem Sohn Khairy sowie ihrer Mutter und ihrer Tante zusammenlebte, die beide verwitwet waren. Khairy war eine Waise, sie hatte ihn adoptiert, als sie dreißig gewesen war. Die Dorfleute sagten, sie sei nicht für die Ehe geboren, dafür sei sie zu klug. Als Ramziya und Helen zu ihr kamen, führte sie die beiden durch einen Korridor in ein großes Schlafzimmer, das in eine Praxis umgewandelt worden war. In einer Ecke standen eine schmale Liege und ein Stuhl. In einer anderen Ecke befand sich Umm Khairys Schreibtisch mit Flaschen in verschiedenen Größen und kleinen Instrumenten darauf. An der Wand über dem Schreibtisch hing ein Bild von einer Schlange, die sich um einen geflügelten Stab wand. Die übrigen beiden Wände entlang zogen sich Regale voller Glasbehälter mit Kräutern darin. Helen setzte sich auf die Liege und Ramziya auf den Stuhl. Umm Khairy untersuchte Helen. »Das ist ein Virus«, sagte sie, »dagegen kann man nichts machen, außer viel zu trinken. Aber ich gebe dir ein Kraut zur

Beruhigung mit. Bauchschmerzen können auch durch Stress verursacht sein.«

Am folgenden Tag lag Helen die meiste Zeit in einer Ecke des Wohnzimmers. Als ihr Vater am Nachmittag vorbeikam, blieb er bei ihr stehen, setzte sich neben sie und legte ihr die Hand auf die Stirn. Danach presste er in der Küche zwei Granatäpfel aus und gab ihr den Saft zu trinken. Sie nippte kurz daran, um ihn nicht zu enttäuschen. Er bat Abdullah, das Treffen mit Saleh zu verschieben, bis Helen sich besser fühlte.

Am Freitag blieb Helen Elias' Unterricht fern, und zwar nicht nur, weil sie sich noch immer schwach fühlte, sondern auch, weil sie fürchtete, von ihrem Vater mit Elias gesehen zu werden, nachdem er erfahren hatte, dass sie ihn liebte. Sonst war der Umgang mit einem Mann aus dem Dorf etwas ganz Normales für sie und hatte nichts Peinliches an sich, aber im Falle einer Liebesbeziehung war das anders.

Elias stellte neue Buchstaben vor, aber er war zerstreut. Als er den Unterricht beendet hatte und die Schüler aufbrachen, stellte er sich zu Abdullah und sagte: »Es sieht Helen gar nicht ähnlich, dass sie nicht zum Unterricht kommt.«

»Sie ist krank«, antwortete Abdullah.

»Warum? Was hat sie denn?«

»Sie fühlt sich einfach nicht wohl.«

Elias druckste ein wenig herum. »Abdullah«, sagte er dann, »ich brauche deine Hilfe in einer heiklen Angelegenheit.«

»Soweit es in meiner Macht steht, werde ich nicht zögern.«

»Könnten wir einmal unter vier Augen miteinander sprechen?«

»Gehst du jetzt nach Hause, oder bleibst du noch?«

»Ich gehe.«

»Dann komme ich mit, und wir reden unterwegs.«

Elias wusste nicht recht, wie er anfangen sollte, deshalb ergriff Abdullah als Erster das Wort: »Wie laufen die Dinge, Elias?«

»In Ordnung so weit. Aber in einer Sache würde ich gern deine Meinung hören. Du kommst mir verständig vor und romantisch dazu.«

Abdullah lachte. »Wie kommst du darauf, dass ich romantisch bin?«

»Durch die Art, wie du im Unterricht auf das Wort ›Liebe‹ reagiert hast. Deine Bemerkung hat mir sehr gefallen.«

»Ich wirke vielleicht nicht so, aber innerlich bin ich wirklich romantisch. Und du?«

»Ob ich romantisch bin, weiß ich nicht, aber ich habe mich verliebt.«

»Das ist doch schön.«

»Trotzdem habe ich ein Problem.«

»Was denn für eins? Sag nicht, die Liebe kommt nur von einer Seite!«

»Nein.«

»Gott sei Dank! Unerwiderte Liebe kann ich nicht leiden.«

»Und was, wenn eine dritte Partei involviert wäre?«

»Wie meinst du das?«

»Stell dir vor, es gibt zwei, die sich lieben und heiraten wollen, und dann kommt ein Dritter dazwischen, der das Mädchen ebenfalls heiraten will.«

»Aha? Das darf nicht sein, vor allem, wenn das Mädchen ihn nicht will.«

»Danke! Und was, wenn dieser Dritte dein Freund ist?«

»Von wem redest du?«

»Von dem Kaufmann Saleh, der Helen heiraten möchte.«

Abdullah schwieg kurz, dann sagte er: »Saleh weiß nicht, dass da noch jemand ist.«

»Ich liebe Helen, und sie liebt mich, und sie will deinen Freund nicht heiraten. Kannst du uns helfen?«

Als Abdullah nicht gleich antwortete, redete Elias weiter: »Dein Freund ist natürlich reicher und viel privilegierter als ich, aber ich bin mir sicher, mehr Liebe und Respekt als ich hat er Helen nicht zu bieten.«

»Geld ist nicht alles, Elias. Schluss damit, überlass die Sache mir! Ich rede mit meinem Onkel.«

Elias sagte nichts, aber er empfand große Dankbarkeit.

»Jedes Problem trägt seine Lösung schon in sich«, sagte Abdullah. »Wenn allerdings Liebe das Problem ist, bleibt sie am besten ungelöst.«

»Habe ich nicht gesagt, du bist romantisch?«

Am nächsten Tag redete Abdullah im Sumachhain mit Shammo und Ramziya.

»Ich bin mit meinem Freund Saleh hierhergekommen, um euch zu bitten, in seine Heirat mit Helen einzuwilligen, und jetzt bitte ich euch, dies gerade nicht zu tun«, erklärte Abdullah.

»Oh Gott, der du alles verwandelst!«, rief Ramziya.

»Ich habe meinen Freund nämlich sehr gern und möchte nicht, dass er sich auf eine verlorene Sache einlässt«, fuhr Abdullah fort.

»Die Heirat mit Helen ist also eine verlorene Sache?«, fragte Ramziya.

»Helen hat das Recht, sich ihren Lebensgefährten auszusuchen, schließlich ... schließlich ist es ja ihr Leben, oder?«, sagte Abdullah.

Shammo nickte ernst. »Mein Gott, ich habe meine liebe Tochter noch nie so dahinwelken sehen. Die Arme isst und trinkt ja nichts mehr. Aber ich schäme mich auch für die Schande, Saleh gegenüber wortbrüchig zu werden.«

»Lieber sein Wort brechen als jemandem das Herz«, meinte Abdullah.

»Ja, komm du nur mit deinen schönen Reden, Abdullah!«, rief Shammo.

»Überlass das mit dem gebrochenen Wort mir!«, sagte Abdullah. »Ich bringe das wieder in Ordnung. Ich rede mit Saleh. Er ist ein offener und verständiger Mensch.«

»Mein Gott ja, er ist ein guter Mensch«, bestätigte Ramziya.

»Gott erhalte ihn seiner Familie!«, sagte Shammo und wandte sich dann an seine Frau. »Geh Helen Bescheid sagen, damit sie sich freut und wieder gesund wird!«

Noch am Vormittag des 7. September rannte Helen aus dem Haus. Sie brannte darauf, Amina zu erzählen, dass ihre Eltern Elias als Ehemann für sie akzeptierten. Zwischen den beiden Freundinnen kam es ständig zu Gedankenübertragungen, und auch jetzt hatte sie kaum an Amina gedacht, als sie auch schon ihren Pfiff hörte, mit dem Amina sie einlud, sie zu den Mandelbäumen oben auf dem Berg zu begleiten. In dieser Jahreszeit pflegten die Dörfler die Mandeln zu ernten, »bevor sie der Bär frisst«, wie Shammo sagte. Helen stieß ebenfalls einen kurzen Pfiff aus, um Amina mitzuteilen, dass sie sich ihr anschließen würde. Sie lief zu dem kleinen Hügel, an dem sich die Freundinnen meist trafen, bevor sie höher den Berg hinaufstiegen. Amina war schon kurz vor ihr dort eingetroffen, und nun setzten sie ihren Weg gemeinsam fort.

»Man sagt ja, Liebe raubt einem den Verstand, aber offenbar tötet sie auch Viren ab«, sagte Amina.

Helen lachte. »Halte dich lieber schon mal bereit, du albernes Huhn! Du wirst bei der Hochzeit als Brautjungfer neben mir sitzen.«

»Wann ist denn die Hochzeit?«

»Das weiß ich noch nicht genau. Elias weiß ja noch nicht einmal, dass meine Eltern einverstanden sind. Ich sage es ihm erst nach dem Unterricht.«

»Ja, tu das bloß nicht davor!«

»Warum nicht?«

»Damit er nicht verrückt wird vor Freude und uns nicht mehr unterrichten kann.«

Beide lachten.

»Er ist ein guter Lehrer«, sagte Amina. »Sieh nur mal her!« Sie ritzte mit einem Stöckchen ihren Namen in die Erde.

Nach dem Unterricht am Freitag, dem 10. September, wartete Helen ab, dass der Hof sich leerte. Als nur noch Elias da war, ging sie zu ihm. Den Rucksack schon auf dem Rücken, stand er unter einem Maulbeerbaum, in der Hand einen Käfig. Er hob ihn bis an seine Brust. »Vielleicht könnte man diesen Käfig am Fest der Vögel verbrennen?«, meinte er.

Helen schaute eine Weile auf den leeren Käfig, bevor sie antworten konnte. »Ja, das könnte man.«

Er reichte ihr den Käfig. »Auf meinem Weg hierher bin ich heute an dem Feigenbaum stehen geblieben und habe meinen Vogel freigelassen«, sagte er.

»Du hattest einen Vogel?«

»Ja. Ich habe gut für ihn gesorgt«, sagte Elias. »Ich dachte, er sei glücklich, aber bei euch habe ich gelernt, dass Glück ohne Freiheit unvollkommen ist. Zuerst wollte er gar nicht weg, aber als er die anderen Chukarhühner hörte, ist er nach ein paar Minuten zu ihnen geflattert.«

Helen lächelte. »Danke, dass du ihn freigelassen hast!«

»Ich fühlte mich danach richtig erleichtert«, sagte Elias. »Ich hoffe, der Vogel wird nun auch an meinem Fenster picken und mir gute Nachrichten bringen.«

»Gerade höre ich einen sagen, dass du mit meinen Eltern über die Hochzeit reden kannst«, sagte Helen. Seine seltsame Reaktion auf diese Worte hatte sie allerdings nicht erwartet. Er führte nämlich die Finger zum Mund und stieß einen lauten Pfiff aus.

»Für wen war das denn?«, fragte sie.

»Ich kann es beim besten Willen nicht sagen. Für die Vögel und die Berge und alle Menschen! Um ihnen zu sagen, wie glücklich ich bin!«

»Aber das war der Feueralarm, du Wahnsinniger!«

»Es brennt ja auch«, sagte er. »In meinem Herzen!« Er zeigte mit dem Finger auf seine Brust.

Innerhalb von Sekunden kam Shammo, erschrocken über den Feueralarm, aus dem Sumachhain gerannt. Und ein paar Minuten später schleppte der Nachbarssohn Dakhil keuchend einen großen Topf Wasser heran.

»Entschuldigung«, sagte Helen, »der Pfiff war ein Irrtum.«

Elias vergrub das Gesicht in den Händen und schämte sich. Dakhil ging wieder nach Hause, und auch Helen zog sich zurück, um Elias mit ihrem Vater allein zu lassen.

Als Shammo hörte, dass es nicht brannte, atmete er erleichtert auf. Er begrüßte Elias so herzlich, dass auch dieser sich wieder entspannte.

»Treten Sie doch ein, Elias!«, sagte er und zeigte auf die Haustür. Elias ging mit hinein und setzte sich auf die Matratze auf dem Boden, wo er immer saß.

»Sie müssen ja sterben vor Hunger nach Ihrem Aufstieg und dem Unterricht«, sagte Shammo. »Was halten Sie von ein bisschen Joghurt, bis wir das Abendessen vorbereiten?«

»Zu Joghurt sage ich niemals nein.«

»Mit Feigen?«

»Zu Feigen sage ich ebenfalls nicht nein.«

»Wozu sagen Sie denn nein?«

»Nein zum Kolonialismus!«, witzelte Elias.

Shammo verschwand lachend in der Küche und kam mit einer Schüssel Joghurt und einem Korb Feigen zurück. Sie setzten sich nebeneinander und ließen es sich gemeinsam schmecken. Nach ein paar Minuten kam Ramziya völlig außer Atem ins Zimmer gerannt. »Ich bin hinters Haus gelaufen, um nachzusehen, ob es dort irgendwo brennt«, keuchte sie. »Jemand hat den Feueralarm gepfiffen! Aber Gott sei Dank ist alles in Ordnung. Wie geht's, Elias?«

»Danke, gut. Und Ihnen?«

»Gut«, sagte sie und verschwand in der Küche.

Elias ließ den Blick von Helens Bild an der Wand zu Shammo wandern. »Hatten Sie schon Gelegenheit, über meine Bitte, mich mit Helen verbinden zu dürfen, zu sprechen?«

»Wir sind einverstanden. Die Einzelheiten besprechen Sie allerdings besser mit Ramziya.«

Elias stand auf, umarmte Shammo und küsste ihn.

Als Ramziya mit dem Teetablett zurückkam, sagte Shammo: »Ich habe Elias gesagt, dass wir einverstanden sind, wenn er unsere Tochter heiratet.«

Ramziya setzte sich neben ihren Mann.

»Ich werde die Augen nie von Helen lassen«, sagte Elias, den Blick auf Ramziya gerichtet.

»Gott schütze Ihre Augen!«, erwiderte diese.

»Ich habe mich übrigens bei der Zeitschrift *Ninive* beworben, und sie haben mich genommen«, berichtete Elias. »Nächsten Monat geht einer der Beschäftigten in Rente, und ich bekomme seine Stelle.«

»Herzlichen Glückwunsch!«, rief Ramziya. »Das ist aber eine gute Nachricht.«

»Ich habe das Geld für die Hochzeit. Sollen wir sie in zwei Wochen feiern?«

»Nein, Elias«, antwortete sie, »wir brauchen mehr Zeit für die Vorbereitungen. Wie Sie wissen, machen wir hier im Dorf alles von Hand, und die Wollsaison hat noch nicht einmal begonnen. Wir müssen auch noch in die Stadt, um Sachen für die Hochzeit einzukaufen. Sagen wir, frühestens in zwei Monaten.«

»Wir können den Hochzeitstermin also beispielsweise auf den letzten Donnerstag im November legen?«, fragte Shammo.

»Ja, das klingt vernünftig.«

»Was halten Sie davon, wenn Sie alle mit mir hinunter nach Mosul kommen? Ich kann mit Ihnen in den Suk gehen, und unterwegs schauen wir bei meiner Schwester vorbei, damit Sie sie auch kennenlernen!«, sagte Elias beschwingt.

Ramziya warf Shammo einen fragenden Blick zu, und er meinte zu ihr: »Eine gute Idee. Du und Helen, ihr könnt mit

Elias hinuntergehen, aber vergesst nicht, Azad und mir etwas von dem Kaugummi mit dem Pfeil mitzubringen!«

Elias lächelte. »Ich bringe das Kaugummi mit, wenn ich nächsten Freitag komme. Und nach dem Unterricht gehen wir gemeinsam hinunter? Natürlich können Sie bei mir oder bei meiner Schwester übernachten. Abgemacht?«

Ramziya nickte, und Shammo sagte: »Abgemacht – wenn es wirklich Kaugummi gibt.«

Sie lachten.

Yahya saß in seinem Hochstuhl, als es an der Tür klingelte. Sana rannte los, um den schon sehnlichst erwarteten Gästen zu öffnen. Sie begrüßte Helen und ihre Mutter mit Küsschen und lud sie ein, sich ins Wohnzimmer zu setzen. Den Tee mit Kardamom hatte sie schon fertig und auf kleinem Feuer warm gestellt, dazu hatte sie Baklava und Kuchen vorbereitet.

Elias nahm Yahya auf den Arm. Er stellte ihn zuerst Ramziya vor, die ihn auf den Kopf küsste und an Helen weiterreichte. Der Junge setzte sich auf ihren Schoß, und sie lächelte ihn an. Als sie ihn betrachtete, dachte sie sich, dass er die vor Klugheit blitzenden Augen seines Vaters hatte. So unversehens einen Sohn auf den Schoß gesetzt zu bekommen, an den sie aus irgendeinem Grund zuvor nie gedacht hatte, machte ihr gleichzeitig Freude und Angst. Einen Sohn zu haben, ohne schwanger gewesen zu sein oder seine Geburt erlebt zu haben, war ein Geschenk, das ihr Gefühlsleben ziemlich durcheinanderbrachte.

»Wo ist Rula, Sana?«, fragte Elias.

»Sie ist mit Karim zur Geburtstagsfeier ihrer Cousine gegangen. Sie kommen gleich zurück.«

Sana holte das Teetablett, und Elias nahm die Baklava-

Schachtel in die eine und den Kuchen in die andere Hand und bot Ramziya beides an. Dann hielt er es Helen hin, und sie ließ zuerst Yahya ein Stück Kuchen nehmen. »Er wird dich nicht in Ruhe deinen Tee trinken lassen«, sagte Elias.

»Kein Problem«, erwiderte Helen.

Elias stellte die Süßigkeiten vor die Gäste auf den Tisch und setzte sich. Sana wollte Helen Yahya abnehmen, aber dieser weigerte sich.

»Das ist das erste Mal, dass Yahya bei jemandem auf dem Schoß bleibt«, sagte Sana.

Elias lächelte. »Natürlich«, sagte er, »wenn die Süßigkeiten direkt vor ihm stehen.« Wenn das süße Geschöpf direkt hinter ihm ist, dachte er sich.

Als sie mit dem Tee fertig waren, fragte Elias seine Schwester: »Kommst du mit in den Suk oder wartest du noch auf Karim und Rula?«

Sana überlegte kurz und sagte dann: »Vielleicht ist es einfacher, wenn du die Eheringe mit Helen allein kaufst. Was meinen Sie, Ramziya?«

Ramziya zögerte zunächst, und so fuhr Sana fort: »Bleiben wir doch in Ruhe hier sitzen. Am Nachmittag wird das Wetter besser, dann können wir zusammen einkaufen gehen.«

»Wie Sie möchten«, sagte Ramziya.

Als Elias und Helen ans Ende der Straße kamen, sagte Elias: »Mein Haus ist da drüben in Sarchakhana.« Er zeigte die Richtung mit der Hand. »Ich glaube, es ist mehr als zweihundert Jahre alt. Ein historisches Gebäude, sagt die Eigentümerin. Was aber noch wichtiger ist: Es liegt nahe bei der alten Brücke, über die wir in einen Wald kommen, und von da aus geht es direkt in den Vergnügungspark. Bist du da schon mal gewesen?«

»Als ich noch klein war, war ich mal mit meinem Onkel Murad da.«

»Was hältst du davon, wenn wir jetzt dorthin gehen?«

»Kommen wir dann nicht zu spät nach Hause?«

»Ach was. Lass uns gehen!«

Am Eingang zum Vergnügungspark sagte er: »Als Erstes gehen wir auf die Achterbahn.«

»Jetzt sofort?«

»Dann wird der Rest ein Kinderspiel.«

In den Kurven wurden sie eng aneinandergepresst, und als ihr Wagen sich dem höchsten Punkt näherte, schloss Helen die Augen und schrie. Der Wagen raste die Schienen hinab, lief allmählich aus und blieb schließlich stehen.

Als sie danach ein wenig umherschlenderten, standen sie unvermittelt vor einem Café unter freiem Himmel.

»Hast du Durst? Komm, wir trinken etwas«, schlug Elias vor.

Im Café zählte der Kellner die verfügbaren Getränke auf. Helen entschied sich für Orangensaft, und Elias bestellte Erbil-Joghurt.

»Du hat eine Vorliebe für Joghurt«, sagte Helen.

»Wenn jemand aus unserem Land auf dem Mars landen würde, rate mal, was er dort täte!«

Sie schwieg und tat, als denke sie scharf nach, dann fragte sie: »Was täte er denn?«

»Er würde ein Restaurant für Kebab und Erbil-Joghurt eröffnen.«

Sie lachte. »Kannst du kochen?«, fragte sie.

»Nein, ich kann nur essen.«

»Dann musst du es lernen, ich kann nämlich nicht gut kochen. Vor allem Reis bekomme ich nie richtig hin.«

»Neiiiin, ich liebe Reis!«

»Du isst also Reis und Kartoffeln? Und dann behauptest du, deine Diät schlägt nicht an!«

»Ich verstehe, was du meinst. Komm, wir gehen auf das Riesenrad! Am schönsten ist es, wenn man ganz oben ist und es aufhört sich zu drehen!«

Helen blickte an dem Rad empor und tat, als hätte sie Angst.

»Du Hasenfuß! Ich habe schon mitbekommen, wie du auf der Achterbahn gebibbert hast!«

»Als hättest du keine Angst gehabt! Dabei hast du dich, so fest es ging, an den Griff geklammert!«

Elias schüttelte den Kopf. »Jetzt aber mal im Ernst, wer von uns hatte mehr Angst?«

»Du!«

»Gib mir deine Hand, lass uns sehen, wer stärker ist!«, sagte er und stemmte den Ellenbogen gegen die Tischplatte.

Mit ganzer Kraft versuchte sie, ihn zu besiegen. Ihre ineinanderverschränkten Hände neigten sich mal nach rechts, mal nach links. Schließlich gewann Helen. Oder Elias ließ sie gewinnen.

»Du bist richtig stark! Treibst du Sport?«, fragte er.

»Nein, aber wie du weißt, steige ich jeden Tag den Berg hinunter und wieder hinauf. Und du?«

»Ich spiele manchmal Fußball.«

Nachdem sie den Vergnügungspark verlassen hatten, blieben sie bei einem »Alles-für-einen-Dinar«-Laden stehen. Elias kaufte eine transparente Tüte voller Ballons mit Beschriftungen für verschiedene Anlässe. »Verteilen wir die doch beim nächsten Unterricht an die Schüler, und um sie zu prüfen, bitten wir sie, den jeweiligen Text vorzulesen! Was meinst du?«

»Eine schöne Idee!«

Elias nahm einen roten Ballon aus der Tüte und blies ihn auf, mitten in Helens lachendes Gesicht. Dabei wurde die Aufschrift »Ich liebe dich« immer größer.

Vor dem Laden saß eine Frau, die auf dem Gehsteig lauter Krimskrams zum Verkauf ausgebreitet hatte. Eines vor allem weckte ihr Interesse: ein Ring, in den ein Vogel graviert war. Er sah aus wie ein Chukarhuhn.

Elias nahm ihn in die Hand und gab ihn Helen, damit sie ihn anprobierte, aber er war ihr zu groß. Dann probierte er ihn selbst, aber ihm war er zu klein. Er legte ihn zurück auf die Stoffbahn und fragte die Verkäuferin: »Haben Sie noch mehr von diesen Ringen, Tantchen?«

»Nein, aber ich habe noch diese anderen Modelle. Probieren Sie doch die mal an!«, antwortete sie.

»Wir möchten aber genau diesen Vogelring«, sagte Elias.

»Wie schade, dass er nicht passt!«, meinte Helen.

Sie waren schon zwei Schritte weitergegangen, als die Frau sie noch einmal zurückrief: »Kommen Sie her, kommen Sie her! Wenn Ihnen dieses Vogelmotiv so gefällt, kann ich Ihnen ein Tattoo davon machen.«

Beide drehten sie sich um. Sie zeigte auf die gegenüberliegende Straßenseite. »Wenn Sie kurz mit mir über die Straße gehen würden? Da habe ich meinen Arbeitsplatz und meine Sachen und so.«

Eine Minute blieben sie stehen und überlegten, dann fragte Elias: »Was meinst du, Helen?«

»An ein Tattoo habe ich nicht gedacht, aber wenn du dafür bist, bin ich es auch.«

Die Frau stand auf, packte ihr Zeug zusammen und forderte sie mit einem Wink auf, ihr zu folgen.

Ihr Raum war winzig, kaum größer als einer der Hühnerställe im Dorf, und das Mobiliar bestand aus nichts weiter als einem Stuhl und einem Tisch. Allerdings war es ein echter Teakholz-Schreibtisch mit Schubladen. Darauf befanden sich ein dickes Buch, Nadeln in verschiedenen Größen, Fäden, Glasröhrchen und viereckige Fläschchen mit farbigen Tinten.

»Wo hätten Sie das Tattoo denn gern?«, fragte die Frau, nachdem sie ihre Abaya über die Schultern hatte hinabrutschen lassen und die langen Ärmel ihres Gewandes aufgekrempelt hatte. Dadurch sah man nun eine dicke Silberkette mit einem Sieben-Augen-Amulett auf ihrer Brust. Seine türkise Farbe harmonierte mit den halbmondförmigen Ohrringen. Die Augen in dem mageren, sonnengebräunten Gesicht waren auffallend groß. Trotz ihrer Runzeln wirkte sie in ihrer behänden Art und ihrer Lebhaftigkeit noch recht jugendlich.

Elias sah Helen an. »An die Stelle des Rings, oder?«, fragte sie.

»Auf dem Ringfinger, meinst du?« Elias hob die linke Hand ein wenig und betrachtete seinen Ringfinger. »Warum nicht?«

»Die meisten meiner Kunden lassen sich den Unterarm tätowieren«, sagte die Frau. »Aber ich kann bei Ihnen auch den Ringfinger nehmen. Ganz wie Sie wollen!«

Als sie jedem von ihnen den Vogel auf den Finger gezeichnet hatte, lächelten sie beide. Das Ergebnis gefiel ihnen.

»Kann ich noch etwas für Sie tun?«, fragte die Frau.

»Nein, danke, Tantchen«, sagte Helen.

»Ich frage nur, weil ich tatsächlich noch etwas anderes habe«, sagte die Frau und nahm das dicke Buch vom Tisch. »Ich sage Ihnen aus diesem Wörterbuch die Zukunft voraus. Was immer Sie mir dafür geben, ist ein Geschenk Gottes.«

Ohne ihre Antwort abzuwarten, schloss sie die Augen und

murmelte, die mageren Hände um das Buch gelegt, ein paar unverständliche Worte. Dann schlug sie es ganz langsam auf. Nach kurzem Schweigen sagte sie: »Ich sehe eine Achterbahn.«

Elias sah Helen mit hochgezogenen Brauen an, während die Frau fortfuhr: »Ich sehe eine Person, in deren Leben es auf und ab geht wie auf einer Achterbahn, bevor sie an einem fernen Ort zur Ruhe kommt. Sie wird nicht mehr aus noch ein wissen, aber dann wird sie eine Tür zur Hoffnung erreichen. Alles, was sie tun muss, ist, den passenden Schlüssel für diese Tür zu finden. Das ist weder leicht noch schwierig. Es wird eine beschwerliche Reise geben, aber außerdem auch stets Menschen, die ihre Hilfe anbieten. An jeder Station wird sie von jemandem erwartet.«

Die Frau wollte noch etwas sagen, doch plötzlich hielt sie inne, klappte das Buch zu und legte es zurück auf den Tisch.

Als sie den kleinen Laden verlassen hatten und die Straße überquerten, sagte Elias: »Das war aber sonderbar, oder? Als hätte sie uns zusammen auf der Achterbahn gesehen!«

»Mir hat gefallen, wie fein sie das Tattoo gezeichnet hat. Aber als sie uns die Zukunft vorausgesagt hat, wurde mir richtig unheimlich«, sagte Helen und betrachtete das Bild auf ihrem Finger.

»Wer gibt denn etwas auf die Worte von Hellsehern?«, meinte Elias. Doch nach einer kurzen Pause setzte er hinzu: »Was das wohl für ein Schlüssel ist, von dem sie geredet hat?«

»Ich dachte, du gibst nichts auf die Worte von Hellsehern?«, meinte Helen lächelnd.

10. DIE WELT IN FLACH

Die Schüler aus dem Dorf, ob jung oder alt, hatten ihre Buchstaben, Wörter und Sätze auf Papier, auf Felsen und Baumstämme geschrieben. Was sie allerdings in den Boden geritzt hatten, wurde vom Regenwasser weggewaschen und ging ins Gedächtnis des Lehms über.

Am Ende der letzten Unterrichtsstunde am 19. November 1999 sagte Elias: »Es freut mich, Ihnen sagen zu können, dass Sie nun alle Buchstaben gelernt haben. Heute machen Sie Ihren Abschluss.«

»Machen wir dann auch eine Abschlussfeier?«, fragte einer der betagteren Schüler, der von Kopf bis Fuß in Weiß gekleidet war, von der Kappe über die Dishdasha bis zu den Baumwollschuhen.

»Tun wir das am Abend!«, antwortete Elias.

»Sollen wir unsere Musikinstrumente mitbringen?«, fragte einer der Dorfbewohner, der das Haar unter seiner weißen Kappe zu vier langen Zöpfen geflochten trug.

»Natürlich«, sagte Elias. »Und ich habe noch eine Nachricht, die Ihnen, glaube ich, gefallen wird: Helen und ich werden heiraten. Unsere Hochzeitsfeier ist am Donnerstag hier an diesem Ort. Sie sind alle eingeladen.«

Die Schüler stießen zur Gratulation Pfiffe aus.

Die Nachricht von der Hochzeit wurde vom einem zum anderen getragen. Zur Bestätigung des Termins verteilten

Helens Eltern säuerliche Süßigkeiten an die Dorfbewohner. Daraufhin begannen die Nachbarn und Verwandten mit den Vorbereitungen für die Feier. Sie holten ausreichend Wasser von der Quelle. Sie sammelten mehr Brennholz als üblich und schmückten den Platz mit Laternen. Sie bearbeiteten den Weizen mit Holzhämmern, damit er weich wurde, sangen dabei ihre Weizenlieder und wünschten den Brautleuten, dass ihre Besitztümer so zahlreich werden mögen wie die Körner, die unter dem Hammer in die Höhe sprangen. Sie kochten Festtagsgerichte, vor allem Bulgur. Sie trugen Tabletts voller Speisen zu der Feier, die die Eltern der Braut ihnen mit Geschenken in den Schüsseln wieder zurückgeben würden.

Wie es Tradition war, stand Elias mit einer Gruppe junger Männer auf einem Hügel. Die anderen banden ihm ein buntes Tuch um den Kopf, durch das er zum Pascha wurde. In dieser Rolle hatte er eine Anschuldigung gegen einen der Anwesenden vorzubringen, woraufhin der Beschuldigte versuchen musste, sich zu verteidigen. Wenn die Gruppe entschied, dass der Angeklagte schuldig war, verlor er einen bestimmten Geldbetrag, der für die Feier ausgegeben oder jemandem gespendet werden konnte, den der Bräutigam auswählte. Befand sie ihn jedoch für unschuldig, zog er dem Bräutigam das Tuch vom Kopf, brachte ihn zu den Mädchen, die sich um die Braut gruppierten, und erhielt dort ein Geschenk. Elias sah sich die lächelnden jungen Männer, die ihn umringten, einen nach dem anderen an. Schließlich beschuldigte er einen von ihnen: »Der Vorwurf gegen dich wiegt schwer! Du bist letzten Freitag nicht zum Unterricht erschienen!«

Der junge Mann dachte eine Minute nach. »Ich war mit den Vorbereitungen für ein wichtiges Treffen mit dem Pascha beschäftigt«, erwiderte er dann.

Die jungen Männer diskutierten das Urteil. Einer erklärte, der Angeklagte sei unschuldig, drei andere aber widersprachen entschieden. »Wir sind die Opposition«, sagte einer von ihnen. Elias lachte. Da riss ihm der junge Mann mit einem Mal das Tuch vom Kopf und verschwand damit in der lärmenden, lachenden Menge.

Zu den Klängen von Trommel und Mizmar formierte sich der Dabke-Kreis, und die Freudentriller der Frauen hallten von Berg zu Berg. Bis in die frühen Morgenstunden feierten sie. Anschließend ritten die Brautleute auf zwei Pferden davon, die man extra für diesen Zweck gemietet hatte. Unten sollten sie die Pferde an zwei junge Männer zurückgeben, die bereits vor ihnen hinabgestiegen waren. Dort, auf der unbefestigten Straße, würde ein Auto mit Chauffeur auf sie warten. Als die beiden auf der Ebene unterhalb des Berges ankamen, fiel Elias' Blick auf »ihren« Feigenbaum. Er brachte sein Pferd zum Stehen, und Helen tat dasselbe mit ihrem. Elias sprang ab und ergriff ihre Hand, um auch ihr beim Absteigen zu helfen. Während er ihre Hand so in der seinen hielt, trafen sich ihre Blicke.

Als er ihr den transparenten Schleier aus dem Gesicht schob, hörte er das Echo einer Trommel – vielleicht war es auch sein eigener Herzschlag. Er bemerkte, wie ihre Lider sich senkten, und beugte sich vor, so dass ihre Lippen sich zum ersten Mal trafen. Als sie die Augen wieder öffneten, sahen sie etwas, das nicht weniger herzerwärmend war als ihr Kuss. Helens Pferd hatte Elias' Pferd den Kopf über den Nacken gelegt. Sie lächelten sich an. Elias zog Helen an der Hand mit sich. »Wir dürfen sie bei ihren Zärtlichkeiten nicht stören«, sagte er. »Komm, wir setzen uns ein bisschen unter unseren Baum, bis unseren verliebten Pferden wieder einfällt, dass wir auch noch da sind.«

Sie ließen sich unter dem Baum nieder, und Helen legte den Kopf so auf die Brust ihres Mannes, dass sie einen ganz ähnlichen Anblick boten wie die Pferde.

»Es war eine hübsche Feier, oder?«, fragte sie.

»Die Feier ist vorbei, aber mein Herz spielt immer noch Trommel und Mizmar«, antwortete er.

»Sag ein Gedicht für mich auf!«, bat sie.

Elias richtete den Blick in die Höhe, dann wieder zu ihr und fing an:

»Oh Meer, mein Herz ist ein Schiff, und es fuhr zu dir.
Ich hielt meine Liebe ab von dir, doch sie fuhr zu dir,
Und nie kam mein Herz zurück, welches fuhr zu dir.
Frag mich nicht, was es war, was da fuhr zu dir,
Als wäre gefahren zu mir, was da fuhr zu dir!«

»Unglaublich!«, rief Helen und wollte ihn schon bitten, es noch einmal zu wiederholen, aber da bemerkte sie, dass die beiden Pferde sich ein Stück entfernt hatten, und stand schnell auf, weil sie fürchtete, sie könnten fortlaufen und sie beide in der Dunkelheit zurücklassen.

Elias rannte los und brachte Helen ihr Pferd, damit sie zuerst aufsteigen konnte, und als sie im Sattel saß, saß auch er auf. Er sah Helen an. »Diese beiden sind unsere Limousine«, sagte er. Lachend ritten sie weiter.

Die Stadt erschien Helen wie eine flache Welt, wo man weder in ein Tal hinab- noch auf einen Berg hinaufsteigen konnte. Trotzdem war sie von vielen Dingen fasziniert, vor allem vom elektrischen Licht, das den ganzen Raum gleichmäßig ausleuchtete. Deshalb beklagte sie sich auch nicht wie die übrigen Einwohner Mosuls über die ständigen Stromausfälle.

Schließlich war sie gewohnt, ganz ohne Strom auszukommen. Außerdem sah sie gerne fern, und stets hatte sie dabei das Gefühl, dass die Moderatorin sie direkt ansah, egal wo im Raum sie sich gerade befand. Morgens riss sie, wie sie es aus dem Dorf kannte, sämtliche Fenster auf, und wenn sie auch nicht auf Maulbeerbäume und Chukarhühner blickte, standen in dem kleinen Garten vor dem Haus doch ein Bitterorangenbaum und eine Schaukel, auf der sie an den Abenden, an denen Elias zur Arbeit ging, gerne mit Yahya saß. Elias gefielen die Veränderungen, die Helen im Haus vornahm, er nannte sie »künstlerische Akzente«. Sie fertigte eine rechteckige Stickerei an und hängte sie an die Wand, dazu noch eine kleinere, quadratische, die sie auf den Tisch legte. Eine Wand des Wohnzimmers war von einer niedrigen Steinbank gesäumt, die sie in eine orientalische Polsterbank verwandelte, indem sie eine in warmen Farben bestickte Matratze darauflegte. Elias mochte sie sehr, und er erkor sie zu seinem Lieblingsplatz zum Kaffeetrinken. Der türkische Kaffee mit Kardamom, den Elias kochte, schmeckte ihr, und so nahm sie fortan bei ihren regelmäßigen freitäglichen Besuchen eine Tüte Kaffeebohnen mit ins Dorf.

Alle drei Mitglieder der neuen Familie warteten sehnsüchtig auf diese wöchentlichen Besuche, obwohl der Weg nun viel Zeit in Anspruch nahm, weil sie immer wieder haltmachen mussten, damit Yahya sich ein wenig ausruhen konnte – oder Elias, wenn er Yahya trug. Manchmal bestand Elias auch darauf, Helen auf dem Rücken zu tragen, selbst wenn sie protestierte. Er griff dann hinter seinem Rücken nach ihren Händen und zog sie lachend nach oben, während Yahya freudig um sie herumhopste.

Nach drei Jahren fortgesetzter Besuche hing Yahya an dem

Dorf Halliqi. Besonders gern spielte er mit Aminas Schafen. Wenn sie das Dorf wieder verließen, brach er jedes Mal in Tränen aus. Manchmal begleitete Amina sie zurück in die Stadt, um einen Tag oder zwei mit Helen zu verbringen. Einmal fragte Yahya, der gerade vier geworden war, Amina auf dem Heimweg: »Können die Schafe nicht auch mitkommen?«

»Ja, das wäre schön!«, antwortete sie.

Am dritten Freitag im März 2003 hoffte Yahya, dass seine Eltern ihn wie immer zu den ausgedehnten Feldern auf den Höhen mitnehmen würden, wo er mit dem Vieh und den Hühnern umherlaufen oder mit Azad die Schlangen streicheln könnte. Aber die Lage im Land war angespannt, denn Amerika war gerade in den Irak einmarschiert, und die Menschen warteten ab, was weiter geschehen würde. Angesichts der wiederholten Luftalarme über Mosul fehlte ihnen die Lust, aus dem Haus zu gehen. An jenem Abend allerdings war Helen so übel und schwindlig, dass sie eine nahe gelegene Klinik aufsuchen musste. Dort teilte ihnen der Arzt mit, dass sie schwanger war.

»Du wirst einen so dicken Bauch bekommen, dass ich dich nicht mehr auf dem Rücken tragen kann«, war Elias' Kommentar auf dem Nachhauseweg. Helen zwickte ihn in den Arm. »Du hast ja selbst einen dicken Bauch.«

»Aber nur aus Solidarität mit dir«, erwiderte er lachend.

Drei Monate vergingen ohne jeden Besuch im Bergdorf. So lange war Helen noch nie fortgewesen. Vor allem sehnte sie sich nach Amina. Sie erinnerte sich noch, wie Amina ihr als kleines Mädchen einmal böse gewesen war, weil Helen zu ihrem Onkel in die Stadt gegangen war und dort eine Woche lang blieb, ohne ihr vorher Bescheid zu geben. »Und wenn?«, hatte Helen sie damals gefragt. »Was war falsch daran?« Und

Amina hatte geantwortet: »Nichts. Ich habe mich ohne dich nur so allein gefühlt.«

Helen wünschte, Amina würde sich ohne sie wieder einsam fühlen. Daran dachte sie gerade, während sie mit einem Schlauch in der Hand den Vorgarten wässerte. Ein paar Minuten später stand Amina plötzlich vor ihr, begleitet von Azad. Helen konnte nicht widerstehen und spritzte die beiden nass, so wie die Dorfleute sich jedes Jahr bei ihrem Fest Anfang Juli mit Wasser bespritzten, um einander zu segnen. Auch wenn jemand eine große Reise antrat, schüttete man ihm als eine Art Schutzzauber Wasser hinterher.

Schließlich ließ Helen den Schlauch fallen, rannte auf die beiden zu und umarmte sie. »Gehen wir hinein!«, sagte sie.

Azad setzte sich neben Yahya auf die Schaukel. »Ich sitze lieber hier.«

Amina ging mit Helen ins Wohnzimmer. Sie trug eine Papiertüte in der Hand.

Helen kochte Tee und wärmte ein paar Kleicha-Plätzchen auf. Azads und Yahyas Portionen stellte sie auf ein Tablett und dieses auf einen kleinen Tisch neben die Schaukel. Anschließend ging sie wieder zu ihrer Freundin ins Wohnzimmer. Amina nahm einen Schluck Tee und sagte dann: »Als ich meine Sachen gepackt habe, habe ich diese Tüte gefunden. Sieh mal hinein!«

Helen öffnete die Tüte und fand darin ihre Zeichnungen aus der Kinderzeit. Sie wunderte sich, Amina hatte ihr nie gesagt, dass sie sie noch hatte.

»Auf allen meinen Bildern ist die Sonne zu sehen«, sagte Helen, als sie lächelnd darin blätterte. »Hast du sie all die Jahr aufbewahrt, Amina?«

»Ich hatte die Hoffnung, sie würden ein Vermögen wert sein, wenn du einmal eine berühmte Künstlerin wärst.«

Helen lächelte. »Das heißt, jetzt gibst du sie mir zurück, weil du weißt, dass sie keinen Wert haben?«

»Ich habe sie nur mitgebracht, um sie dir zu zeigen. Nur so zum Spaß. Nicht, um sie dir zurückzugeben!«

»Aber warum hast du gesagt, du hast deine Sachen gepackt?«

»Weil ich ins Dorf Hardan umziehe. Ich bin nämlich hergekommen, um dich zu meiner Hochzeit einzuladen. Sie ist am 4. Dezember, und am Abend davor ist die Hennanacht.«

»Da gratuliere ich aber! Wer ist denn der Glückliche?«

»Er heißt Qatto.«

»Qatto?«

»Nach dem Wort qataa für schneiden. Er ist wirklich wie ein von einem Baum abgeschnittener Zweig, er steht ganz ohne Familie da. Aber eigentlich heißt er nach seinem türkischen Urgroßvater. Damals, vor hundert Jahren, bei den Massakern des osmanischen Militärs an den Eziden der Türkei, wurde seine ganze Sippe ausgerottet. Wer nicht getötet wurde, floh. Urgroßvater Qatto war zu dieser Zeit noch ein Säugling. Man hatte ihn in weißen Stoff gewickelt unter einem Baum abgelegt, er war schon ganz mit Laub bedeckt. Dort wurde er von einer Frau namens Khunaf gefunden, die wie die übrigen Eziden aus der Türkei flüchtete. Khunaf war nicht verheiratet, als sie Qatto aufnahm, trotzdem zog sie ihn als ihren Sohn groß. Sie blieb für immer ledig, aber weil sie einen Sohn hatte, galt sie als verheiratet, auch wenn sie noch Jungfrau war. Die Leute, die von der Geschichte des Jungen erfuhren, nannten ihn fortan ›den von einem Baum Abgeschnittenen‹ – Qatto, und so kam er zu seinem Namen.

Sein Urenkel wurde ebenfalls von seiner Mutter Nassima allein aufgezogen, denn sein Vater war schon vor seiner Geburt gestorben. Deshalb nannte man ihn Qatto Ibn Nassima, Qatto Sohn von Nassima. Sogar in seinem Ausweis steht Qatto Nassima. Man dachte, dies sei sein vollständiger Name.«

»Und wie habt ihr euch kennengelernt?«

»Er war im Winter bei uns, um meinem Vater Wolle abzukaufen. Im Frühling kam er dann wieder und hielt um meine Hand an. Er sagte, er habe am Festtag des Khidr Elias geträumt, Wasser zu trinken, das ich ihm eingeschenkt hatte, und daraufhin beschlossen, dass ich seine Schutzheilige sei.«

»Nett. Aber das Wichtigste ist: Liebst du ihn?«

»Zuerst habe ich ihn weder geliebt noch gehasst, aber nach der Verlobung habe ich ihn geliebt.«

Lächelnd fügte sie hinzu: »Er hat gesagt, er wünschte, er wäre eines meiner Schafe, weil ich so gut für sie sorge.«

»Sorge auch für ihn, Amina! Deinen Worten entnehme ich, dass er ein liebevoller Mensch ist.«

»Das ist er wirklich. Er ist auch damit einverstanden, dass ich meine Schafe mitnehme. Zuerst hat er gesagt, lass deine Schafe hier, ich kaufe dir neue. Aber ich habe protestiert und gesagt, ich will nur meine.«

»Andere Schafe sind eben nicht dieselben wie deine, auch wenn Schafe sich äußerlich alle ähnlich sehen«, sagte Helen und stand auf, um Tee nachzuschenken.

Amina nickte, und Helen goss beiden Tee nach. Amina nahm sich ein Plätzchen und fragte: »Sag mal, Helen, wie ist das so für dich in der Ehe?«

»Ich bin schwanger. Im fünften Monat.«

»Oh, wirklich? Das sieht man dir gar nicht an!«

Helen zog ihre Bluse hoch, um Amina ihren Bauch zu zeigen.

»Vielleicht kannst du dann am Tag meiner Hochzeit gar nicht auf den Berg kommen«, sagte Amina. »Aber keine Sorge, ich verstehe das vollkommen.«

»Der Geburtstermin ist erst Ende Oktober, und deine Hochzeit lass ich mir auf keinen Fall entgehen, selbst wenn ich das Kind unterwegs bekommen müsste.«

Im selben Moment hörte man Schüsse.

»Nachts sollen manchmal schon Passanten von Querschlägern getroffen worden sein«, sagte Helen.

»Im Dorf sind keine Schüsse zu hören, aber von Besuchern haben wir erfahren, dass der Krieg wieder ausgebrochen ist«, sagte Amina.

Helen ging zur Tür und rief Azad und Yahya herein.

»Wann kommt Elias nach Hause?«, fragte Azad, als er mit Yahya ins Haus trat.

»Er hat heute Abendschicht. Vor Mitternacht ist er auf keinen Fall da.«

Sie blieben bis ein Uhr morgens auf, um auf Elias zu warten. Als er schließlich eintraf, erklärte er, er komme so spät, weil aus dem Zoo mehrere Tiger ausgebrochen seien. Das hatte auf den Straßen zu Chaos und zu Verkehrsunfällen geführt, weil einige Autos plötzlich abbremsten oder die Spur wechselten. »Die Leute wollten ihren Augen nicht trauen, als sie die Tiger durch die Straßen laufen sahen! Einige sagten, die Tiger hätten auf der Brücke Fußgänger getötet, andere, die Tiger seien diejenigen gewesen, die auf der Brücke erschossen wurden«, berichtete Elias.

Am Morgen war es wieder ruhig, und sie beschlossen, in den Suk zu gehen, bevor Azad und Amina wieder aufbrechen mussten. In einem kleinen Geschenkeladen blieb Helen vor einer handgearbeiteten Tischdecke stehen. Die darauf abgebildete Landschaft hatte Ähnlichkeit mit den farbigen Kreuzstichstickereien, die sie selbst herstellte. Sie ging zu dem alten Mann, der das Geschäft führte, und fragte:

»Wie viel kostet dieses Stück, Onkelchen?«

»Zehn Dollar. Das ist Handarbeit«, erwiderte der Mann.

»Ich weiß, wie man so etwas macht. Wenn Sie mehr davon gebrauchen können, kann ich Ihnen gerne noch welche bringen«, sagte Helen.

Der Mann dachte kurz nach und sagte dann: »Bringen Sie mir doch ein Muster, damit ich es mir ansehen kann.«

»Gut«, entgegnete Helen, »ich komme morgen wieder.«

Helen nahm sich ein quadratisches Stück Stoff, zeichnete darauf einen Vogel und stickte die Flügel mit buntem Garn aus. Als sie dem Ladenbesitzer anschließend ihr Werk brachte, fragte dieser: »Ist das ein Taschentuch?«

»Es ist eine kleine Tischdecke, aber man kann sie auch als Taschentuch verwenden.«

»Gut, machen Sie das Ganze ein wenig kleiner, dann kann ich es als Taschentuch anbieten. Bringen Sie mir, sagen wir mal, zehn, und wenn ich welche verkaufe, gebe ich Ihnen die Hälfte des Gewinns. Was sagen Sie dazu?«

Helen freute sich über das Angebot, und kaum war sie wieder zu Hause, fing sie an, Laubblätter, Vögel und andere Tiere auf quadratische Stoffstücke zu zeichnen.

Noch am selben Abend zeigte sie alles Elias, und er stieß einen Pfiff aus. »Ich fürchte, das war wieder ein Hilferuf!«, meinte er dann.

»Allerdings«, sagte Helen lachend.

»Wirklich?«

»Nein, ich mache nur Spaß.«

»Egal, hier versteht ja sowieso niemand die Sprache der Pfiffe.«

»Diese Taschentücher gefallen dir also wirklich?«

»Sie sind wunderschön, vor allem dieses hier«, sagte Elias und nahm sich das Tuch mit dem Vogel. »Nicht aus Voreingenommenheit für diesen geliebten Vogel, sondern weil dieses Taschentuch wirklich das schönste ist.«

»Sie werden in einem Geschenkeladen ausgestellt, und ich bekomme Geld für jedes verkaufte Stück.«

»Eins wird auf jeden Fall verkauft, das garantiere ich dir«, sagte Elias. »Nämlich an mich.«

Zwei Monate später bat der Ladenbesitzer Helen, noch mehr von den Vogeltaschentüchern herzustellen, denn sie verkauften sich am besten.

»Habe ich es dir nicht gesagt?«, fragte Elias.

An einem wolkigen Novemberabend des Jahres 2003 ließ Helen ihre Gedanken mit der Schaukel auf und ab schwingen. Der Geburtstermin war seit mehr als einer Woche überschritten. Sie erinnerte sich an die Worte ihrer Mutter, eine Frucht falle erst dann vom Baum, wenn sie reif sei. Genauso würden auch Babys erst dann geboren, wenn ihre Zeit gekommen sei.

Mit einem Mal flog ein bunter Kinderball mitten in ihre Gedanken. Er kam aus dem Nachbargarten über die Mauer und blieb in dem Bitterorangenbaum hängen. Mit ihrem dicken Bauch reckte Helen sich in die Höhe und rüttelte an den Zweigen, damit der Ball herunterfiel. Plötzlich stand eine Mutter mit einem Jungen an der Haustür und bat Helen, hineinkommen zu dürfen, um den Ball zurückzuholen.

Sie stellte sich als »Shaima« vor und sagte dann zu Helen: »Passen Sie auf, dass Sie sich nicht weh tun!«

Helen ließ von dem Baum ab und drehte sich nach ihr um. »Ich dachte, ich bekomme ihn herunter.«

»Mein Sohn kann das machen, wenn sie erlauben, er ist ein richtiges Äffchen.«

Helen lachte und nickte dem Jungen zu.

»Wann ist denn der Geburtstermin?«, fragte Shaima, während ihr Sohn auf den Baum kletterte.

»Er ist schon überschritten.«

Als der Junge mit dem Ball in der Hand vom Baum sprang, lächelte Helen ihn erneut an. »Das ging aber schnell!«, sagte sie. »Wie heißt du denn?«

»Hamid.«

»Und in welcher Klasse bist du, Hamid?«

»In der zweiten.«

»Mashaallah!«

Am nächsten Tag ging Elias im Hof auf und ab und wischte sich immer wieder die Tränen von den Wangen, denn Helen, die mit der Hebamme im Schlafzimmer war, schrie bereits seit zwei Stunden vor Schmerzen. Einen Moment lang kam es ihm vor, als höre er ein Baby weinen. Er machte ein paar Schritte auf das Zimmer zu, zog sich dann aber wieder zurück, weil er dachte, er habe sich getäuscht. Nein, es stimmte!

Die Hebamme kam aus dem Zimmer und sagte: »Herzlichen Glückwunsch! Mutter und Sohn sind beide wohlauf.«

Diese Frau hatte bereits den meisten Kindern des Viertels auf die Welt verholfen. Nun winkte sie ihn herein, und völlig überwältigt folgte er ihr.

Er rannte auf Helen zu und drückte ihr einen Kuss auf die

Stirn. Sie bewegte sich nicht, offenbar schlief sie. Aber als er »Yassir!« sagte, hörte sie es.

Ein paar Stunden später kam Sana mit Rula und Yahya, um sich Yassir anzusehen. Sie hatte einen Topf mit gefüllten Weinblättern dabei. Elias holte ein Tablett aus der Küche, stürzte den Topf darüber und stellte es dann auf den Tisch. Im selben Moment klopfte es laut an der Tür.

Als Elias öffnete, stürmte ein amerikanisches Suchkommando ins Haus. Die fünfzehn Soldaten verteilten sich sofort in die drei Räume. Sie fahndeten nach Terroristen, erklärte einer von ihnen Elias und blickte dabei auf das große Tablett mit den dampfenden Weinblättern. Elias lud sie alle ein, davon zu kosten, und jeder nahm sich eins. Danach bedankten sie sich und gingen. Als Elias die Tür wieder hinter ihnen schloss, sagte er: »Die Weinblätter haben ihnen geschmeckt.«

»Waren es genug?«, fragte Sana.

»Es wären genug für alle gewesen, aber sie haben ja nur probiert.«

Kurz darauf kam schon der nächste emotionale Moment. Sana verabschiedete sich, indem sie jeden in ihre Arme schloss. Sie würde bald nach Sulaymaniyya aufbrechen, ihr Mann hatte eine Stelle an der dortigen Universität bekommen.

Die Panzer in den Straßen wurden zahlreicher, und die Einwohner wurden immer besorgter und konfuser. Innerhalb dieser allgemeinen Sorge fühlte Helen noch eine besondere, wie ein kleines Känguru im Bauch eines großen: die Sorge einer jungen Mutter um ihr Neugeborenes. Sie war sich unsicher, ob sie richtig mit Yassir umging, wenn er weinte. Elias beruhigte sie, solange er weder Hunger noch die Windel voll habe, sei mit ihm alles in Ordnung. Sobald Helen ihn auf den Arm nahm, war er wieder still.

»Siehst du? Er will nur deine Aufmerksamkeit«, meinte ihr Mann.

Während des Wochenbetts, also in den ersten vierzig Tagen nach der Geburt, hätte Helen das Haus nicht verlassen sollen, aber sie wollte Aminas Hochzeit nicht verpassen. Deshalb nahm Elias das Neugeborene auf den Arm und Helen Yahya an die Hand, und sie machten sich auf ins Dorf.

Als Helen ihr Elternhaus betrat, empfing ihre Mutter sie mit Freudentrillern und segnete das Neugeborene, indem sie ihm eine Nadel mit einem türkisen Sieben-Augen-Amulett an den weißen Baumwollanzug heftete. »Was?«, fragte sie dann. »Er weint viel? Es ist alles in Ordnung mit ihm, er hat nur Blähungen.«

»Ich werde ihn beschneiden«, sagte Shammo.

Bei diesem Besuch sollte Elias bei Helens Eltern bleiben, während sie selbst in Aminas Elternhaus ging, denn die Hennafeier war nur für Frauen bestimmt. Sie färbten sich Hände und Füße mit Henna und tanzten singend um ein Tablett mit Kerzen herum, um die letzte Nacht der Braut im Haus ihrer Eltern zu feiern. Anschließend erteilten die verheirateten Frauen Amina Ratschläge, von denen einige recht kurios waren: »Liebe ist zwar blind, aber denk daran, nach der Heirat reißt sie ihre Augen weit auf!«, oder: »Renn nicht gleich beim ersten Streit zu deinen Eltern!« Als Helen mit ihrem Rat an der Reihe war, sagte sie: »Behandele deinen Mann so, wie du deine besten Freunde behandelst!«

Eine Woche nach Helens Rückkehr aus dem Dorf klopfte ihre Nachbarin, Hamids Mutter Shaima, an ihre Haustür. Sie hatte ein Kinderhandtuch als Geschenk für das Neugeborene dabei. Seit diesem Besuch zur Segnung von Yassirs Geburt entwickelte sich eine Freundschaft zwischen den beiden Frauen. Sie besuchten einander sehr häufig, und schließlich schlossen sie ihre Türen nicht mehr ab, damit jedes Familienmitglied jederzeit das Haus der anderen betreten konnte, als wäre es sein eigenes. Wenn Helen in den Suk ging, ließ sie Yahya und Yassir stets bei Shaima. Und wenn Hamid hungrig aus der Schule kam, und seine Mutter noch nicht mit dem Essen fertig war, ging er zu Helen und aß bei ihr zu Mittag. Shaima war nur sechs Jahre älter als Helen, aber wenn sie sich ihre Abaya über den Kopf zog, sah sie viel älter aus.

An Feiertagen schlief Hamid manchmal bei Yahya und Yassir im Zimmer. Am 11. November 2005 jedoch war er sogar dazu gezwungen, bei ihnen zu übernachten, denn seine Eltern waren ausgegangen und nicht wieder nach Hause gekommen. Yahya und Yassir hatten an diesem Abend gemeinsam Geburtstag gefeiert. Mit einer Woche Abstand waren sie beide im November geboren. Helen backte aus diesem Anlass zwei Kuchen. Auf Yahyas setzte sie sieben und auf Yassirs zwei Kerzen. Nachdem sie die Kerzen ausgepustet hatten, stellte Helen ein großes Paket vor sie hin und sagte: »Dies ist ein Geschenk für euch beide. Ihr könnt zusammen mit Hamid damit spielen.«

Hastig rissen sie das Geschenkpapier ab, und zum Vorschein kam ein kleines Kickerspiel für zwei Personen. Durch Drehen an den seitlich angebrachten Griffen konnten sie die Spieler bewegen, um den Ball ins gegnerische Tor zu befördern. Yahya liebte Fußball genau wie sein Vater, deshalb freute er sich sehr und fing sofort an, mit Hamid damit zu spielen. Elias und Yassir standen dabei und sahen zu. »Wir sind nach euch dran!«, sagte Elias.

Erst am Abend darauf kam Hamids Mutter wieder zurück. Als sie das Haus betrat, war sie ganz außer Atem.

»Wo bist du gewesen?«, fragte Helen und brachte ihr ein Glas Wasser.

»Wir sind bei meinem Bruder geblieben und haben die ganze Nacht nicht geschlafen. Weißt du, was passiert ist?«

»Was denn, Shaima?«

»Eine Verbrecherbande hat meinen Neffen entführt und zwanzigtausend Dollar Lösegeld für seine Freilassung verlangt.«

»O mein Gott, das ist ja furchtbar!«

»Sie haben uns ein Foto von ihm geschickt. Darauf waren hinter ihm vermummte Männer mit Schwertern in den Händen zu sehen. Seine Mutter fiel in Ohnmacht, als sie das sah, und mein armer Bruder versuchte sofort, sein Restaurant zu verkaufen, um das Lösegeld bezahlen zu können. Ich beteiligte mich, so gut ich konnte, und mehrere Verwandte standen uns ebenfalls bei, soweit es ihnen möglich war. Mein Bruder bat die Bande, ihre Forderung herunterzuschrauben, aber da drohten sie, ihm den Jungen in einem Müllsack zurückzuschicken. Also lieh er sich schnell die verlangte Summe und zahlte. Was das Wichtigste ist: Sie haben den Jungen, Gott sei Dank, zurückgegeben. Aber er ist traumatisiert und spricht nicht mehr. Er will uns nicht einmal sagen, was sie mit ihm gemacht haben.«

Helen ging ins Schlafzimmer und kam mit fünfhundert Dollar zurück, die sie Shaima in die Hand drückte. »Diese fünf Scheine habe ich mit den Taschentüchern verdient und angespart. Ich wünschte, ich könnte dir mehr geben, um deinem Bruder bei der Tilgung seiner Schulden zu helfen.«

»Danke, Helen! Ich werde es dir so schnell wie möglich zurückzahlen.«

»Mach dir darüber keine Sorgen.«

»Sag mal, wie geht es deinen Eltern?«

»Letzte Nacht habe ich von meinem Vater geträumt. Er machte sich Sorgen um mich.«

»Warum denn das?«

»Mir war ein Schneidezahn abgebrochen.«

»Oh! Man muss seine Albträume im Badezimmer erzählen, sagt man, damit sie ihre Wirkung verlieren.«

11. EIN DUNKLER BILDSCHIRM

Als sie während der nächsten Mondfinsternis auf dem Hausdach standen, sagte Yassir zu seinem Vater: »Der Mond ist weg. Hat der Wal ihn wirklich verschluckt?«

Auch Yahya wurde neugierig. »Wie kann denn ein Wal den Mond verschlingen? Er schwimmt doch im Wasser, und der Mond schwimmt im Himmel!«

Elias hatte schon Wochen zuvor von der vollständigen Mondfinsternis gehört, durch die der Mond sich rötlich färben sollte, und gab Yahya nun dieselbe Auskunft, die er selbst als Kind von seiner Mutter bekommen hatte: »Der arme Mond hatte Durst und beugte sich über den Fluss, um zu trinken. Da sah ihn der Wal und schnappte ihn sich.«

Trotz des Nieselregens hatten Helen, Elias und die beiden Jungen sich an jenem Tag Mitte April 2014 genauso wenig wie die übrigen Bewohner der Gegend davon abhalten lassen, aufs Dach zu steigen und auf ihre Esstabletts einzuhämmern. Letztlich jedoch bekamen weder sie noch sonst jemand in Mosul an jenem Abend den Mond zu Gesicht. Trotzdem taten sie, was sie konnten, um den unsichtbaren Wal zu vertreiben, so wie Don Quijote gegen die Windmühlen gekämpft hatte.

Warum ihr diese Krise des Mondes zwei Monate später wieder einfiel, wusste Helen nicht. Sie erinnerte sich noch genau an die Worte eines amerikanischen Priesters, der an jenem Tag im Fernsehen gewarnt hatte, die Mondfinsternis werde schreckliche Ereignisse im Nahen Osten nach sich ziehen, da sie mit verschiedenen religiösen Anlässen zusammenfalle. Vielleicht kamen ihr diese Gefahren nun wieder in den Sinn, weil sie so enttäuscht war, nicht ins Dorf hinaufsteigen zu können, um am 5. Juni Azads Hochzeit beizuwohnen. Jahrelang schon hatte Ramziya ihm immer wieder Namen von Mädchen aus ihrem Bekanntenkreis genannt, weil sie hoffte, er würde eine davon als Ehefrau in Betracht ziehen. Aber bis er fünfunddreißig war, was man im Dorf als sehr hohes Alter zum Heiraten ansah, hatte er die Sache nicht richtig ernst genommen. Seine Verlobte war zehn Jahre jünger als er. Sie kam aus einem bedeutenden Stamm, und ihre Verwandten hatten eine große Feier geplant. Ihrer Schwangerschaft wegen wäre Helen dem Anlass nicht ferngeblieben. Aber nun war über Mosul eine Ausgangssperre verhängt worden. Der Westen der Stadt sei von bewaffneten Truppen umstellt, hatte es im Radio geheißen, das Ausgangsverbot sei eine Sicherheitsmaßnahme, mit deren Hilfe die Polizei die Situation wieder in den Griff bekommen wollte.

»Das heißt, heute keine Prüfung und keine Schule. Gott sei Dank!«, rief Yassir, der inzwischen in der fünften Grundschulklasse war und neben Helen stand, als sie die Nachricht im Radio hörte.

Eigentlich hätte das Ausgangsverbot nach drei Tagen enden sollen, aber inzwischen beherrschten die Bewaffneten auch den Ostteil der Stadt. Einige Menschen gingen wieder an ihre Arbeit, andere jedoch blieben noch zu Hause, weil sie nicht sicher waren, ob die Ausgangssperre aufgehoben war oder nicht. Die Straßen waren beinahe menschenleer. An den Tankstellen dagegen bildeten sich lange Autoschlangen.

Um sich ein bisschen abzulenken, ging Helen zu Shaima hinüber.

Diese winkte sie ins Haus. »Komm rein, Helen! Die ganze Welt steht kopf!«

»Gütiger, was ist denn passiert?«

»Ich habe gehört, dass eine große Bande namens Daesh Mosul besetzt hat. Die Mitglieder recken schwarze Flaggen in die Höhe und töten jeden, der ihnen in die Quere kommt. Ach, wann haben diese Probleme denn endlich mal ein Ende?« Sie lud Helen ein, sich mit ihr an den Küchentisch zu setzen.

»Woher sind die denn gekommen?«, fragte Helen, nachdem sie sich gesetzt hatte, und presste die Hände aneinander.

»Wo sie herkommen, weiß ich nicht, aber ich habe gehört, dass sie den Flughafen, die Regierungsgebäude, die Banken und die Erdölfelder in ihre Gewalt gebracht haben. Und zwischen den Stadtvierteln haben sie Checkpoints errichtet. Selbst Abu Hamid, der seine Werkstatt sonst nie vor fünf Uhr zumacht, ist heute früher nach Hause gekommen. Inzwischen haben alle ihre Läden geschlossen und sind nach Hause gegangen, hat er erzählt. Die Mitglieder der Bande streifen nämlich durch die Suks und erpressen die Menschen mit vorgehaltener Waffe. Dabei wissen sie von jedem Einzelnen, wie viel er verdient.«

»Wie können sie das denn wissen?«

»Sie sind an die Dateien für die Lebensmittelmarken gekommen, dadurch sind sie über die Lebensumstände jeder Familie bestens informiert.«

»Das heißt, sie gehen planvoll vor.«

»Ganz sicher.«

Shaima wirkte bedrückt. Nach einer kurzen Pause zeigte sie auf die Straße und sagte: »Hast du Umm Qasim gesehen? Sie freut sich und verteilt Baklava. Die Leute vom Daesh seien die besten, sagt sie, sie sorgten für Wasser und Strom.«

In dem Moment kam Hamid hereingerannt. Seine Kleidung war mit Öl und Ruß befleckt. Er grüßte Helen und verschwand dann im Korridor. Shaima schenkte ihnen Tee in die Gläser. Nach dem ersten Schluck sagte sie: »Hamid arbeitet jetzt bei seinem Vater in der Autowerkstatt. Er ist ja nicht mehr klein. Er ist achtzehn geworden, und weil er nicht gerne lernt, ist ein Handwerk besser für ihn.«

Mit gesenkter Stimme fuhr sie fort: »Hamid hasst die Arbeit bei seinem Vater und erfindet alle möglichen Ausreden, um nicht in die Werkstatt zu müssen. Deshalb ist die Atmosphäre hier ziemlich angespannt. Daucrnd streiten sie.«

Am Abend blieb Helen mit Elias wach, um den Film »Titanic« zu sehen. Bei der Szene, in der die Menschen ertranken, weinten sie gemeinsam. Diese Szene fiel Helen am nächsten Tag wieder ein, als sie mit Elias über die alte Tigrisbrücke ging. Daneben dümpelte ein Boot kopfüber im Wasser. »Unser Boot wird nicht sinken«, meinte Elias dazu. »Nicht, weil unser Kapitän fähiger wäre, sondern weil es in unserem Fluss weder Wasser noch Salz gibt.«

Sie waren auf dem Weg zu dem Geschenkeladen, wo Helen wie üblich ihre Taschentücher abgeben wollte. Elias wollte anschließend von dort aus weiter in die Redaktion gehen. Helen trug Shaimas Abaya, sie hatte gehört, dass die Mitglieder der Bande Frauen ohne Kopftuch belästigten. Als sie sie zum ersten Mal übergezogen hatte, hatte Elias sich über sie lustig gemacht, indem er immer wieder das Lied »Du mit der

Abaya, schön ist deine Abaya!« anstimmte. Trotzdem wirkte er in diesen Tagen unsicherer und besorgter denn je.

Als sie wieder auf die Straße traten, fasste Helen ihn an der Schulter und sagte: »Versuch, dich heute nicht zu verspäten!«

Er blieb noch einmal kurz stehen und Helen auch. Er sah sie mit dem seelenvollen Blick an, den sie so gut an ihm kannte. »Ich glaube, ich bringe dich und die Kinder besser zu deinen Eltern nach Halliqi, bevor ich zur Arbeit gehe«, sagte er schließlich.

»Nein, nein, das ist nicht nötig.«

»Die Situation hier verheißt nichts Gutes.«

»Ich gehe jetzt auf schnellstem Weg nach Hause«, beruhigte ihn Helen. »Geh du zu deiner Arbeit, ich packe unsere Tasche und warte auf dich.«

»Vergiss nicht, für deinen Vater und Azad noch etwas von dem Kaugummi mit dem Pfeil einzupacken!«

Als Helen nach Hause kam, rief sie zunächst Amina an, um mit ihr zu reden, wie sie es in den letzten zehn Jahren, seit es in einigen Dörfern in Sinjar Mobiltelefone gab, fast jeden Tag taten. In Halliqi hatten die Handys noch nicht Einzug gehalten, aber Amina hielt Helen über alle Neuigkeiten auf dem Laufenden.

»Warum bist du noch da?«, fragte Amina sofort.

Als Helen nicht antwortete, fuhr sie fort: »Bei uns ist alles voller Menschen, die aus Mosul geflohen sind. Sie sagen, eine Terrororganisation hat die Stadt in ihre Gewalt gebracht.«

»Ja, hier herrscht großes Chaos, man findet kaum ein Taxi«, sagte Helen. »Die Abschlussprüfungen der Schüler sind alle abgesagt, außerdem haben wir gehört, dass diese Schlägerbande die Lehrpläne ändern will. Sie wollen den

Kunstunterricht abschaffen. Elias hat heute Schicht, aber er nimmt sich einen langen Urlaub. Morgen gehen wir, falls wir ein Taxi bekommen. Danach müssen wir auf einem Esel den Berg hinaufreiten. Mein Bauch ist diesmal sehr groß, und es fällt mir schwer, länger zu gehen. Ich sehne mich sehr danach, meine Eltern wiederzusehen. Wir werden bei ihnen bleiben, bis sich die Lage beruhigt hat. Ich hoffe, wir können uns da treffen, Amina.«

»Ich bin jedes Wochenende dort«, sagte Amina.

»Nimm Ahlam mit, damit ich sie auch sehen kann.«

»Wann ist der Geburtstermin?«, fragte Amina.

»In fünf Wochen. Elias will mit dem Kinderkriegen erst aufhören, wenn wir ein Mädchen bekommen.«

In der Nacht kam Elias nicht von der Arbeit nach Hause.

Helen konnte nicht schlafen. Sie wusste gar nicht, wie oft sie ihn anrief, aber es kam keine Reaktion, weder am Morgen noch am Abend.

Schließlich ging sie nach nebenan zu Shaima und sagte: »Ich bringe dir die beiden Jungen und gehe zum Sitz der Zeitschrift. Elias ist seit gestern nicht nach Hause gekommen.«

»Beruhige dich, Helen! Hören wir uns erst mal bei unseren Bekannten um!«

»Ich habe Angst«, sagte Helen unter Tränen.

Abu Hamid saß gerade beim Frühstück. Als er Helen weinen hörte, ließ er sein Essen stehen, stand auf und sah aus dem Wohnzimmerfenster. Dann drehte er sich in Helens Richtung und sagte: »Ich werde jetzt gehen und nach Elias fragen. Die Straßen sind unsicher, aber ich weiß, wie ich hinkomme.«

Drei Stunden vergingen, in denen Helen nichts tun konnte, als zu warten. Sie betrachtete die geometrischen Figuren auf den Fliesen in Shaimas Küche. Erstmals fielen ihr die kleinen, labyrinthartig ineinandergreifenden Quadrate mit Wildblumen im Inneren auf. Auf dem Tisch standen künstliche Blumen. Sie hatte noch nie künstliche Blumen gesehen, in ihrem Dorf waren alle Blumen echt.

Shaima brachte ihr einen Teller Pasteten. »Iss etwas!«, sagte sie. »Vergiss nicht, dass du für zwei essen musst!« Aber Helen brachte absolut nichts hinunter, der Magen tat ihr zu weh. Es war ein ähnlicher Schmerz wie damals, als ihre Mutter ihr erklärt hatte, sie werde die Frau des Feigenhändlers Saleh werden.

Endlich kam Abu Hamid zurück. In Erwartung dessen, was er zu berichten hatte, sah Helen ihn mit nassem Blick an. So, als stünde sie vor einem Arzt, der ihr Röntgenbild prüfte, um ihre Krankheit zu diagnostizieren.

»Ich konnte das *Ninive*-Gebäude nicht betreten«, sagte er. »Es war von Bewaffneten umstellt. Aber ich habe einen Freund in der Gegend dort aufgesucht, der weitreichende Kontakte hat. Er hat mir versprochen, sich nach Elias zu erkundigen und mich anzurufen, sobald er etwas herausbekommt.«

Bevor Abu Hamid seinen Satz beendet hatte, klingelte das Festnetztelefon. Er rannte hin und hielt sich den Hörer ans Ohr. Kurz darauf ließ er ihn wieder sinken und sah Helen an. Ihr gefror das Blut in den Adern, denn angesichts seines Blicks war sie auf das Schlimmste gefasst. »Sag mir, was passiert ist, bitte!«

»Sie haben alle Beschäftigten der Zeitschrift gefangen genommen«, erklärte er.

Helens Gesicht verdüsterte sich vor Trauer. »Vielleicht lassen sie ihn ja wieder frei«, meinte Shaima. »Womöglich verlangen sie Lösegeld und lassen ihn dann gehen.«

Als Helen nach Hause kam, durchsuchte Yahya gerade den Küchenschrank nach etwas Essbarem. Er nahm sich einen Keks und griff mit der anderen Hand nach dem Törtchen in Vogelform. »Ist das zum Essen oder nur zum Angucken?«, fragte er.

Elias hatte dieses Törtchen all die Jahre aufbewahrt, seit dem Tag, an dem Shammo es ihm gegeben hatte. Eine Woche nach ihrer Hochzeit hatte Helen es gefunden, und Elias hatte gesagt, dieses Kunstwerk sei zu schön, um gegessen zu werden.

»Zum Essen, aber es ist schon zu alt«, antwortete Helen.

Yassir zog einen Ball aus der Tasche und ließ ihn gegen die Wand prallen, aber Yahya holte ihn sich mit einem Satz. Gleichzeitig machte sich das neue Menschlein in Helens Inneren bemerkbar, indem es gegen ihre Bauchwand trat. Helen hätte den beiden Jungen gern verboten, im Haus Ball zu spielen, ganz besonders, da sie sich nicht recht wohlfühlte, aber sie hatte ihnen schon untersagt, auf die Straße zu gehen, weil es in letzter Zeit immer öfter zu Entführungen kam, deshalb schickte sie sie nur ins Wohnzimmer.

Sie selbst ging in den Schlafraum. Am Ende war es besser, wenn sie Krach machten, überlegte sie sich, als wenn sie vollkommen still wären oder ihr mit der Frage zusetzten, wann ihr Vater wieder nach Hause käme. Eine quälende Frage, schließlich wollte sie die Antwort darauf genauso dringend wissen wie sie. Drei Wochen waren seit Elias' Verschwinden vergangen, und sie war inzwischen so kopfscheu geworden, dass sie die Augen tagsüber schloss statt nachts. Wenn sie in ein nahe gelegenes Geschäft ging, um auf die Schnelle noch etwas einzukaufen, fühlte sie sich wie eine Schlafwandlerin. Heute war sie besonders nervös, weil der Fernseher vollkommen dunkel geblieben war, es gab weder Bild noch Ton. Dabei war sie seit dem Tag, an dem Elias zur Arbeit gegangen und nicht wieder zurückgekehrt war, so süchtig nach den Nachrichten! Bei jeder Gelegenheit hörte sie Radio, um vielleicht etwas von den Gefangenen zu erfahren oder einen Faden in die Hand zu bekommen, der sie zu dem Geschehenen führen könnte.

Sie ging zu Shaima hinüber und stellte fest, dass deren Fernseher ebenfalls dunkel war.

»Ich wusste, dass sie die Ausstrahlung unterbinden würden. Sie haben in der Moschee ausgerufen, dass Fernsehen haram ist«, sagte Shaima. Sie stillte gerade den kleinen Mustafa, den sie vier Monate zuvor zur Welt gebracht hatte. Ihr Mann war unterdessen damit beschäftigt, einen Schrank in Brennholz zu verwandeln, damit sie kochen konnten. Es gab kein Gas mehr, und er fand es einfacher, Holz zu hacken, als für eine einzige Gasflasche zu einem Phantasiepreis endlos in der Schlange zu stehen.

Mit dem Gefühl, dass ihr ganzes Leben zu einem dunklen Bildschirm geworden war, kehrte Helen nach Hause zurück. Wie jedes Mal warf sie unwillkürlich einen Blick auf ihr Handy, in der Hoffnung, dass Elias es schaffen würde anzurufen, um ihr zu versichern, dass er noch am Leben war, oder dass jemand anders sie kontaktieren würde, um im Gegenzug für seine Freilassung eine Geldsumme zu verlangen. Sie würde alles tun, um diese Forderung zu erfüllen. Im selben Moment klingelte das Telefon. Sie nahm sofort ab.

»Hallo?«

»Hallo!«

»Azad?«

»Wie geht es dir, Schwesterlein?«

»Gut«, sagte sie und unterdrückte ein Schluchzen.

»Gibt es Neuigkeiten von Elias? Wir haben gehört, was passiert ist.«

»Es gibt nichts Neues, außer dass sie aus dem Gebäude der Zeitschrift ein Gefängnis gemacht haben.«

»Ich komme jetzt zu euch runter, um dich und die Jungen zu uns zu holen.«

»Nein, Azad! Die Straßen sind zu gefährlich.«

»Ich bin in Hardan, ich rufe von Aminas Telefon aus an. Hier ist sie, sprich mit ihr!«

»Hallo, Amina!«

»Wir denken an dich, Helen.«

Helen brach in Tränen aus, und Amina weinte mit mir.

»Sag Azad, dass er nicht nach Mosul kommen soll!«

»Er ist eben aus der Tür.«

Kurz nach Mitternacht kam Azad an, und Helen umarmte ihn unter Tränen. Als sie sich ein wenig beruhigt hatte, sagte sie: »Gott sei Dank ist die Bande dir nicht in die Quere gekommen!«

»Eine komische Bande ist das«, sagte Azad. »Am Busbahnhof habe ich einen von ihnen über Lautsprecher ausrufen hören, dass jeder, der im Regierungssektor arbeitet, eine Reuekarte auszufüllen hat und auf den Koran schwören muss, dass er keiner politischen Gruppierung angehört. Wie auch immer, ich habe einem Taxifahrer, der Bekannte an den Checkpoints hat, das Dreifache des üblichen Tarifs bezahlt. Er wird uns morgen auch wieder ins Dorf bringen. Falls nötig, hat er auch noch gefälschte Ausweise.«

»Das Seltsamste an dieser Bande ist, dass sie ihre Verbrechen überhaupt nicht verheimlicht«, sagte Helen. »Im Gegenteil, sie rühmt sich ihrer noch und bringt sie in schrecklichen Videos an die Öffentlichkeit.«

Nach einer entsetzlichen Pause fügte sie hinzu: »Vor zwei Tagen habe ich ein Youtube-Video von vermummten Männern gesehen, die Menschen enthauptet haben. Alles Agenten, behaupteten sie. Das Blut spritzte wie in einem Springbrunnen. Einer der Ermordeten hatte Ähnlichkeit mit Elias. Aber es war nicht Elias. Ich sah ihn nur ganz kurz und schloss sofort die Augen. Warum hätten sie Elias umbringen sollen? Nein, das war er nicht. Bestimmt nicht.«

Die letzten Worte kamen stoßweise aus ihrem Mund. Azad setzte sich und rieb sich erst die Stirn, ließ dann seine Hände wieder sinken und sagte: »Am frühen Morgen, wenn Yahya und Yassir wach sind, gehen wir allesamt ins Dorf hinauf, abgemacht?«

»Ich kann nicht, ich bin schon zu schwerfällig. Außerdem habe ich mit der Hebamme aus unserer Straße vereinbart, dass sie mich entbindet. Sie bleibt extra meinetwegen noch länger in der Stadt. Aber die Jungen solltest du mitnehmen.«

Hamid schlief diese Nacht bei Yahya und Yassir, und als er am Morgen erwachte, stellte Helen ihn Azad vor: »Das ist Hamid, der Sohn unserer Nachbarin. Er ist wie ein eigener Sohn für mich.«

»Kommst du mit uns ins Dorf?«, fragte Azad.

»Ja, komm doch bitte mit! Das Dorf wird dir gefallen!«,

rief Yahya. Aber Hamid lehnte ab. »Ich muss zur Arbeit.« Er bat, gehen zu dürfen.

Kurz darauf klingelte es an der Tür. Azad sah aus dem Wohnzimmerfenster. »Der Fahrer ist da! Wir müssen los!«

Helen umarmte sie alle drei. »Hinterlasst eine Nachricht bei Amina, wenn ihr gut angekommen seid! Sie wird mir Bescheid geben.«

Azad nickte. »Wir sehen dich dann bald!«

Eine Woche nachdem sie gegangen waren, wischte Helen sich den Schweiß von der Stirn, während sie bei der Hebamme anklopfte. Sie hatte heftige Schmerzen im unteren Rücken und konnte sich kaum aufrecht halten. Sie stand bereits zum dritten Mal hier. Die beiden vergangenen Male hatte sie Schmerzen gehabt, aber die Geburt war nicht eingetreten. Wenn das Baby auch diesmal nicht kam, stünde sie vor dem Problem, sich eine neue Hebamme suchen zu müssen. Diese hier war Christin, und wie die übrigen Christen musste sie Mosul innerhalb weniger Tage verlassen. Die Bande bezeichnete sich inzwischen als »Staat«, regierte und erließ Gesetze, wie es ihr passte. Eines davon bestimmte, dass Christen ihre Häuser abzugeben hatten. Ihre Gebäude waren bereits mit einem roten N für »Nazarener« gekennzeichnet worden. Es sollte eine Warnung sein, dass sie getötet würden, wenn sie nicht gingen, obwohl ihre Familien schon seit Jahrhunderten in diesen Häusern lebten.

»Tut mir leid, wenn ich störe!«, sagte Helen, als die Tür geöffnet wurde. »Aber diesmal ist der Schmerz unerträglich.«

Die Hebamme holte noch rasch ihre Tasche und begleitete sie dann die dreißig Meter bis zu ihrem Haus. Helen ging ganz langsam, immer wieder blieb sie kurz stehen und stöhnte vor Schmerz auf. Aber endlich lag sie in ihrem Bett.

Die Kontraktionen waren sehr heftig und folgten schnell aufeinander. Nach zwei schmerzhaften Stunden hatte sie das Gefühl, das Kind vorwärtszuschieben, aber es rutschte wieder zurück. Die Hebamme animierte sie, fester zu pressen, und diesmal kam der Kopf des Babys heraus. Nun forderte die Hebamme sie auf, mit dem Pressen aufzuhören und ruhig zu atmen. Während Helen heftig zu zittern begann, fing sie das Neugeborene auf. Mit einem feuchten Tuch wischte sie das Blut von dem kleinen Mädchen und wartete noch kurz ab. Elf Jahre zuvor hatte sie Yassir entbunden, nun wickelte sie dieses Kind in ein weißes Tuch. Sie legte es Helen in den Arm und verließ sie mit den Worten: »Jetzt kann ich gehen. Mit diesen Bestien kann man ja nicht leben. Wir verlassen den Ort hier wie dieses Neugeborene – mit nichts.«

»Warte, ich will dir noch dein Geld geben«, sagte Helen und versuchte aufzustehen.

»Nein, meine Liebe, so Gott will, kommt Elias heil zurück und sieht seine schöne Tochter. Dann wird er mich schon bezahlen«, sagte die Hebamme, ging schnell hinaus und ließ Helen mit ihrer namenlosen und vaterlosen Tochter allein.

Sie verschliefen den ganzen Tag, und als sie erwachten, war es bereits dunkel. Das Baby weinte, und Helen legte es an ihre Brust, um es zu stillen. Sie suchte in seinen Zügen nach Elias und fand ihn in den beiden Grübchen auf den Wangen.

Als nach zehn Tagen der Rest der Nabelschnur abgefallen war, brachte Helen ihre Tochter zu Shaima und bat sie, bis zu ihrer Rückkehr auf sie aufzupassen. Sie wolle zum Büro der Zeitschrift gehen, um sich nach Elias zu erkundigen.

»Du darfst doch nicht aus dem Haus«, sagte Shaima, »die Geburt ist ja noch keine zwei Wochen her!«

»Ich halte es nicht mehr aus, Shaima. Die ganze Zeit habe ich nur darauf gewartet, dass meine Schwangerschaft endlich vorbei ist.«

»Dann nimm dir meine Abaya, und ziehe sie dir gut über den Kopf, damit sie dich nicht belästigen!«

Das Mädchen schlief, als Shaima es auf den Arm nahm. Helen küsste ihm das Händchen und warf Shaima einen nassen, aber dankbaren Blick zu. Sie zupfte die schwarze Abaya über ihrem Kopf zurecht und lief in Richtung Brücke.

Auf halbem Wege schon sah sie bewaffnete Männer mit schwarzen Stirnbändern in einem Pick-up. Sie drehte den Kopf zur anderen Seite und lief weiter, so schnell sie konnte. Auch von den Szenen der Zerstörung versuchte sie den Blick abzuwenden, aber es folgte eine auf die andere. Selbst wenn sie den Kopf senkte, sah sie noch verbrannte Autoreifen auf der Straße liegen. Als sie ihn wieder hob, bemerkte sie die Spruchbänder an den Mauern: »Der Islamische Staat auf dem Weg zum Kalifat«. Das Hotel an der Straßenecke sah verlassen aus, in der Front klafften große Lücken, und Trümmer lagen davor. Der Friseursalon, den Helen normalerweise aufsuchte, war geschlossen, das Bild von dem Lippenstift und die Brautstyling-Reklame waren aus dem Schaufenster verschwunden. Lippenstift zu benutzen konnte dreißig Peitschenhiebe nach sich ziehen.

Der Friseurberuf, ob für Herren oder für Damen, war zu einer gefährlichen Profession geworden. Ein Friseur aus Shaimas Verwandtschaft war mit fünfzig Peitschenhieben bestraft worden, danach musste er ins Krankenhaus. Sein Cousin hatte ihn gebeten, ihm für seine Hochzeit Haar und Bart zu schneiden. Mit zitternder Hand tat er ihm den Gefallen. Er wusste, dass es ein Risiko war, doch zugleich wollte er seinem Verwandten zur Hochzeit eine Freude machen. Er hoffte, es würde gut gehen. Vielleicht wären sie an einem so heißen Nachmittag ja nicht da, um ihn zu beobachten. Aber drei Tage nach der Hochzeit wurde er verhaftet und sein Salon geschlossen.

Helen setzte ihren Weg durch die nahezu leeren Straßen fort. Die wenigen Passanten blickten sich immer wieder ängstlich um. Früher hatte hier ein solches Gedränge geherrscht, dass die Leute sich nicht einmal entschuldigten, wenn sie einen anrempelten. Der Duft nach Tee, nach Gewürzen und Parfüm war verschwunden. Verschwunden waren auch die mobilen Händler mit ihren Wagen, die Verkäufer, die ihre Waren auf dem Gehsteig ausgebreitet hatten, und die Gäste der Cafés.

Als Helen sich dem Gebäude der Zeitschrift näherte, roch sie Schießpulver. Am Tor stand ein Junge, etwa so alt wie Yahya, und obwohl er ein Gewehr trug, hatte Helen das Gefühl, mit ihm reden zu können. »Kann ich dich etwas fragen, mein Sohn?«, sagte sie.

»Nur zu!«, entgegnete er.

»Mein Mann arbeitet bei dieser Zeitschrift hier und ist seit mehr als einem Monat nicht nach Hause gekommen. Ich möchte mich nach ihm erkundigen.«

»Wie heißt er denn?«

»Elias.«

»Kenne ich nicht.«

»Ich habe gehört, dass er hier gefangen gehalten wird.«

»Hier gibt es keine Gefangenen.«

Unterdessen hatte ein Auto vor dem Gebäude gehalten, aus dem ein bärtiger Mann ausstieg. Mit einem Blick auf Helen fragte er den Burschen: »Wer ist das?«

»Sie ist gekommen, um nach ihrem Mann zu fragen, der hier angestellt war«, antwortete der Junge.

»Dann ist dein Mann also ein Agent der Regierung«, sagte der Bärtige.

Helen senkte den Kopf und wollte gehen, aber der Mann packte sie an der Hand und zog sie über den Zuweg ins Gebäudeinnere. Mit Gewalt drängte er sie in einen Raum, in dem sich ein weiterer Mann, mit besonders langem Bart, befand. Der Bart des Mannes, der sie gebracht hatte, war nicht ganz so lang.

»Das ist die Ehefrau eines der Agenten«, sagte er.

»Hast du deinen Ausweis dabei?«, fragte der Mann mit dem langen Bart.

»Nein, habe ich nicht.«

»Wenn du eine von den Nazarenern bist, die sollten Mosul längst verlassen haben. Warum bist du noch hier?«

Als Helen nicht antwortete, fuhr er fort: »Du musst eine Spionin sein. Gestehst du freiwillig, oder braucht es Gewalt?«

»Was soll ich denn gestehen?«

»Wer hat dich zu uns geschickt?«

»Niemand.«

»Woher kommst du?«

»Ich wohne hier in Mosul.«

»Dein Dialekt ist nicht der von Mosul. Woher kommst du ursprünglich?«

»Aus Sinjar.«

»Eine Yezidin?«

Helen antwortete nicht, und der Mann schrie sie an: »Yezidin – ja oder nein?«

»Ja.«

Als sie das Wort aussprach, ging der Mann mit dem kürzeren Bart hinaus. Wenig später kam er mit zwei anderen Männern zurück. Sie unterhielten sich in einer Sprache, die Helen nicht verstand. Genauso wenig verstand sie, warum sie sie anstarrten, als wären sie auf einen Alien gestoßen, der soeben hier gelandet war.

12. AUF DER BURG

In Aminas Kalender für das Jahr 2014, der neben dem Kühlschrank hing, war der 2. August eingekreist. Es war ein besonderes Datum für die Eziden, ein Feiertag, an dem sie das Ende ihrer vierzigtätigen Fastenzeit begingen. An diesem Fest verließ eine verheiratete Frau traditionell für eine Nacht ihren Ehemann und verbrachte sie bei ihren Eltern. So auch Amina.

Wie jedes Jahr würden sie um ein vielfältiges Mahl zusammensitzen und die ganze Nacht lang aufbleiben. Schließlich konnten sie am nächsten Tag ausschlafen, solange sie wollten. Wenn sie von der Morgensonne geweckt wurden, würden sie die Fenster weit aufreißen, um das Licht in ihre einfachen Häuser zu lassen. Dann würden die Hirten wieder mit ihren Schafen auf die Felder ziehen und die Bauern am Straßenrand ihre Wassermelonen zum Verkauf anbieten, mit großen Messern dabei, damit die Kunden sich im Zweifelsfall vergewissern konnten, dass die von ihnen gewählte Frucht innen rot war und nicht weiß. Wie ein Fluss hätte das Leben seinen üblichen Lauf nehmen sollen. Und drei Stunden lang tat es das auch. Danach allerdings geriet es für immer aus der Bahn. Zunächst wurden die Menschen in Sinjar von heftigen Detonationen aus dem Schlaf gerissen, wie sie sie in den vergangenen Kriegen nie erlebt hatten. Verstört rieben sie sich die Augen. Nicht einmal das abgeschiedene Dorf Halliqi blieb diesmal von dem Lärm verschont.

Ramziya hielt ihn zunächst für Donner. Doch dann fiel ihr ein, dass es im Sommer noch nie gedonnert hatte. Sie konnte sich nicht im Geringsten vorstellen, was am Fuße des Berges vor sich ging. Über Elias' Verschwinden war sie informiert, und wie alle anderen wollte sie wissen, ob er inzwischen wieder zu Hause war. An diesem Feiertag hatten Helens Eltern sich besonders große Sorgen um ihre Tochter gemacht, weil sie nicht gekommen war und auf Aminas wiederholte Anrufe nicht reagierte. Azad hatte daraufhin beschlossen, an jenem Morgen des 3. August seine schwangere Frau bei ihren Eltern zu lassen und zusammen mit Yahya und Yassir den Berg hinab ins Dorf Hardan zu gehen, um sich von Aminas Haus aus mit Helen in Verbindung zu setzen oder sie, falls sie sich noch immer nicht meldete, in Mosul aufzusuchen.

Im letzten Moment zog Shammo sich noch schnell seine Sandalen an und erklärte Ramziya, er werde mit ihm gehen.

»Du bist doch dein Leben lang noch nicht in Mosul gewesen. Warte, ich komme auch mit!«, sagte Ramziya und ging sich umziehen. Im selben Moment trat ihre Nachbarin ins Haus. Shammo lief Ramziya hinterher: »Du hast Besuch«, erklärte er, »und ich sehe auch gar keinen Grund, warum du um diese Zeit mitkommen müsstest. Wir werden Helen abholen und dann sofort zurückkehren.«

Gleich nach ihrer Ankunft bei Amina rief diese erneut bei Helen an. Auch danach versuchte sie es noch mehrmals, aber es kam keine Reaktion. Amina schlug ihnen vor, bei ihr zu übernachten und Helen am nächsten Morgen noch einmal anzurufen. Auch Qatto hieß die beiden willkommen und lud sie zum Abendessen ein. Als sie fertig gegessen hatten, sagte er: »Mir ist da etwas zu Ohren kommen. Hoffentlich ist es nur ein Gerücht!« Aller Blicke richteten sich auf ihn, und er fuhr fort: »Der Daesh hat inzwischen den Distrikt Sinjar erreicht. Einige Menschen sind schon in die Berge geflohen.«

Azad nickte. »Ja«, sagte er, »als wir den Berg heruntergestiegen sind, sind uns viele Leute entgegengekommen.«

»Mir ist auch aufgefallen, dass sehr viele Busse unterwegs waren«, meinte Shammo. »Ist das bei euch normal?«

»Nein, das ist es nicht«, antwortete Qatto.

Qattos Mutter Nassima stellte den Teekessel auf den Ofen. »Warum kommst du in letzter Zeit eigentlich immer nur mit schlechten Nachrichten, mein Sohn?«, fragte sie.

»Falls jemand gute Nachrichten im Angebot hat, bin ich der Erste, der sie kauft«, antwortete Qatto.

Azad bekam mit, wie Yassir seinem Bruder zuflüsterte, dass sie besser nach Mosul zurückkehren sollten, und versprach den Jungen: »Sobald es morgen hell wird, gehen wir.«

Zwei Stunden nach Mitternacht wurden sie alle von ohrenbetäubendem Lärm aus dem Schlaf gerissen, der sich anhörte, als würde mit einem großen Hammer etwas zertrümmert.

Amina zog den Vorhang des Vorderfensters auf und schrak sofort zurück. Vor dem Haus standen zahlreiche Autos, dazu vermummte Gestalten, die schwarze Flaggen in die Höhe reckten.

»Der Daesh ist hier!«, schrie sie.

»Was bedeutet Daesh?«, fragte Shammo.

Über Lautsprecher wurden die Bewohner des Dorfes aufgerufen, sofort aus ihren Häusern zu kommen und ihre Waffen abzugeben.

»Ihr habt doch keine Waffen, oder?«, fragte Shammo Qatto, und dieser schüttelte den Kopf.

»Wir tun euch nichts«, rief jemand über die Lautsprecher, »wir sind hier, um euch zu beschützen!«

Jemand klopfte lautstark an die Tür.

Qatto fuhr in die Höhe, blieb aber wie erstarrt stehen.

»Nein, nein, mach nicht auf!«, schrie Amina.

Ihre Tochter Ahlam begann zu weinen und rollte sich auf dem Schoß ihrer Großmutter zusammen.

Wie angewurzelt standen sie alle da. Unterdessen wurde das Klopfen immer lauter, bis die Tür darunter zu bersten drohte. Schließlich ging Qatto hin und öffnete. Hinter dem Mann, der geklopft hatte, parkte ein Kia, daneben standen fünf weitere Männer in afghanischer Kleidung, sämtlich mit Gewehren bewaffnet.

»Ihr kommt alle mit! Nur für zehn Minuten«, befahl einer von ihnen und wies ihnen mit seinem Gewehr die Richtung. »Wir nehmen euch mit zum Scheich, damit ihr bereuen könnt, danach bringen wir euch wieder zurück.«

»Oh du mein Gott, was sollen wir denn bereuen?«, fragte Qatto. Aber statt zu antworten, fragte der Mann zurück: »Werdet ihr Muslime?« Dann fügte er hinzu: »Wir werden euch das Gebet der Muslime beibringen.«

»Unser ganzes Leben lang haben wir friedlich mit den Muslimen zusammengelebt«, sagte Qatto. »Wir wissen, wie sie beten und fasten.«

»Kommt mit, und so Gott will, wird alles gut«, sagte der Mann. »Nur die Männer folgen mir, die Frauen gehen zu dem anderen Bus dort hinten!«

Sie brachten Amina zu dem Bus für die verheirateten Frauen, während ihre Tochter Ahlam mit ihrer Großmutter zu dem anderen Bus lief. Nassima kam dabei gar nicht auf den Gedanken, wie gefährlich die Zahl Neun war. Im Gegenteil, als einer der Bewaffneten sie nach dem Alter ihrer Angehörigen fragte und sie antwortete, Ahlam sei erst neun, dachte sie, damit ausgedrückt zu haben, dass das Mädchen noch ein Kind war. Dass die Wahrheit der Männer eine andere war als ihre, wusste sie nicht. Doch der Bewaffnete befahl Ahlam, zum Bus für die unverheirateten Mädchen zu gehen, und trennte damit Großmutter und Enkelin. Zwar klammerte sie sich noch an Nassima fest, und diese legte schützend die Arme um die Kleine, aber mit Gewalt entriss ihr der Mann das schreiende und weinende Mädchen. Für seinesgleichen war eine Neunjährige kein Kind mehr, sondern eine Erwachsene und durfte deshalb nicht bei ihrer Großmutter bleiben. Es war zu spät, Nassima konnte sie nicht mehr jünger machen, damit sie ihr erlaubten, bei ihr zu bleiben. »Um der Liebe Gottes willen«, flehte sie den Bewaffneten an, »nehmt sie mir nicht weg! Ihr habt doch schon ihre Mutter in den anderen Bus gesetzt, der eben wer weiß wohin abgefahren ist.«

»Um der Liebe Gottes willen nehme ich sie mit«, sagte der Bewaffnete lachend und zog Ahlam mit sich fort.

Weder ihr Vater noch ihre Mutter sahen, wie ihre Tochter unter Tränen davongeschleppt wurde, denn beide saßen in anderen Fahrzeugen mit heruntergelassenen Rollos. Was Amina ebenfalls nicht mitbekam, war, dass die Männer auch ihre Schafe gefangen nahmen. Denn nachdem sie die Menschen aus ihren Häusern geholt hatten, gingen sie noch in die Ställe und trieben sämtliche Tiere auf Lastwagen. Die Katzen zusammen mit den Hunden und die Schafe mit den Eseln. Unter normalen Umständen wären Katzen und Hunde aufeinander losgegangen, hätten lautstark miaut und gebellt. Aber nun, auf dem Weg ins Unbekannte, verhielten sich die Tiere alle still, als witterten sie die Gefahr.

Als die Männer der Familie im Kia saßen, fragte Shammo einen der Bewaffneten: »Wir kommen ja mit zum Scheich, Bruder, aber sagen Sie mir bloß, warum haben Sie die Frauen von den Männern getrennt?«

»Ist ja wohl klar, dass die Frauen nicht bei den Männern sitzen dürfen! Weißt du das etwa nicht?«, erwiderte der Mann.

Von da an wurde nicht mehr geredet. Nach ungefähr einer Stunde stoppte der Wagen auf einem Hügel vor einer alten Burg, und sie stiegen aus. Noch weitere Fahrzeuge hielten dort, ebenfalls mit Gefangenen darin.

»Ich kenne diesen Ort«, sagte Qatto zu seinen Leuten. »Das ist die Burg Tal Afar.«

Dem Befehl der Bewaffneten folgend gingen sie hinein. Auf einer großen Wanduhr sahen sie, dass es inzwischen vier Uhr zwanzig am Morgen war. Die Bewaffneten ließen sie im Burginneren zurück und gingen fort, abgesehen von ein paar Wachleuten, die sich draußen vor den Mauern postierten.

Es war ein schwüler Tag, und es gab weder Ventilatoren noch Wasser noch Antworten auf ihre Fragen, die sie sich den ganzen Tag über stellten: »Warum sind wir hier?« »Was werden sie mit uns machen?« »Wohin haben sie die Mädchen gebracht?« Die Sonne ging unter, und nichts geschah, nur die Uhr tickte. Nach Mitternacht hörten sie, wie draußen geschossen wurde. Die Wächter kamen zu ihnen herein und erklärten, jemand habe versucht, aus dem Fenster zu klettern und zu fliehen, und sie hätten ihn erschossen. »Es ist besser für euch, über solche Dummheiten nicht einmal nachzudenken«, sagte einer von ihnen und ging mit den übrigen Wärtern wieder hinaus.

Einer der Gefangenen weinte, und die anderen scharten sich um ihn. Der Getötete sei sein ältester Sohn gewesen, sagte er.

Nach zwei Tagen brachten die Bewaffneten ihnen Wasser und mehrere Packungen Kekse, deren Haltbarkeitsdatum bereits abgelaufen war. Am dritten Tag, als der kleine Zeiger der Uhr auf die Neun wies, kamen die Bewaffneten wieder auf die Burg, und einer redete die Gefangenen mit lauter Stimme an: »Diese Burg ist ein Haus des Unglaubens, deshalb werden wir es mit Gottes Erlaubnis zerstören. Die Ungläubigen nannten es Ischtartempel. Sie wussten nichts von der Existenz Gottes und verehrten Götter, die sie selbst angefertigt hatten. Bald wird Kalif Abu Nasser eintreffen, um euch in der richtigen Religion zu unterweisen. Außerdem kommt ein Fotograf, um euch, während ihr dem Islam beitretet, aufzunehmen, damit die anderen euch sehen und ebenfalls auf den rechten Weg finden. Einverstanden?«

Unter den Gefangenen erhob sich Gemurmel, während der Sprecher fortfuhr: »Wenn ihr einverstanden seid, werden wir euch eure Familien bringen, wir werden für euch sorgen und euch vor Leid bewahren.«

Erneut hörte man Gemurmel.

»Aber ich bin nicht einverstanden«, rief einer der Gefangenen. »Meine Religion lässt das nicht zu!«

»Ich auch nicht!«, sagte der junge Mann neben ihm. »Ich bin nicht einverstanden!«

»Seid ihr sicher?«, fragte der Bewaffnete. »Dann kommt mit!«

»Diese beiden mutigen Männer haben keine Familie«, flüsterte Qatto Azad zu. »Wir halten lieber den Mund, damit wir ihnen entkommen und zu unseren Angehörigen zurückkehren können! Liebe ist Selbsterniedrigung, Bruder.«

Azad nickte. »Hören wir uns an, was sie uns sagen, solange sie uns nicht in die Herzen schauen können!«

Shammo sagte nichts. Er dachte an Helen und Elias und an Ramziya, die sich bestimmt Sorgen machte, weil sie sich alle so verspäteten. Yahya und Yassir saßen neben ihm, und es machte ihn traurig, dass sie die verdorbenen Kekse aßen.

»Hah, was habt ihr gesagt? Ihr seid einverstanden?«, fragte der Bewaffnete.

»Ja, kein Problem«, sagte einer der Gefangenen in der ersten Reihe. »Die Religionen sind ja alle gleich.«

»Sie sind alles andere als gleich«, rief der Bewaffnete. »Wenn ihr heute zur islamischen Religion konvertiert, geschieht das zu eurem Besten, denn so werdet ihr geradewegs ins Paradies eingehen.«

Draußen hörte man währenddessen ständig laute Schüsse. Bewaffnete rannten ein und aus und redeten dabei in ihre Handys. Nach einer halben Stunde, als die Schießerei vorbei war, verteilten sie an die Gefangenen Brot und Käseecken. Und nachdem der kleine Uhrzeiger die Zehn hinter sich gelassen hatte, führten sie die Gefangenen zu einer Quelle in der Nähe der Burg.

»Zieht euch aus!«, befahl ein Bewaffneter über ein Megaphon. »Und solltet ihr noch irgendeinen Gegenstand in eurem Besitz haben, gebt ihn sofort ab, egal, was es ist! Telefon, Ring, Schlüssel – alles!«

Einer nach dem anderen gingen sie nackt zu der Quelle hinunter und wuschen sich. Als sie aus dem Wasser kamen, beorderten die Bewaffneten die Jugendlichen im Alter von bis zu zwanzig in einen Bus, der bereits auf sie wartete. Shammo hätte Yahya und Yassir gern noch umarmt, bevor sie in den Bus stiegen, aber aus Scham über seine Nacktheit hielt er den Kopf gesenkt und vermied es, sie anzusehen. Der Bus fuhr an und entschwand den Blicken der verbliebenen Gefangenen. Einer der Bewaffneten hielt sich das Megaphon vor den Mund und rief: »Eure Söhne sind unsere Söhne und daher die Söhne des Islamischen Staates. Wir gratulieren euch, denn sie sind nun auf dem Weg ins Trainingslager Raqqa, wo man sie zu großen Kämpfern ausbilden wird.«

Ein Mann lief von einem Gefangenen zum anderen und verteilte Baumwollhemden und Pluderhosen. Während Shammo sich anzog, flüsterte er Azad zu: »Kämpfer? Deine Neffen fürchten sich ja sogar vor Schlangen!«

Der Mann mit dem Megaphon fuhr fort: »Haltet euch jetzt in euren sauberen Kleidern bereit für die Begegnung mit dem Kalifen!«

Sie führten sie in einen Garten nicht weit von der Quelle. Die bewaffneten Männer wirkten dabei äußerst angespannt. Sie liefen hierhin und dorthin und wiesen die Gefangenen an, in geordneten Reihen Platz zu nehmen.

Schließlich kam der Kalif, schwarz gekleidet und mit schwarzem Turban. Mit einem Gewehr bewaffnet, war er von Männern mit großen Kameras begleitet. Er ließ sich vor den Gefangenen nieder, und ein junger Mann in Militäruniform, ebenfalls mit einem Gewehr, setzte sich neben ihn. Nun begann der Kalif seine Ansprache an die Gefangenen: »Wir sind gekommen, um euch zu befreien und euch die richtige Religion vorzustellen. Konvertiert zum Islam, und es wird euch wohlergehen! Jeder Ungläubige, ob Kreuzfahrer, Jude oder Yezide, hat Gelegenheit, sich zu retten, indem er die beiden Glaubensbekenntnisse spricht. Wenn wir gegen jemanden kämpfen, dann nur, um ihn dem Unglauben zu entreißen. Sinjar untersteht jetzt dem Kommando der Mudschahidin. Wir haben den Menschen ein Angebot gemacht: der Islam gegen Frieden. Sie jedoch haben es zurückgewiesen und lieber gegen uns gekämpft. Aber ich habe eine frohe Botschaft für euch: Viele Familien haben unser Angebot angenommen und sind jetzt sehr glücklich. Aus der Dunkelheit sind sie ins Licht getreten. Wir bitten die Yeziden, von den Bergen herabzukommen und sich uns anzuschließen, um dem Höllenfeuer im Jenseits zu entrinnen! Wenn sie in den Bergen bleiben, werden sie verhungern und verdursten, während wir doch für sie eintreten und eher unseren Tod in Kauf nehmen, als zuzulassen, dass jemand ihnen ein Härchen krümmt. Ihr braucht nur die beiden Glaubensbekenntnisse zu sprechen, um unsere Brüder zu werden. Ihr habt Rechte und Pflichten genau wie wir.«

Auf den Bäumen hinter dem Kalifen zwitscherten die Vögel. Shammo sah sich um und wunderte sich, wie man in einem solch schönen Garten das Leben so kompliziert machen konnte!

Jemand zerriss seine Gedankenkette, indem er über das Megaphon verkündete, dass die Mudschahidin nun mit den Gefangenen sprechen würden. Die Fotografen würden sie dabei auf Video aufnehmen. Einer der Fotografen kam auf Azad zu und fragte ihn: »Was denkst du über die Worte des Kalifen?«

»Wie er gesagt hat«, antwortete Azad. »Wir sind im Licht.«

Kaum war der Mann wieder weg, wandte Azad seinen Kopf in Qattos Richtung und flüsterte: »Wir werden noch blind werden vor lauter Licht.«

Die Bewaffneten gingen von einem Gefangenen zum nächsten und fragten, ob sie noch etwas wissen wollten. Als ein junger Mann zu Shammo kam, fragte der: »Wo sind die anderen Gefangenen?«

Als der junge Mann nicht antwortete, fügte Shammo hinzu: »Mein Schwiegersohn heißt Elias, und wir haben gehört, dass er gefangen genommen wurde. Wissen Sie, wo er ist?«

Der junge Mann sah rechts und links an ihm vorbei, als habe er eine andere Frage erwartet, und Shammo fuhr fort: »Und die Mädchen? Wohin hat man die gebracht?«

Verärgert sah der junge Mann auf. Er ließ Shammo sitzen und ging zu einem anderen Gefangenen.

13. DAS DORF DER BEKEHRTEN

Wie Reiseführer eine Touristengruppe führten die Bewaffneten die Gefangenen zu einem Bus, der sie ihrer Aussage nach zu den archäologischen Stätten von Tal Afar bringen sollte. Der Unterschied war, dass sie nicht zu diesen Monumenten gebracht wurden, um sie zu besichtigen und sich ihre Geschichte anzuhören, die über die Jahrtausende hinweg von einer Generation zur nächsten überliefert worden war, sondern um ihrer Zerstörung beizuwohnen.

Die Kuppel des Khidr-Elias-Heiligtums war die erste Stätte, die dem Erdboden gleichgemacht wurde. Qatto dankte seinem Herrn, dass seine Mutter nicht dabei war, sie hätte diesen Anblick nicht ertragen. Seit er denken konnte, wusste er, wenn der dritte Donnerstag im Februar kam, würde sie mit ihm zu dieser grünen Kuppel gehen. Vorher würde sie noch die runden Khidr-Elias-Kekse backen, die sie mit sieben Sorten gerösteter und gemahlener Körner füllte, weil in ihrem Glauben von sieben Engeln die Rede war. Kein Frühling verging, in dem sie nicht diese Stätte aufgesucht hätten, genau wie die anderen Pilger, die von nah und fern heranströmten und kleine Holzschiffchen mit Kerzen in den Fluss setzten, während sie sich im Stillen etwas wünschten. Als Qatto schon etwas größer war, hatte er seine Mutter gefragt, wer denn jener Khidr Elias, für den sie jedes Jahr die Kekse backte, eigentlich sei. Sie erklärte ihm, er sei ein gottgefälliger Mann gewesen, der in alten Zeiten in jener Kuppel gewohnt habe. Er war bekannt dafür, dass er Glück brachte. Und wenn seine Füße auf ein dürres Stück Land traten, so wurde es grün, und Pflanzen sprossen aus dem Boden. Deshalb baten die Menschen ihn um seinen Segen und nannten ihn fortan »den mit dem grünen Fuß«. Als er gestorben war, besuchten seine Anhänger seine ehemalige Wohnstätte. Da er Vegetarier gewesen war, wurde an seinem Festtag kein Tropfen Blut vergossen. Seine Anhänger schlachteten dann keine Tiere und aßen kein Fleisch.

Die Mitglieder der Organisation hegten allerdings eine andere Vorstellung von diesem Glauben. Sie erklärten den Gefangenen, es sei haram, Khidr Elias um die Erfüllung ihrer Wünsche zu bitten. Wünsche könnten nur durch den Willen Gottes in Erfüllung gehen.

Qatto behielt die Kuppel fest im Auge, als sie unter den »Allahu akbar!«-Rufen der Bewaffneten gesprengt wurde. Plötzlich wurde ihm bewusst, dass er in ihr »Allahu akbar« eingestimmt hatte, so sehr erregte ihn der Anblick. Der denkwürdige Traum fiel ihm ein, den er einmal am Tag des Khidr Elias gehabt hatte. Darin hatte Amina ihm Wasser eingeschenkt. Der Interpretation seiner Mutter zufolge bedeutete dies, dass er sich dieses Mädchen zur Braut nehmen sollte, und so hatte Qatto Amina geheiratet. Nun hingegen kochte er vor Wut, nicht nur, weil sie einen Ort zerstört hatten, an dem die Erinnerungen seiner Kindheit hingen, sondern auch, weil er endlich wissen wollte, was sie mit Amina, Ahlam und seiner Mutter gemacht hatten. Wohin hatten die Busse sie gebracht?

Erstaunt über Qattos hysterisches »Allahu akbar!« flüsterte Shammo Azad zu: »Warum zerstören sie diese schöne Stätte? Sie sollten sich schämen!«

Ein Murmeln des Protests lief durch die Menge der Gefangenen, bis die Bewaffneten willkürlich in die Luft schossen und sie damit zum Schweigen brachten. Einer von ihnen kam an, stellte sich vor sie hin und schrie durch das Megaphon: »Hört zu! Gott hat den Menschen nach seinem besten Bilde erschaffen, und den Menschen ist es nicht gestattet, mit Gott in seiner Schöpfung in Wettstreit zu treten. Was sind denn diese Steine, um die es euch so leidtut? Nichts!«

Die Burg Tal Afar war das zweite Monument, dessen Zerstörung sie beobachteten. Als die Gefangenen erneut protestierten, eröffneten die Bewaffneten das Feuer auf drei von ihnen. Blutüberströmt sanken sie zu Boden. Die anderen Gefangenen rannten zu den Verletzten, aber schon kam ein Pick-up durch die Menge gefahren. Zwei Bewaffnete stiegen aus und luden die Verwundeten in den Wagen. Einer rief durch das Megaphon: »Sie kommen jetzt zur Behandlung ins Krankenhaus, aber von euch wollen wir keinen Mucks mehr hören, während wir unsere heilige Mission erfüllen, sonst eröffnen wir den Kampf gegen euch! Wir gehen jetzt und zerstören die übrigen Götzenbilder, sie sind haram! Auch Gräber dürfen nicht höher als einen Zoll aus dem Boden ragen!«

Es war ein langer und zermürbender Tag. Am Ende, als es dunkel wurde, führten die Männer sie hinab in das Dorf Kasr al-Mihrab. Sie sagten, sie sollten sich ein paar Häuser aus dem Dorf aussuchen, um darin zu wohnen, bis ihre Angehörigen eintreffen würden.

Shammo, der sichergehen wollte, dass er richtig verstanden hatte, trat an den Sprecher heran und fragte ihn: »Haben Sie gesagt, Sie bringen auch den Rest unserer Familien hierher?«

»Ja, morgen früh holen wir sie ab. Diese Häuser werden der Kern einer gottgefälligen Gesellschaft sein«, antwortete der Mann. »Jedem Einzelnen von euch wird eine Rolle beim Aufbau dieses Dorfes zufallen. Von heute an wird es das Dorf der Bekehrten heißen.«

»Nennen Sie es, wie Sie wollen, Bruder! Hauptsache, Helen und Elias und die Kinder und die Mädchen und all die anderen kommen!«, sagte Shammo.

»Was ist dein Beruf?«, fragte der Mann.

Als Shammo nicht gleich antwortete, entgegnete Azad für ihn: »Das ist mein Vater, er ist Beschneider.«

»Gut, dass du das sagst! An dieser Tätigkeit haben wir hier einen großen Bedarf. Mein Name ist Ali Ökonomie. Ich bin Wirtschaftsexperte. Wenn du etwas brauchst: Ich bin da!« Er reichte Azad die Hand.

Azad ging gleich in das erste Haus, das ihm ins Auge fiel. Shammo kam mit und bedeutete Qatto mit einem Wink, ihnen zu folgen, was dieser auch tat. Erst am Morgen, als sie es wieder verlassen wollten, um nachzuschauen, was draußen los war und ob von den Ankommenden schon etwas zu sehen war, fiel ihnen auf, dass das Haus keine Außentür hatte. Die ganze Straße entlang standen Wachtposten aufgereiht. Shammo ging auf einen zu, um mit ihm zu sprechen, aber der Posten winkte ihn zurück. »Bleibt in euren Häusern! Gleich halten wir eine Versammlung mit euch ab.«

Eine halbe Stunde später wurde diese Versammlung über Lautsprecher ausgerufen: »Kommt auf den großen Platz am Ende der Straße!« Als sie sich dort einfanden, stellten mehrere Bewaffnete sich vor ihnen auf, während andere sich auf der Straße hinter ihnen postierten. Ein Angehöriger der Organisation trat auf die Reihen der Gefangenen zu und hielt eine Ansprache: »Hört zu, Brüder! Wir wollen, dass ihr uns beim Aufbau der gottgefälligen Gesellschaft unterstützt, im

Gegenzug schützen wir euch und bringen euch eure Familien. Wir werden Lebensmittelkarten an euch verteilen, mit denen ihr jeden Monat etwas zu essen beziehen könnt.«

»Warum das? Wie viele Monate sollen wir denn hier bleiben?«, fragte Shammo.

Azad war erleichtert, dass offenbar niemand die Frage seines Vaters gehört hatte, denn sie reagierten nicht darauf. »Sprich sie nicht an!«, flüsterte er seinem Vater zu.

Der Bewaffnete fuhr fort: »Ihr seid hier zweihundertsechsundsiebzig Mann. Fünfunsiebzig von euch werden auf dem Bau beschäftigt sein, denn wir wollen eine große Moschee errichten, in der wir alle gemeinsam beten können. Fünfundzwanzig Mann werden für die Gemeinde arbeiten und die Straßen reinigen. Fünfundzwanzig hüten die Schafe und sammeln Heu. Fünfundzwanzig andere pflanzen und pflegen die Bäume. Fünfzig Mann arbeiten in der Verwaltung und den Büros der Mudschahidin. Zwanzig transportieren Güter zu den Büros. Fünfzehn Mann verteilen Lebensmittel. Fünfunddreißig stellen Sprengsätze her. Einer nimmt die Beschneidungen vor. Bleiben noch fünf für den Notfall. Abu Mu'taz wird diese Tätigkeiten jetzt an euch verteilen und auch die Namen eurer Angehörigen aufschreiben, damit wir sie zu euch bringen können.«

Während dieser Worte starrte er Azad und Shammo an. Schließlich winkte er Azad zu sich heran.

»Hör zu, Bruder, sag deinem Vater, es wäre besser für ihn, wenn er mit seiner Fragerei aufhört! Bei Gott, wenn er kein Beschneider wäre, hätten wir uns seiner schon längst entledigt. Verstanden?«

Azad senkte den Kopf und ging auf seinen Platz zurück. Sein Vater sah ihn fragend an, aber Azad sagte kein Wort.

Der Tag verging, aber die Angehörigen kamen nicht. Am Abend rannten alle aus dem Haus, weil sie Autos hupen hörten, doch es war nichts weiter als eine Einladung, zu den Bewaffneten herauszukommen. Sie stellten sich vor den Häusern auf, um einem Mann zuzuhören, der sie über Megaphon ansprach: »Der Konvoi mit den Frauen hat sich verspätet, aber wir haben Nachricht, dass sie, so Gott will, bald eintreffen werden. Macht euch also darüber keine Sorgen! Die verheirateten Frauen werden zu ihren Familien gebracht. Die unverheirateten dagegen sind im Auftrag des Dschihad Eigentum der Kämpfer.«

»Nein, das akzeptiere ich nicht!«, schrie einer der Gefangenen. »Ich will meine ganze Familie!«

»Ja, wir alle wollen unsere ganzen Familien!«, rief Qatto.

Azad versetzte seinem Vater einen Stoß, damit er seine Fragen einstellte, die alle mit »Warum ist das so?« und »Tut ihr eigentlich alles, was euch gefällt?« begannen. Aber trotz Azads Warnung fuhr Shammo fort: »Erklären Sie uns mal, mein Sohn, was hier eigentlich passiert! So geht das doch nicht.«

Das Geschrei der Gefangenen wurde lauter, sie verließen ihre Plätze, sammelten sich in der Mitte der Straße und reckten den Bewaffneten ihre Hände entgegen. Diese eröffneten willkürlich das Feuer auf sie. Einige fielen zu Boden, andere suchten Deckung hinter den Hauszäunen. Die Gefangenen, die gestürzt waren, bluteten. Andere rannten zu ihnen und nahmen sie in die Arme. Alle zusammen schrien sie die Bewaffneten an, so wütend, dass sie gar nicht auf die Schüsse achteten, mit denen sie eingedeckt wurden.

Shammo stellte sich vor Azad, um ihn gegen die Kugeln abzuschirmen, aber Azad zog ihn mit Gewalt zurück, um seinerseits seinen Vater zu schützen. Dadurch gerieten beide ins Straucheln und stürzten. Die Bewaffneten hörten auf zu schießen.

Einer von ihnen rief den Gefangenen zu: »Geht wieder in die Häuser, wir werden das morgen mit euch aushandeln!« Aber die Gefangenen rührten sich nicht vom Fleck, bis schließlich ein Bewaffneter sie aus einem Pick-up heraus anschrie: »Macht den Weg frei! Lasst uns die Verwundeten ins Krankenhaus bringen!« Ein weiteres Auto fuhr vor, und die Bewaffneten warfen die Verletzten und Getöteten auf die beiden Fahrzeuge.

Qatto lag auf dem Boden neben dem Zaun ihres Hauses. Er tastete sich ab, konnte aber keine Verletzung entdecken. Schließlich sah er zu Shammo und Azad hinüber und sagte: »Kommt, wir gehen rein und machen einen Plan!«

Kaum waren sie im Haus, erklärte er: »Sobald es dunkel wird, haue ich ab. Wollt ihr mitkommen? Wir können auf der Rückseite des Hauses vom Dach springen. Hinter den Häusern stehen keine Posten.«

Shammo und Azad sahen sich an. »Aber was, wenn unsere Familien kommen und wir nicht mehr hier sind, um sie in Empfang zu nehmen?«, meinte Shammo.

»Glaubst du daran?«, fragte Qatto. »Haben die denn überhaupt eine Ehre, dass sie uns ihr Ehrenwort geben könnten? Sie werden unsere Familien nie hierherbringen, das ist alles nur Lüge.«

Shammo sah Azad an, um zu hören, welche Meinung er vertreten würde. Azad sagte: »Wenn wir noch einen Tag oder auch zwei warten und ersichtlich wird, dass sie tatsächlich gelogen haben, fliehen wir.«

»Ich ertrage es nicht länger hierzubleiben«, sagte Qatto.

»Lasst es mich zuerst versuchen! Wenn mir die Flucht gelingt, könnt ihr mir folgen.«

Shammo hatte noch keine Stunde geschlafen, als er davon erwachte, dass draußen geschossen wurde. Azad war ebenfalls wach. Mit den ersten Sonnenstrahlen traten sie, nachdem erneut die Autos gehupt hatten, wie die übrigen Gefangenen hinaus auf die Straße.

Ein bewaffneter Mann mit sehr dicken Augenbrauen und einem langen Kinnbart, aber ohne Schnäuzer, hielt sich ein Megaphon vor die Lippen. »Wir verteilen die Aufgaben heute neu, weil ihr weniger geworden seid. Ihr seid nur noch zweihundertunddreizehn. Letzte Nacht haben ein paar von euch versucht zu fliehen, allerdings ist es ihnen nicht gelungen.«

Er hob die Stimme: »Wir haben euch ja bereits gesagt, seid unsere Brüder, dann schützen wir euch! Aber ein paar von euch hatten nichts Besseres zu tun, als sich gegen den Willen Gottes zu stellen, und so blieb uns nur der Kampf. So sieht das Schicksal von Verrätern aus! Sie verdienen nichts anderes als eine Grube. Wie ihr gesehen habt, lassen wir eure Verwundeten im Krankenhaus behandeln, weil wir ihnen eine zweite Chance geben wollen, vielleicht doch noch auf den rechten Weg zu finden. Ihr habt behauptet, Muslime geworden zu sein, aber einige von euch haben uns offensichtlich belogen. Wir haben euch versprochen, euch eure Angehörigen zu bringen, und tatsächlich sind sie schon hierher unterwegs. Abu Qutaiba wird jetzt erneut eure Namen aufschreiben und die Aufgaben neu an euch verteilen.«

Azad wurde beauftragt, in den Büros der Verwaltung zu arbeiten. Als er bei den anderen stand, die ebenfalls mit dieser Aufgabe betraut waren, sah er, wie sein Vater sich die Tränen von der Wange wischte. Es war das erste Mal, dass er seinen Vater weinen sah. Nicht einmal auf den Beerdigungen seiner Verwandten hatte er das getan.

Manche der Gefangenen gingen in Gruppen zur Arbeit, andere einzeln, je nachdem, wie die Bewaffneten es ihnen befohlen hatten. Ali Ökonomie machte Azad ein Zeichen, mit ihm ins Auto zu steigen. »Ich nehme dich mit ins Depot«, sagte er. »Du kannst mir helfen, ein paar Sachen ins Verwaltungszentrum zu transportieren.«

»Jawohl«, erwiderte Azad.

Im Auto sagte Ali, nachdem sie längere Zeit geschwiegen hatten: »Hör zu, du bist ein guter Mensch. Ich möchte, dass du mit deinen Leuten redest und sie davon abhältst, zu fliehen! Letzte Nacht mussten wir viele von ihnen töten. Sie liegen jetzt in einer großen Grube. Wir wollen schließlich nicht, dass ihr alle dort endet.«

»Können Sie mich zu der Grube bringen?«, fragte Azad.

»Warum?«

»Ich möchte nur sehen, ob mein Freund unter ihnen ist.«

»Wenn wir mit der Arbeit fertig sind, fahren wir daran vorbei, und ich lass dich einen Blick daraufwerfen«, sagte Ali. Im selben Moment klingelte sein Telefon. »In einer Woche«, sagte Ali zu der Person am anderen Ende und legte auf.

»Das war meine Tochter«, erklärte er. »Sie fragt, wann ich nach Hause komme.«

Azad war überrascht, das zu hören, als hätte er nicht erwartet, dass der Mann neben ihm auf dem Fahrersitz ein menschliches Wesen war, das Kinder haben konnte.

»Bist du verheiratet?«, fragte Ali.

Azad zögerte, dann sagte er: »Nein.« Er fürchtete, dass man ihm seine Frau wegnehmen würde, wenn er die Wahrheit sagte. Sie musste sich Sorgen machen, dass er sich so verspätete, aber wenigstens waren sie und das Kind in Sicherheit. Für sie würde er versuchen zu überleben. Seine ganze Geduld diente nur dem Zweck, heil zu ihnen zurückzukehren.

»Wenn du ein echter Mudschahid wirst«, sagte Ali, »kannst du heiraten, wen du willst. Und wirst du gar zum Märtyrer, wirst du von einer Paradiesjungfrau empfangen. Deine Mühe wird nicht umsonst sein.«

»So Gott will!«, erwiderte Azad. Innerlich jedoch sagte er sich: So Gott will, wirst du selbst zum Märtyrer, damit du so richtig enttäuscht bist, wenn keine Paradiesjungfrau auf dich wartet!

»Ich habe drei Ehefrauen«, erzählte Ali. »Die letzte ist eine richtige Mudschahida. Sie hat ihren Mann verlassen, um sich uns anzuschließen.«

»Sie hat sich von ihrem Mann scheiden lassen?«

»Er hat sie jeden Tag verprügelt. Trotzdem ist sie ihn erst losgeworden, als sie sich dem Islamischen Staat angeschlossen hat.«

Als Azad am Abend zu seinem Vater zurückkehrte, fühlte er sich wie erschlagen, nicht nur weil er so viele Kisten geschleppt hatte, sondern auch wegen des Leichenbergs in der Grube. Als Shammo ihn fragend ansah, erklärte er ihm: »Qatto war nicht unter den Getöteten, ich habe sie alle mit eigenen Augen gesehen. Einige lagen auf dem Bauch, und man konnte ihre Gesichter nicht richtig erkennen, aber ich hatte nicht den Eindruck, dass Qatto unter ihnen war. Keiner der Getöteten hatte so große Hände wie er.«

Die Aufgaben variierten, und mit der Zeit hatte jeder alles schon einmal gemacht. Azad sammelte Erfahrungen auf dem Bau, beim Reparieren, in der Feldwirtschaft und sogar im Intonieren des Gebetsrufs in der Moschee, bei deren Errichtung sie geholfen und in deren großem Saal sie Mikrophone angebracht hatten.

Mehr als einhundertzwanzigmal ging die Sonne über dem Dorf der Bekehrten und seinen Gefangenen auf, die zur Arbeit gezwungen wurden, ohne eine Gegenleistung zu erhalten – abgesehen von wenigen Nahrungsmitteln, mit denen sie ihr Leben fristeten. Sie verfügten dabei über eine besondere Art der Hoffnung, eine Hoffnung, die der Resignation glich. Denn wenn einem jeden Tag von neuem dieselbe Hoffnung gemacht wird, wird einem die Resignation ebenso vertraut wie die Hoffnung selbst. Und im Laufe der Zeit werden sie einander so ähnlich, dass man sie kaum noch unterscheiden kann.

Wachtposten standen nun keine mehr in den Straßen. Sie waren zu den Checkpoints an die Ränder des Dorfs umgezogen, wo sie die Ein- und Ausfahrt kontrollierten. Trotzdem war es für die Gefangenen nicht leicht zu fliehen, denn sie hatten keine anderen Transportmittel als ihre eigenen Füße. Um die Gefahrenzone zu verlassen, mussten sie mindestens sieben Stunden laufen, und dabei Gebiete überwinden, die sie unter der Aufsicht der Bewaffneten selbst vermint hatten. Wenn einer von ihnen versuchte zu fliehen, hängten sie ihn vor den Augen der übrigen Gefangenen an einen Baum. Wenn die Sonne unterging, holten die Gefangenen seinen Leichnam herunter und begruben ihn.

An einem dieser Tage der Hoffnung, die eine Zwillingsschwester der Resignation war, genauer gesagt Mitte Dezember 2014, kam mit dem morgendlichen Hupen endlich auch der erwartete Bus. Frauen und Kinder stiegen aus und rannten los, um unter den Gefangenen nach ihren Angehörigen zu suchen. Sie umarmten sich ausdauernd und unter Tränen. Manche fanden ihre bessere Hälfte und ihren Anhang wieder, andere nicht. Sie weinten gemeinsam. Alle weinten sie. Angesichts der Menschen, die sich in den Armen lagen, wischte auch Shammo sich die Tränen von den Wangen. Aber Helen war nicht mitgekommen, dass er sie hätte umarmen können.

»Kommt noch ein weiterer Bus?«, fragte Shammo einen der Wächter, aber der tat so, als sei er mit seinem Telefon beschäftigt. Eine ältere Frau kam auf Shammo zugelaufen. Sie hielt ein etwa neunjähriges Mädchen an der Hand. Als sie ihn fast erreicht hatte und grüßte, erkannte er, dass es Qattos Mutter war. Das Haar des Mädchens war sehr unregelmäßig gestutzt und starrte vor Schmutz. Auch an den Säumen seiner Kleidung hatte jemand herumgeschnippelt. Es wirkte vernachlässigt oder gestört.

»Wo ist Qatto?«, fragte Nassima.

Bevor Shammo antworten konnte, trat Azad vor, sah sich um und flüsterte ihr ins Ohr: »Qatto ist geflohen.«

»Was ist mit Amina und Helen?«, fragte sie weiter.

»Wir hatten gehofft, von dir etwas über sie zu erfahren«, sagte Azad. »Wart ihr nicht zusammen?«

»Ich habe sie seit damals nicht mehr gesehen.«

Den Bewaffneten gingen die vielen Fragen, die man ihnen stellte, auf die Nerven, deshalb verkündete einer von ihnen über Megaphon: »Das ist die erste Gruppe eurer Angehörigen. Hört auf, Fragen zu stellen, sonst werden die, die noch kommen, euch nicht mehr hier finden! Es gibt hier im Umkreis noch leere Häuser. Sie gehören alle euch. Habt Geduld, Gott liebt die Geduldigen!«

»Das Haus, in dem wir wohnen, hat zwei Zimmer«, sagte Shammo. »Azad und ich nehmen das eine und du und Ahlam das andere. Oder wollt ihr lieber ein eigenes Haus?«

»Nein, natürlich nicht«, erwiderte Nassima.

Kaum hatten die vier das türlose Haus betreten, fragte sie: »Habt ihr eine Schere hier?«

»Ich bin nicht sicher«, erwiderte Azad. »Aber es gibt hier noch mehr verlassene Häuser, dort kann ich nach solchen Dingen suchen. Oder ich frage die Nachbarn. Wir helfen einander mit allem aus. Wir haben sogar Arak gefunden und ihn heimlich getrunken, denn Alkohol ist verboten. Ich gehe aber mal davon aus, dass Scheren nicht verboten sind.«

»Was willst du denn mit der Schere, Umm Qatto?«, fragte Shammo.

»Ich habe Ahlam mit einer Schere gerettet«, sagte Nassima. »Aber sie haben sie mir weggenommen, bevor sie uns hierhergebracht haben.«

»Tatsächlich? Wie das?«, fragte Shammo und lud sie mit einer Geste ein, sich zu setzen. »Koch einen Tee, Azad, und hol Brot! Vergib uns, dass wir so wenig anzubieten haben«, fügte er hinzu, »aber dies ist nicht unser Haus, wie du weißt, sonst hätten wir dich angemessen bewirtet.«

»Natürlich, das weiß ich doch«, sagte Nassima.

»Wohin haben sie euch gebracht, Umm Qatto?«, fragte er.

»Zuerst haben sie uns voneinander getrennt«, antwortete sie. »Oh, sie haben uns vernichtet! Sie haben die Männer vor unseren Augen getötet. Sie haben sie in Gruben geworfen und dann erschossen. Und ihren Müttern brannte das Herz.«

Nassima würgte an ihren Tränen. Azad reichte ihr eine Tasse Wasser, und sie dankte ihm. Dann berichtete sie weiter: »Einer von ihren Fürsten hat mich als Dienerin gekauft. Eines Tages flehte ich ihn an, Ahlam zu mir zu bringen, damit ich sie sehen konnte. Er holte sie tatsächlich für zwei Stunden ab und brachte sie dann wieder zurück in die Halle für die Mädchen. Von da an erlaubten sie ihr, mich einmal im Monat besuchen zu kommen. Als sie zum dritten Mal kam, war der Fürst gerade im Kampf gefallen, und der Wächter sagte, jemand werde uns abholen kommen. Da hatte ich eine Idee. Ich schnitt Ahlam die Haare ab und zerzauste sie, anschließend zerschnitt ich auch die Säume ihrer Kleidungsstücke. Ich trug ihr auf, wenn sie kämen, so zu tun, als wäre sie verrückt. Ahlam spielte ihre Rolle gut, denn als jemand erschien, um uns zu kaufen, hielt er sie wirklich für verrückt und wollte uns nicht mehr haben. Noch jemand kam und lehnte ebenfalls ab. Schließlich sagten sie: ›Ihr seid nutzlos‹, und brachten uns hierher. Deshalb brauche ich eine Schere. Falls sie ihr andere Kleider geben, schneide ich sie wieder ab und behaupte, sie selbst hätte das getan.«

Ein Auto hupte. Azad sah Alis Wagen vor dem Haus und ging hinaus. Nach ein paar Minuten kam er wieder zurück und sagte: »Du sollst ein paar Jungen beschneiden, Papa.«

Im Aufstehen bemerkte Shammo: »Wenn wir keine normale Schere finden, Nassima, kannst du ja die Instrumente zum Beschneiden benutzen.«

Am nächsten Tag bekam Azad die Aufgabe, die Lebensmittelkisten aus dem Lagerhaus zur Verteilungsstelle zu bringen, die zwei Straßen von ihrem Haus entfernt lag. Danach gaben sie ihm seinen Anteil an Lebensmitteln, und Ali ließ ihn gehen. Auf dem Fußweg zurück trat Azad in der Hoffnung, eine Schere zu finden, in ein verlassenes Haus. Als er es durchsuchte, entdeckte er ein Handy-Ladegerät. Er nahm es an sich, ging hinaus und stellte sich vor, auch noch ein Telefon zu finden. Dann würde er auf gut Glück irgendwelche Nummern durchprobieren, und vielleicht würde ihm eine Stimme von außerhalb dieser Mauern antworten.

Wieder im Haus, packte Azad Tee, Bulgur, Kartoffeln, Zwiebeln und Tomatenmark aus.

»Kein Mehl diesmal?«, fragte Shammo.

»Weißt du, wen ich heute getroffen habe, Papa?«

»Wen denn?«

»Den Sohn von Helens Nachbarn. Er heißt Hamid und ist ein Freund von Yahya. Er war heute in der Verteilungsstelle.«

»Haben sie ihn auch gefangen genommen?«

»Nein, er gehört zum Daesh«, antwortete Azad. »Er war mit diesen Leuten zusammen und trug wie sie eine Waffe.«

»Hast du ihn nach Helen gefragt?«

»Er ging mit seinen Leuten weg, bevor ich ihn fragen konnte, aber er wusste, wer ich bin und wo ich lebe. Man sah ihm an, dass es ihm peinlich war.«

Azad zog das Ladegerät aus der Tasche und sagte: »Das habe ich schon mal. Jetzt muss ich nur noch ein Telefon finden, auch wenn ich nicht weiß, ob wir hier Netz haben.«

»Was bedeutet das?«, fragte Shammo.

»Ohne Netz gibt es keine Verbindung«, antwortete Azad.

»Großer Gott!«, rief Shammo. »Nicht einmal die Geräte funktionieren ohne Verbindungen.«

14. DER PFIFF

Helen hatte die dichten Wälder in Mosul mit ihren giganti-
schen Bäumen stets geliebt, jetzt aber fühlte sie nur Ekel bei
ihrem Anblick, als handelte es sich um eine Gruppe von Männern, die darauf warteten, sie einer nach dem anderen zu vergewaltigen. Der Fahrer hatte ihr nur gesagt, dass er sie, da
Ayash verschwunden war, zum »Gästehaus« bringen würde.
Also saß sie nun auf der Rückbank des Wagens, nicht wissend,
wohin sie fuhren, und vergrub das Gesicht in den Händen.

Irgendwann ließ sie die Hände in den Schoß sinken und
sah wieder aus dem Fenster. Der Mond stand voll am Himmel und folgte ihr, immer weiter, bis der Fahrer den Wagen
vor einem Gebäude stoppte. Auf einem Schild davor stand:
»Hochzeitssaal Galaxy«.

Anders als sie erwartet hatte, wurde sie also nicht zu der
Schule zurückgebracht, aus der Ayash sie geholt hatte. Der
Fahrer steckte sich die Pistole in den Gürtel und sagte ihr, sie
solle in den Saal gehen. Mehr als einhundertfünfzig Frauen
saßen darin auf dem Boden, doch der Fahrer befahl Helen,
ihm in einen Nebenraum zu folgen. Dort übergab er sie an
einen jungen Mann hinter einem Schreibtisch, erklärte noch:
»Das ist Ayashs Witwe«, und ging wieder hinaus.

Der junge Mann schrieb etwas auf ein Blatt Papier und
sagte, ohne den Blick zu heben: »Warte drüben im Saal, bis
du an der Reihe bist!«

Bei seinem Anblick fuhr Helen zurück. »Hamid?«, fragte sie.

Hamid hatte sie nicht gleich erkannt, weil sie einen Niqab trug, aber ihre Stimme war ihm vertraut.

»Tante Helen?«

»Wast tust du denn hier, Hamid?«

Nach kurzem Zögern antwortete er: »Bloß ein Job.«

»Bring mich zu euch nach Hause, damit ich meine Tochter sehen kann!«

Erneut blieb er zunächst still und sagte dann mit gesenktem Blick: »Das ist nicht so einfach.«

Helen sah ihn mit tränenerfüllten Augen an.

»Ich werde mein Bestes tun, um dir zu helfen«, flüsterte er. »Aber jetzt musst du in den Saal!«

Helen ging hinaus. Sie fühlte sich wie in einem seltsamen Traum, in dem kleine Jungs, die sie einmal geliebt und auf die sie aufgepasst hatte, ihr über den Kopf wuchsen, sich einen langen Bart wachsen ließen und sie herumkommandierten. Sie setzte sich zu den anderen Frauen auf den Boden und sah sich um. Vielleicht war Amina auch hier? Ein paar Frauen trugen den Niqab und waren kaum auseinanderzuhalten. Doch dann fiel ihr Blick in einer Ecke des Saals auf die schlafende Layla.

Auf allen vieren drängte Helen sich zwischen den Frauen hindurch und flüsterte ihren Namen. Layla öffnete die Augen, und Helen lächelte sie an. »Ich bin Helen, erinnerst du dich an mich?«

Layla nickte. »Vor zwei Tagen habe ich von dir geträumt«, sagte sie.

»Tatsächlich?«

»Du warst bei Mayada, sie spielte mit einem kleinen Ball.«

»Wer ist denn Mayada?«, fragte Helen.

»Deine Tochter.«

»Sie heißt Mayada?«

»In meinem Traum hieß sie so.«

Eine Frau kam in den Saal und erklärte, sie sollten sich zum Duschen anstellen und sich umziehen. Ein Händler hätte sie alle miteinander gekauft, um sie in Raqqa einzeln weiterzuverkaufen. Helen war frustriert. Gerade jetzt, nachdem sie Hamid getroffen hatte, sollte wie wieder gehen! Dabei hatte sie auf seine Hilfe gehofft, trotz seines schrecklichen Jobs, über den sie sich zunächst so erschrocken hatte. Als sie ihnen drei Stunden später befahlen, sich in den großen Bus zu begeben, der sie nach Raqqa bringen sollte, schwand ihre Hoffnung vollständig dahin.

Der Bus hatte nicht genug Plätze für alle Frauen, deshalb stiegen einige in kleinere Autos. Helen saß bereits neben Layla im Bus, als ein junger Mann hereinkam und sagte: »Wer hier ist Helen? Aussteigen!«

Als sie wieder draußen war, forderte er sie auf, ihm zu folgen. In einiger Entfernung standen zwei junge Männer mit schwarzen Daesh-Stirnbändern. Sie dachte, sie wollten sie vergewaltigen, blieb stehen und sagte zu dem jungen Mann, der zwei Schritte vorausging: »Gott schütze Sie, lassen Sie mich doch mit den anderen Frauen fahren, ich bin krank!«

»Komm schnell, nicht stehen bleiben!«, rief er.

Als sie bei den beiden Männern ankam, erkannte sie in einem von ihnen Hamid. Er stand neben einem Auto mit geöffnetem Kofferraum. »Rein mit dir, schnell!«, sagte er.

Helen stieg in den Kofferraum, doch ehe Hamid den Deckel schloss, blickte sie zu ihm auf und sagte: »Ich habe ein Mädchen dabei. Sie heißt Layla und sitzt im Bus. Lass sie doch bitte mitkommen!«

»Das ist ein Risiko, wir wollen so schnell wie möglich los«, sagte Hamid. »Wir werden sehen.« Er warf den Deckel zu, und sie lag im Dunkeln.

Ein paar Minuten später wurde der Deckel wieder geöffnet, und Layla kletterte zu ihr herein. Damit der Platz für sie beide reichte, rollten sie sich eng zusammen.

Das Auto schloss sich wieder dem Konvoi an und wartete auf das Zeichen zur Abfahrt nach Syrien.

»Ich sterbe vor Angst«, sagte der junge Mann neben Hamid. »Was, wenn sie das rausfinden? Da ist Abu Taufiq, er kommt direkt auf uns zu. Mein Gott, er wird uns abschlachten!«

Hamid kurbelte die Scheibe runter und fragte Abu Taufiq: »Geht es jetzt los?«

»Wir haben noch keinen Befehl zur Abfahrt«, erwiderte Abu Taufiq.

»Unser Auto hier ist schon ziemlich alt, es geht gerne mal kaputt. Können wir nicht schon mal vorausfahren, damit wir nicht am Ende noch zu spät kommen?«, fragte Hamid.

Abu Taufiq winkte zum Zeichen, dass sie losfahren sollten, und das Auto setzte sich in Bewegung. Sie atmeten auf.

Hamid drehte den Kopf zurück und sagte so laut, dass Helen es hinten hören konnte: »In einem von diesen Häusern ist dein Bruder, ich weiß nicht, in welchem genau. Aber sobald wir anhalten, steigt ihr so schnell wie möglich aus, und natürlich kreuzt ihr nie mehr unseren Weg! Die Menschen in diesen Häusern sind alle Gefangene, vielleicht zeigen sie euch, wie man zum Haus deines Bruders kommt. Mehr können wir nicht für euch tun, wir müssen augenblicklich zum Konvoi zurück.«

Kaum hatte der Wagen gestoppt und Hamid den Kofferraum geöffnet, kletterten sie heraus und rannten davon. Helen ergriff Laylas Hand, und sie flohen in das erstbeste Haus,
das sie sahen. Es war verlassen, aber der Hahn in der Küche
funktionierte, und sie tranken etwas Wasser.

»Kann es wirklich sein, dass Azad hier ist?«, murmelte Helen. »Ich fürchte, wenn wir über die Straße gehen, greifen sie
uns auf.«

Sie waren so müde, dass sie auf dem Fußboden einschlie-
fen. Am nächsten Tag beobachtete Helen durchs Fenster ununterbrochen die Straße. Plötzlich sah sie Azad mit langem
Bart eilig am Haus vorbeilaufen. Sie zögerte kurz, weil sie
nicht sicher war, ob es sich um jemanden vom Daesh handelte, der aussah wie Azad, oder um Azad, der aussah wie ein
Mann vom Daesh. Dann jedoch stieß sie einen Pfiff aus, der
in der Sprache der Berge bedeutete: »Ich bin hier.«

Azad hörte den Pfiff, erstarrte und machte kehrt. Als er
wieder am Haus vorbeikam, reckte Helen sich halb aus der
Tür, und Azad rannte mit ungläubigem Blick auf sie zu. Lange
hielt sie ihren Bruder in den Armen und benetzte seinen langen Bart mit ihren Tränen.

»Ich dachte schon, du wärst einer vom Daesh«, sagte sie
schließlich, löste sich aus der Umarmung und wischte sich die
Tränen von der Wange.

»Ich darf meinen Bart hier nicht abrasieren«, sagte er.
»Nur den Schnurrbart.«

Er trat kurz aus dem Haus, sah sich nach rechts und links
um und kam sofort wieder zurück. »Wir laufen los! In das
dritte Haus von hier, schnell!«

Helen nahm Layla an der Hand, und alle drei rannten sie
in das türlose Haus hinüber.

Shammo kam gerade aus dem Bad, und plötzlich stand er Helen von Angesicht zu Angesicht gegenüber. Sofort schloss er sie in seine Arme, und sie weinte sich an seiner Schulter aus. Alle weinten sie.

»Wie seid ihr bloß hierhergekommen?«, fragte Helen.

»Wir haben nach dir gesucht«, erwiderte Azad.

»War Amina bei dir?«, fragte Nassima.

»Ich habe sie nur für eine Minute gesehen, dann haben sie uns wieder getrennt«, sagte Helen.

»Wir sind zerstreut worden wie Sumachsamen«, bemerkte Shammo und sah Helens kleine Freundin an.

»Das ist Layla«, erklärte Helen. »Weil sie neun Jahre alt ist, haben sie sie von ihrer Familie getrennt.«

»Genau wie Ahlam«, sagte Nassima, machte einen Schritt zur Seite und zeigte auf Aminas Tochter Ahlam.

»Sie denken, sie ist verrückt«, fügte sie hinzu.

»Ist ja kein Wunder, wenn man hier verrückt wird«, meinte Helen.

Shammo beugte sich zu dem verschüchterten Mädchen hinunter und lächelte es an. »Wie heißt du denn mit vollem Namen, Layla?«, fragte er.

»Layla Hassan Khan.«

Shammo dachte kurz nach. »Hast du einen Bruder namens Zedo?«, fragte er dann.

»Ja. Er ist kleiner als ich.«

»Ich habe deinen Bruder beschnitten. Ihr kommt aus Tal Qasab, stimmt's?«

»Ja.«

»Zedo? Einen Moment mal, wie heißt denn deine Mutter, Layla? Heißt sie etwa Ghazal?«, fragte Helen.

»Ja, so heißt sie.«

Helen riss erstaunt den Mund auf. »Ich habe deine Mutter getroffen! Und Zedo und deine kleine Schwester waren bei ihr.«

»Wo war denn das? Und war mein Vater auch dabei?«

Helen schwieg. Dies war nicht der richtige Zeitpunkt, Layla zu sagen, dass ihre Mutter hatte mit ansehen müssen, wie ihr Vater getötet wurde, und dass Ghazal selbst seitdem nicht mehr sprechen konnte.

»Deinen Vater habe ich nicht gesehen«, antwortete sie nur und musste daran denken, wie Ghazal sie mit einem Zeichen zur Flucht aufgefordert hatte.

Mitten in ihre Wiedersehensfreude hinein hörten sie plötzlich Alis Wagen hupen. Alle fuhren sie zusammen.

»Geht lieber ins Schlafzimmer! Manchmal kommt der Daesh ohne Vorwarnung ins Haus«, sagte Azad und ging schnell nach draußen.

Azads Aufgabe an diesem letzten Tag im Jahr 2014 bestand darin, Alis Büro zu putzen. Er widmete sich ihr mit großer Sorgfalt, und als er fertig war, sagte er zu Ali: »Ich möchte Sie um einen Gefallen bitten.«

Ali sah ihn wortlos an und wartete, was folgen würde.

»Meine Neffen Yahya und Yassir sind im Trainingslager in Raqqa, und ich vermisse sie sehr. Könnten sie mich nicht besuchen kommen?«

Ali zögerte kurz, dann erwiderte er: »Meines Wissens bekommen die Kämpfer im Monat zwei Tage Urlaub. Ich werde mich erkundigen und dir Bescheid geben.«

»Vielen Dank«, sagte Azad und packte die Flugblätter der Organisation in eine Box. Er wollte eigentlich noch »Alles Gute für das neue Jahr!« wünschen, fürchtete jedoch, dass das haram sein könnte. Als er gerade dabei war, mehrere Boxen aufeinanderzustapeln, hörte er plötzlich Ali am Telefon stammeln. Angestrengt versuchte er etwas zu sagen, brachte aber kein Wort heraus, als sei ihm mit einem Mal die Zunge schwer geworden. Das Telefon fiel ihm aus der Hand. Als er es aufheben wollte, verlor er gänzlich die Kontrolle über sich und stürzte zu Boden. Azad rannte zu ihm und versuchte, ihn wieder aufzurichten, aber Ali hatte schon das Bewusstsein verloren.

Azad lief auf die Straße, hielt den erstbesten Wagen an und bat den Fahrer, Ali ins Krankenhaus zu bringen. Der Mann stieg aus und half Azad, Ali ins Auto zu tragen. Azad begleitete ihn ins Krankenhaus und blieb bis spät in die Nacht bei ihm in der Notaufnahme. Der Fahrer war ein Angehöriger der Organisation und hatte die Krankenhausverwaltung informiert, dass Azad ein Gefangener war, damit sie nur ja nicht vergaßen, ihn zu überwachen. Irgendwann verlegten sie Ali in einen anderen Raum und befahlen Azad zu gehen. Sie besorgten einen Fahrer, der ihn wieder zu ihrem Haus fuhr.

Beim Teetrinken in der Küche erzählte Azad Helen, was mit Ali passiert war. »Hättest du ihn doch sterben lassen!«, meinte sie. »Je weniger es von denen gibt, umso besser. Aber die Hauptsache ist: Wann fliehen wir?«

»Darüber denke ich seit dem Tag unserer Ankunft hier nach«, erwiderte Azad. »Aber wegen Papa habe ich noch nichts in dieser Richtung unternommen. Wenn wir fliehen, müssen wir stundenlang laufen, und das ist zu schwer für ihn. Allerdings gibt es auch noch einen anderen Grund, der mich davon abhält.«

»Und der wäre?«

»Yahya und Yassir sind in einem Trainingslager in Syrien.«

»Was?«, fragte Helen fassungslos, als traue sie ihren Ohren nicht.

»Beruhige dich! Gott sei Dank sind sie ja noch am Leben.«

»Ich gehe nicht ohne sie.«

»Das weiß ich«, sagte Azad.

Eine Woche später hatte Ali sich so weit erholt, dass er seine Aufgaben wieder aufnehmen konnte. Und so fuhr auch Azad fort, sein Büro zu putzen.

Ali war ihm sehr dankbar. »Sie haben mir gesagt, ich wäre gestorben, wenn du nicht so schnell eingegriffen hättest«, sagte er. »Ich stehe in deiner Schuld, Bruder. Und ich will dir noch etwas erzählen«, fügte er hinzu. »Es gibt da einen Mann namens Khalid Omar. Kennst du ihn?«

»Er ist ein Freund von mir und wie ein Bruder für mich.«

»Er hat dich in dem Youtube-Video über den Beitritt der Yeziden zum Islam gesehen und dich in den höchsten Tönen gelobt.«

»Ich bin der Pate seines Sohnes. Mein Vater hat ihn in meinem Schoß beschnitten.«

»Khalid Omar hat mit dem Kalifen Abu Waleed gesprochen«, berichtete Ali. »Offenbar ist er ein Verwandter von ihm. Und weil du in meiner Gruppe bist, hat der Kalif mich angerufen und sich nach dir erkundigt.«

»Ich würde mich sehr freuen, Khalid wiederzusehen«, sagte Azad.

Er war gerade vom Abendgebet zurück, als Khalid ihn überraschend besuchte. Sie begrüßten sich mit Wangenküssen, und Khalid ergriff Shammos Hand und küsste sie ebenfalls.

Er hatte ihnen eine Schachtel Baklava, Käsepasteten und eine Tüte gesalzene Mandeln mitgebracht. Als sie sich setzten, sah Khaled Azad an. »Hast du aber einen langen Bart! Als wärst du einer vom Daesh!«

»Nein, bin ich nicht. Aber als ich hörte, dass du mich sehen willst, dachte ich schon, du hättest dich dem Daesh angeschlossen«, sagte Azad.

»Ich bin Muslim, aber kein Daesh-Anhänger.«

»Ich kenne dich gut, Khaled.«

»Sag mir, Azad, brauchst du etwas?«

»Es gibt etwas, was ich sehr gut gebrauchen könnte, falls du es besorgen kannst.«

»Für dich immer gern!«

»Ich habe ein Ladegerät, aber ich brauche auch ein Handy.«

»Keine Sorge, ich bringe dir eins.«

»Telefone sind hier verboten, also sei vorsichtig!«

»Sie haben mich schon bei meiner Ankunft gefilzt«, sagte Khalid, »aber sei unbesorgt, ich verstecke es gut.«

Bei seinem zweiten Besuch am 13. Januar 2015 trat Khalid in Begleitung eines Wächters ins Haus. Er hatte eine große Tüte Bulgur dabei.

»Ich bin ziemlich in Eile«, sagte er. »Ich wollte nur schnell als Spende diesen Bulgur abgeben. Allerdings ist die Tüte ein bisschen feucht geworden, man müsste sie umfüllen.«

Azad dachte, Khalid habe ihm das Handy wegen der Anwesenheit des Wächters nicht geben können. Nachdem Khalid wieder gegangen war, stellte er die Tüte auf den Tisch, und Shammo holte eine Plastikschüssel. »Er hat doch gesagt, die Tüte sei feucht geworden.«

Er schüttete den Bulgur in die Schüssel, und mit heraus fiel ein Handy. Azad griff danach. »Ah, deshalb wollte er, dass ich die Tüte leere!«, sagte er.

Die nächste Überraschung erwartete sie am nächsten Morgen, als die Gefangenen auf das Hupen hin nach draußen gegangen waren. Denn dort erklärte ihnen einer der Bewaffneten: »Wir haben mit der lokalen Regierung ausgemacht, dass wir ihr die Alten und Behinderten übergeben und sie dafür unser Gebiet mit Strom versorgen. Die Betreffenden werden zunächst nach Kirkuk gebracht und von dort aus, wohin immer sie wollen. Die Busse kommen bald, also haltet euch bereit!«

Ali trat auf Azad zu. »Dein Vater ist ja noch nicht so alt«, meinte er.

»Er ist fast achtzig!«, erwiderte dieser.

»Dann kann er fahren, es sei denn, er möchte lieber bei uns bleiben.«

»Ich werde ihn fragen«, sagte Azad. Ob es wohl irgendjemanden gibt, der bei euch bleiben möchte?, dachte er sich.

Als über Megaphon ausgerufen wurde, dass die Busse nun bereitstünden, war Shammo noch immer unschlüssig, was er tun sollte.

»Wie soll ich denn wegfahren und euch hier zurücklassen?«

»Für uns alle ist es besser, wenn du gehst«, sagte Azad.

»Damit ihr mich los seid?«

»Nein, du kannst uns damit retten. Hör zu, Papa, merk dir diese Nummer, und wenn du nach Kurdistan kommst, gibst du sie irgendjemandem aus unserer Gemeinschaft, damit er mich anruft! Ich habe jetzt ein Telefon, aber keine Nummer.«

Das Hupen wurde lauter, und Shammo musste sich beeilen, in den Bus zu kommen.

»Wie soll ich mir die Nummer denn so schnell merken?«, fragte er. »Schreib sie mir doch auf einen Zettel, mein Sohn! Ich kann ihn ja unter meinen Kleidern verstecken.«

Azad nahm sich einen Stift, konnte aber kein Papier finden. Da kam Nassima mit der Schere angerannt, schnitt Ahlam ein kleines Stück vom Kleid ab und gab es ihm.

»Wie klug!«, sagte Shammo. »Du kannst mit einer Schere wirklich jedes Problem lösen.«

Von den Menschen, die zu den Bussen gingen, stützten sich viele auf Stöcke. Als Nassima an der Reihe war, einzusteigen, warf der Wachmann neben der Tür einen Blick auf Ahlam. »Gehört die zu dir?«, fragte er.

»Sie ist geistig behindert«, flüsterte Nassima, und er ließ sie beide hinein.

Am Tag nach ihrer Abfahrt gelang acht jungen Gefangenen die Flucht. Die Leute vom Daesh waren so wütend darüber, dass sie eine dreiwöchige Ausgangssperre über ihr Gebiet verhängten. Die Stille im Dorf wurde nur am frühen Morgen vom Krähen eines Hahns und in der Nacht vom Lärm der Stromgeneratoren durchbrochen. Die Gefangenen hörten, dass die Daesh noch weitere archäologische Stätten zerstört hatten, außerdem hatten sie Mosuls Zentralbibliothek angezündet und all die seltenen Bücher und historischen Manuskripte zu Asche verbrannt. Für den Daesh transportierten diese Bücher den Atheismus, weswegen ihnen etwas Dämonisches anhaftete.

»Ich muss dabei daran denken, wie Hülegü Bagdad überfallen und die Bücher in den Tigris geworfen hat«, sagte Helen beim Frühstück zu Azad. Sie war einmal mit Elias in der Bibliothek gewesen und erinnerte sich noch gut an das vierstöckige, in antikisierendem Stil errichtete Gebäude mit den hohen rechteckigen Fenstern. Als sie daran zurückdachte, wie sie sich mit Elias die kostbaren Stücke dort angesehen hatte, musste sie sich die Tränen von den Wangen wischen. Besonders hatte es ihm eine Sanduhr angetan. Anhand des weichen Sands, der sich im unteren der beiden Glaskolben sammelte, ließ sich die Zeit messen. Wie viel Sand wird wohl noch herabrieseln, bevor ich dich wiedersehe, Elias?, fragte sie sich.

Als die Ausgangssperre beendet war, informierten die Mitglieder der Organisation die Gefangenen über ihren Beschluss, sie in zwei Fuhren nach Tal Afar zu bringen. Als die Familien für den ersten Transport aufgerufen wurden, war auch die von Azad darunter. Helen versteckte das Handy unter ihren Kleidern, denn die Leute vom Daesh durchsuchten normalerweise nur die Männer, verschleierten Frauen näherten sie sich nicht. Für Helen und Layla war es das erste Mal, dass sie das Haus verließen. Sie waren äußerst vorsichtig, damit die Organisation nicht herausfand, dass sie aus dem Hochzeitssaal eingeschmuggelt worden waren. Aber der Niqab war ihr Schutzpanzer, er bewahrte sie davor, entdeckt zu werden. Eilig schlossen sie sich der ersten Gruppe an und mischten sich unter die übrigen Familien.

Als sie in Tal Afar angekommen waren, befahlen die Bewaffneten den Gefangenen, mit ihren Familien die verlassenen Häuser dort zu beziehen. Diesmal wohnten auch Daesh-Familien in der Umgebung. Die Gefangenen halfen einander beim Tragen der Möbelstücke und Decken und flüsterten einander dabei zu, dass ihr Leben durch die Daesh-Familien in der Nachbarschaft nur noch schwerer werden würde.

Zwei Tage vergingen, ohne dass die zweite Gefangenengruppe eintraf. Die Leute der ersten Gruppe erkundigten sich bei den Angehörigen der Organisation nach ihren Freunden und Verwandten. Am dritten Tag machte Azad sich mit Ali auf, um ihm zu helfen, einen Kühlschrank in sein Büro zu transportieren. Unterwegs fragte er ihn: »Wo ist denn eigentlich die andere Gruppe geblieben?«

»Frag nicht nach ihnen!«, erwiderte Ali.

Als sie schließlich die Antwort erhielten, schlugen sie sich weinend die Hände vors Gesicht. Der Daesh hatte sämtliche Männer der zweiten Gruppe getötet und die Frauen und Kinder verkauft. Diese Nachricht war von einer Nachbarin zu ihnen durchgesickert, deren Ehemann beim Daesh war. Aber warum hatten sie dies alles nur mit der zweiten Gruppe getan, nicht aber mit der ersten? Gab es dafür einen Grund, oder war es reine Willkür? Das wusste keiner.

Es war ein lauer Tag, als Helen, die gerade im Wohnzimmer war, spürte, wie das Telefon unter ihrer Kleidung vibrierte. Sie holte es heraus und sah auf das Display. Eine Telefonnummer, darunter der Name Abdullah. Im selben Moment hörte Azad es hupen und sagte: »Schnell, versteck das Telefon! Ali ist da.«

Als Helen den Wagen mit Azad losfahren sah, schickte sie eine Textnachricht: »Hallo, mein lieber Cousin! Hier ist Helen.«

Die Antwort kam prompt: »Wo bist du?«

»In Tal Afar.«

»Kannst du fliehen?«

»Im Moment nicht. Ich sage dir Bescheid, wenn Yahya und Yassir kommen. Dann gehen wir alle gemeinsam.«

»Alles klar. Macht's gut!«

Azad hatte an jenem Tag verschiedene Aufgaben zu erledigen. Unter anderem hatte Ali ihm aufgetragen, ein großes Auto mit Sprengkörpern zu beladen. Das tat er natürlich mit äußerster Vorsicht, damit ihm das Ganze nicht um die Ohren flog. Außerdem hatte er Kopfschmerzen und fühlte sich sehr schlapp.

»Was ist los mit dir?«, fragte ihn Ali.

»Mir platzt fast der Kopf.«

Ali stoppte vor einer Apotheke und kaufte ihm etwas Paracetamol.

»Danke!«, sagte Azad.

»Ich wollte noch erwähnen, dass ich deine Bitte, deine beiden Neffen wiedersehen zu dürfen, nicht vergessen habe. Ich habe sie gestern getroffen. Zwei sehr intelligente Bürschchen, mashaalla!«

Als Azad nichts weiter dazu sagte, fuhr Ali fort: »Sie kommen dich am letzten Freitag dieses Monats besuchen. Ich nehme sie mit in die Moschee, dort treffen wir dich dann nach dem Mittagsgebet.«

Um sechs Uhr morgens lief Azad in die Moschee, um vor dem Mittagsgebet noch den Saal zu putzen und die beiden Tanks mit Wasser zu befüllen. Anschließend nahm er am Gebet teil, und als er sich dabei nach rechts drehte, sah er die Jungen neben Ali knien. Mit einem zweiten Blick vergewisserte er sich, dass es sich wirklich um Yahya und Yassir handelte.

Er wartete noch das Ende des Gebets ab, dann ging er zu ihnen.

»Morgen früh kommt Abu Sufyan bei euch vorbei, um sie wieder mit ins Lager zu nehmen«, sagte Ali und ging.

Azad umarmte die beiden. Er wollte mit ihnen sprechen,

wusste aber nicht, was er sagen sollte. Gern hätte er gesagt, ihre Mutter werde vor Freude, sie wiederzusehen, ganz außer sich sein, doch aus irgendeinem Grund schwieg er lieber. Yahya war inzwischen siebzehn und Yassir zwölf. Sie trugen afghanische Kleidung, ein knielanges Hemd und weite Hosen.

Gemeinsam verließen sie die Moschee und gingen schweigend durch die Straßen. Alle paar Minuten sah Azad verstohlen zu ihnen hinüber. Sie bewegten sich völlig leblos, wie Roboter. Dieses verstörende Gefühl vertiefte sich noch, als sie ins Haus traten und die Jungen ihre Mutter kaum wahrnahmen, obwohl Helen vor Aufregung fast ohnmächtig wurde. Selbst als sie den Niqab ablegte und ihr Gesicht zeigte, hatte das eine viel geringere Wirkung auf sie als erwartet.

Helen brachte das Mittagessen, das aus Brot, Eiern und Tomaten bestand, und als sie damit fertig waren, servierte Azad Tee.

»Ich möchte euch noch mitteilen, dass ihr eine kleine Schwester habt«, sagte Helen. »Am 10. Juli wird sie ein Jahr alt.«

»Wo ist sie denn?«, fragte Yassir.

»Bei Umm Hamid«, antwortete Helen und wischte sich ein paar Tränen von der Wange.

Azad trat näher an die Jungen heran: »Hört gut zu!«, sagte er leise. »Es gibt eine Chance, von hier zu fliehen. Wir haben nur noch auf euch gewartet, damit wir gemeinsam gehen können. Freitag ist der beste Tag dafür, zur Gebetszeit ist dann kein Mensch auf der Straße.«

Yahya und Yassir sahen sich an.

»Wir wollten nicht ohne euch fliehen«, bekräftigte Helen.

»Wir kommen nicht mit«, erklärte Yahya. »Wir stehen vor einer großen Aufgabe, die wichtiger ist als die Familie.

Der ganze Islamische Staat ist unsere Familie, für seinen Sieg kämpfen wir. Die übrigen Nationen der Welt sind nur hinter dem Geld her. Sie zetteln Verschwörungen an, um die Muslime zu schwächen und auszurotten. Die Staaten des Westens mischen sich ständig in die islamische Welt ein und säen Zwietracht und Kriege. Teile und herrsche!, sagt der Kolonialismus. Unser Staat dagegen wird gerecht regiert, und am Ende wird die ganze Welt gerecht werden – unter dem Banner des Islamischen Staates.«

»Alle Religionen rufen zu Gerechtigkeit auf«, erwiderte Azad.

»Aber der Islam ist das Siegel der Religionen«, sagte Yahya. »Wäre er als Religion nicht vollkommen, hätte Gott noch einen weiteren Propheten geschickt, um ihn vollkommen zu machen.«

»Und du, Yassir, was ist deine Meinung?«, fragte Azad.

Yassir zuckte gleichgültig die Achseln. Aber Helen sah ihm direkt in die Augen, als erwarte sie eine Antwort. Schließlich sagte er: »Wir dürfen unsere Gemeinschaft nicht im Stich lassen. Sie vertrauen auf uns. ›Ihr gehört zu den besten Muslimen‹, sagen sie, ›weil ihr aus Überzeugung und aus eurem Glauben heraus konvertiert seid.‹«

Helen sprang auf und schrie: »Eure Gemeinschaft hat eure Mutter vergewaltigt! Sogar dieses Mädchen hat sie vergewaltigt! Ihr Vater ist vermisst und euer Vater ebenfalls.«

»Beruhige dich, Helen!«, sagte Azad. »Denk daran, wir haben ja nicht einmal geglaubt, dass die Organisation uns die Jungen bringen würde, damit wir sie sehen können. Lass uns dieses Wiedersehen nicht verderben!«

In der Nacht schlief Helen sehr unruhig. Am Morgen waren die Jungen schon zum Aufbruch bereit.

»Ich habe gehört, dass ihr jeden Monat Urlaub bekommt«, sagte Azad, während er das Bettzeug wegräumte.

»Wir erwarten euch nächsten Monat wieder, ja?«, fragte Helen.

Yassir sah Yahya an und nickte.

Helen belegte Käsesandwiches und kochte Tee, aber sie hatten noch nicht fertig gefrühstückt, als schon Abu Sufyan mit seinem Wagen vorfuhr. Azad ging zu ihm hinaus, um ihn zu begrüßen und ihn zu bitten, ihnen noch eine Minute Zeit zu geben.

Helen umarmte und küsste die beiden und gab ihnen Tee und ein Sandwich für Abu Sufyan mit. Aus dem Fenster sah sie ihnen noch nach. Als sie fort waren, drehte sie sich zu Azad um und sagte: »Wie hat die Organisation es nur fertiggebracht, den Jungen derart das Gehirn zu waschen?«

15. MUHASHISH

Wie bei allen Leuten aus Sinjar sollte auch das Leben des Honighändlers Abdullah für immer ein anderes werden, als er am 3. August 2014 mit seiner Familie ins Gebirge aufbrach. Sie schlossen sich einer Kolonne aus Tausenden von Menschen an, die eine riesige Staubwolke hinter sich herzog. Mit ihren Kindern auf dem Rücken hatten sie ihre Häuser verlassen müssen. Kranke waren darunter, die aus ihren Klinikbetten aufgestanden waren, und Frauen kurz vor der Entbindung. Sieben Stunden lang kämpften sie sich durch grüne Gebirgswälder und über schroffe braune Felsen zu einer Höhle vor, in der sie Schutz suchten wie im Schoß ihrer Großmutter.

Unterwegs wurden manche von ihren Füßen im Stich gelassen, ihre Schritte wurden immer langsamer, und sie fielen hinter die anderen zurück. Ein paar der Sinjaris drehten auf halbem Wege wieder um und kehrten in ihre Häuser zurück. Ihnen war zu Ohren gekommen, dass die Mitglieder der Organisation über Lautsprecher verkündet hatten, sie seien gekommen, die Regierung auszuwechseln, nicht aber, um den Menschen etwas anzutun oder sich in ihre Angelegenheiten einzumischen. Andere zögerten, ihre Häuser zu verlassen, und als sie sich schließlich dazu entschlossen, war es zu spät, denn die furchteinflößenden schwarz beflaggten Fahrzeuge des Daesh standen schon vor ihrer Tür.

Abdullah nahm nichts weiter mit als sein Handy und etwas Brot und Honig. Seine Mutter war gerade erst aus dem Krankenhaus entlassen worden, wo man sie am Herzen operiert hatte. Statt die Zeit für ihre Rekonvaleszenz zu nutzen, lief sie mit Abdullah, seiner Frau, seinen zwei Söhnen und zwei Töchtern mit. Seine älteste Tochter hatte ihn gefragt, ob sie wieder nach Hause zurückkehren würden oder ob sie ihre Sachen mitnehmen sollte. Sie würden zurückkehren, hatte er geantwortet. Von unterwegs rief Abdullah beim Bruder seiner Frau an, und als er hörte, dass er noch zu Hause war, empfahl er ihm dringend, so schnell wie möglich aufzubrechen. »Nein, ich glaube nicht, dass sie uns in Ruhe lassen werden«, sagte er. »Ich habe kein Vertrauen zu diesen Extremisten. Sie nennen uns Ungläubige und betrachten unser Essen und Wasser als unrein, wie sollte ich ihnen da vertrauen?«

Nachdem sie sich eine Woche in der Höhle aufgehalten hatten, waren die zu Hunderten dort versammelten Sinjaris unschlüssig, ob sie noch bleiben oder lieber nach Hause zurückkehren sollten. Alles, was sie hatten, hatten sie wie eine einzige große Familie miteinander geteilt, aber nun gingen Wasser und Nahrung zur Neige. Angesichts der Säuglinge, die nach Milch schrien, molken Abdullah und ein paar andere junge Männer eine verirrte Ziege, die auf der Suche nach Wasser in der Nähe der Menschen umherstreifte. »Aber ihre Milch zu nehmen und ihr kein Wasser zu geben ist nicht fair«, sagte Abdullah.

Sie hatten jedoch nicht genug Wasser dabei. Als Abdullah eine Schale Wasser holte, stand er plötzlich inmitten einer ganzen Ziegenherde. Die Schale in der Hand und die Ziegen im Gefolge, stieg er daraufhin zweihundert Meter tief ins Tal hinunter. Er kannte eine Stelle mit einem großen Wasserbecken, das das Risiko wert war. Dort angekommen, drehte er sofort den Hahn auf, damit die Ziegen trinken konnten, während er selbst sich hinter einem Fass versteckte. Der Daesh war ganz in der Nähe, eventuell nur weitere zweihundert Meter entfernt.

Nach ein paar Minuten drehte er den Hahn wieder zu und stieg, die Ziegen immer noch hinter sich, den Berg wieder hinauf. Ihr ursprünglicher Hirte musste sie zurückgelassen haben, um sich der Kolonne anzuschließen. Vielleicht war Abdullah nun eine Art Ersatzhirte für sie. Auf dem Rückweg sah er mehrere Personen um den Leichnam einer alten Frau versammelt, neben der eine leere Wasserflasche lag. Er erfuhr, dass die Alte an dieser Stelle stehen geblieben war und ihre Familie gebeten hatte, weiterzugehen und sie zurückzulassen, sie müsse sich ein wenig ausruhen. Später könnten sie ja zurückkehren und sie holen. Sie hatte von ihren Enkeln kein Wasser angenommen und ihnen eingeredet, die Flasche, die sie in der Hand hielt, sei genug. »Sie ist verdurstet«, sagte ihr Sohn unter Tränen. Die Flasche Wasser, die er ihr nun, da es zu spät war, mitgebracht hatte, spendete er einem alten Mann, der nicht weit vom Leichnam seiner Mutter zu Boden gesunken war. Auch er war kurz vorm Verdursten.

Am nächsten Abend kamen die Ziegen wieder zu den Menschen gerannt, die sich auf dem Berg zusammendrängten, als wollten sie erneut Milch gegen Wasser tauschen. Die Kinder tranken die Milch und gaben auch ihren Großeltern davon ab. Die Ziegenherde erschien noch mehrere Tage, bis die Sinjaris schließlich weiter hinauf zu mehreren Obst- und Gemüsepflanzungen stiegen, bei denen sie sich bedienen wollten. Doch kurz nach ihrer Ankunft dort verging ihnen der Appetit, denn sie erfuhren, dass ihre Verwandten, die sich verspätet hatten oder in ihren Häusern geblieben waren, gefangen genommen worden waren. Von Schmerz und Erschöpfung gebrochen setzten sie sich auf den Boden und weinten. Ein Geistlicher suchte sie zu beruhigen: »Unser Herr, der uns die Ziegenherde geschickt hat, um unsere Kinder vor dem Verhungern und Verdursten zu retten, weiß auch, wie er uns aus dieser Not befreien kann.«

Nachdem sie eine Woche auf dem Berg gelebt, dort Mangel und die nächtliche Kälte ohne Decken ertragen hatten, verteilten sie sich auf die Dörfer des Höhenzugs, die in unwegsamem, für Menschen, die nicht aus den Bergen stammten, schwer zugänglichem Terrain lagen. Abdullah nahm mehr als hundert Personen mit zum Haus seines Onkels ins Dorf Halliqi. Aber er fand dort nur Ramziya vor. »Wo ist denn Shammo?«, wollte er wissen.

»Ich weiß es nicht«, erwiderte sie. »Sie sind allesamt zu Helen gegangen und nicht wieder zurückgekommen. Hast du vielleicht etwas gehört? Und ist es wahr, dass eine Bande in unsere Gegend gekommen ist, um Mädchen zu rauben?«

Als Ramziya keine Antwort erhielt, brach sie in laute Klagen aus: »Wehe mir, wehe mir, meine Nacht ist keine Nacht mehr und mein Tag kein Tag! Das ist das Ende der Welt!«

Weinend setzte sie sich auf den Boden, um Trauerlieder zu singen, und all die Menschen um sie herum weinten und sangen mit. Schließlich zog sie ein Taschentuch aus der Tasche, putzte sich die Nase und sagte: »Danke, dass ihr gekommen seid! Selbst die Trauer will Gesellschaft haben. Wenn Shammo hier wäre, würde er euch einladen, die Feigen im Obstgarten zu pflücken. Nehmt euch bitte, so viel ihr wollt! Ich werde inzwischen backen.«

Sie holte all ihre Mehlsäcke und begann den Teig zu kneten.

Als es Abend wurde, war in Halliqi nicht mehr genug Platz, einen Fuß auf den Boden zu setzen. Die Menschen schliefen, mit Steinen als Kissen, dem Gras als Matratzen und großen Plastikplanen als Decken in den Gärten. Ein Mann, der ein paar Tage später angekommen war, berichtete, der Kalif des Daesh habe einen Preis für denjenigen seiner Leute ausgelobt, dem es gelang, den Berg zu erklimmen und oben die Fahne des Daesh aufzupflanzen. Der Preis bestand aus jungen Mädchen, die ihm kostenlos zur Verfügung gestellt werden sollten.

»Was sagst du da?«, fragte ein alter Mann. »Und sind sie heraufgestiegen?«

»Nein, ein Helikopter hat sie beschossen«, sagte der erste. »Ich weiß nicht, woher er kam, aber er ist auf dem Berg gelandet und hat ein paar unserer Leute mitgenommen. Die anderen haben darauf gewartet, dass er wiederkäme und sie auch abholte, aber er ließ sich nicht noch einmal blicken.«

»Wir können hier nicht lange bleiben«, sagte einer der Gäste. »Wir müssen wieder gehen. Die Leute hier in Halliqi, Gott schütze sie!, sind es sicher schon leid, für uns Teig zu kneten und zu backen.«

Der Neuankömmling berichtete Abdullah, dass eine Gruppe von Kurden aus der Gegend der syrischen Stadt Hasaka für die Geflüchteten Zelte errichtet hätte. Als die Anzahl von Ramziyas Gästen auf mehr als einhundertzwanzig angewachsen war, setzten sie sich auf den Boden, um zu erörtern, was zu tun sei. Am Ende standen alle auf wie eine Person, denn sie hatten beschlossen, in das Lager Hasaka zu ziehen. Sie machten sich auf den Weg hinunter in das Dorf Adika am Fuß des Berges. Von dort aus war das syrische Lager mit dem Auto in einer Stunde zu erreichen, zu Fuß in sechs Stunden.

Als sie zwei Stunden gegangen waren, wurde Abdullahs

Mutter müde und konnte nicht mehr weiter. Sie ließ sich am Straßenrand nieder, und Abdullah, seine Frau und seine vier Kinder setzten sich zu ihr. Abdullah musste an die alte Frau denken, die er verdurstet in dem felsigen Gebirge hatte liegen sehen.

»Kommt der Daesh hinter uns her, Papa?«, fragte seine fünfjährige Tochter.

»Nein, das lassen wir nicht zu«, erwiderte Abdullah.

Erleichtert seufzte sie auf und fragte weiter: »Wohin gehen wir denn?«

»Zu unseren Freunden in Syrien.«

»Dürfen wir bei denen auch Zeichentrickfilme gucken?«

Im selben Moment hielt ein Auto vor ihnen, und der Fahrer hob die Hand, um Abdullah zu grüßen. Abdullah stand sofort auf und lief zu ihm. Es war sein Freund, der Feigenhändler Saleh. Als Saleh erfuhr, wohin sie wollten, bot er ihnen an, sie hinzufahren. Der Wagen hatte nicht genug Plätze für alle, deshalb quetschten Abdullah und sein Ältester sich hinter die Rückbank in den offenen Kofferraum.

Auf der Straße drängten sich Pulks von Menschen, Hühnern, Katzen, Hunden, Eseln, Kamelen und Schafen. Auch ein paar seiner Verwandten sah Abdullah vorbeilaufen, und vor Scham, ihnen nicht helfen zu können, zog er den Kopf ein. Die Familien waren zu groß, und dies war ja auch nicht sein Auto.

Wegen des Staus waren sie auch nach zwei Stunden noch nicht angekommen. Schließlich nahm Saleh Abdullah zur Seite. Er habe gerade einen Anruf von seiner Frau bekommen, sagte er. Alle ihre Nachbarn hätten schon ihre Häuser verlassen, und sie und die Kinder stürben vor Angst, weil sie gehört hatten, dass der Daesh in ihre Gegend unterwegs sei.

»Fahr zu ihnen, Saleh, und verlasst die Gegend sofort!«, sagte Abdullah.

»Es tut mir leid, euch hier zurücklassen zu müssen«, sagte Saleh und sah zu Abdullahs Mutter hinüber.

»Wir sind ja schon fast am Ziel«, erwiderte Abdullah. »Tausend Dank!«

An der syrischen Grenze nahmen die syrischen Kurden sie mit großen Lastwagen in Empfang und brachten sie zum Lager Roj. Dort gab es erst einen Sandsturm, und anschließend setzte Regen ein, der den Sand auf ihren Kleidern in Schlamm verwandelte. Man stellte sie vor die Wahl, entweder im Lager zu bleiben oder sich mit Autos in den Irak zurückbringen zu lassen – in das Gebiet östlich des Tigris, die Westseite stand ja unter der Herrschaft des Daesh. Die meisten entschieden sich dafür, in den Irak zurückzukehren, auch Abdullah und seine Familie. Und so waren sie unter denen, die nach Dohuk gebracht wurden. Dort zogen sie in einen großen, dreistöckigen Rohbau, den jemand aus der Umgegend den Geflüchteten zur Verfügung gestellt hatte.

Dort wohnte Abdullah mit seiner Familie und achtzig weiteren Geflüchteten, als in der zweiten Septemberwoche des Jahres 2014 plötzlich Qatto bei ihnen auftauchte – aus der Gefangenschaft geflohen. Die Bewohner des Gebäudes versammelten sich oft auf dem Dach, um Luft zu schnappen und Nachrichten auszutauschen. Nun scharten sie sich um Qatto und fragten ihn nach den übrigen Gefangenen aus. Wer von ihnen hatte mit ihm fliehen können?

Einen Monat später versammelten sie sich wieder auf dem Dach, diesmal um Abdullah. Er hatte auf seinem Handy das Bild einer jungen Frau entdeckt, die online zum Verkauf angeboten wurde. Qatto gefror das Blut in den Adern, denn die Frau war Amina. Unter dem Bild stand die Telefonnummer ihres Besitzers in Raqqa. Qatto schlug sich mit beiden Händen gegen den Kopf und schrie unverständliche Dinge.

»Ich habe einen Freund in Raqqa«, sagte Abdullah. »Lass mich ihn um Hilfe bitten!«

Er rief seinen syrischen Freund an und fragte ihn, ob er dem Daesh eine junge Frau abkaufen und sie zu ihrer Familie in den Irak zurückbringen könne.

»Meinst du, sie über die Grenze schmuggeln?«, fragte dieser mit besorgt klingender Stimme.

»Ja.«

Der Freund zögerte kurz, dann sagte er: »Ich kenne einen der Zigarettenschmuggler in den Daesh-Gebieten. Diese Leute sind die Gefahr gewohnt, vielleicht können sie dir helfen.«

Er gab Abdullah die Nummer, und dieser rief sofort dort an.

»Hallo, hier spricht Abdullah Shrem. Ich habe Ihre Nummer von Sabir Abu Hussein.«

»Was kann ich für Sie tun?«

»Ich brauche Ihre Hilfe beim Schmuggeln.«

»Wie viele Päckchen Zigaretten brauchen Sie denn?«

»Sagen Sie mir erst, ob Sie wirklich sicher sind, dass Sie heil durch die Grenzkontrolle kommen!«

»Ich verstehe mein Handwerk. Machen Sie sich mal darüber keine Gedanken!«

»Ich brauche Ihre Hilfe in einer sehr wichtigen Angelegenheit. Wichtiger als Zigaretten.«

»Worum geht es?«

»Können Sie eine Frau schmuggeln?«

Eine kurze Pause trat ein, aber der Mann hatte nicht nein

gesagt, und so fügte Abdullah noch hinzu: »Ihnen winkt doppelter Lohn, von mir und von Gott.«

»Wo ist sie?«

»In Raqqa. Die Telefonnummer ihres Besitzers habe ich.«

»Raqqa ist Gefahrenzone, aber jemandem, der von Abu Hussein kommt, schlage ich nichts ab.«

»Danke. Eine Minute noch, ich weiß ja gar nicht, wie Sie heißen!«

»Die anderen nennen mich Muhashish. Sie behaupten, ich benähme mich oft, als hätte ich was geraucht.«

Abdullah versammelte seine Mitbewohner erneut um sich und sagte: »Wir müssen Geld einsammeln, um die Schmuggler bezahlen und unsere Frauen zurückholen zu können. Kontaktieren wir doch alle unsere Bekannten und gründen einen Fonds für die Rettung der Entführten!«

Von ihren Bitten um Unterstützung hörten auch die ezidischen Emire, und sie kamen ihnen zu Hilfe. Anfangs brachten sie die Spenden aus eigener Tasche auf, und als die Ausgaben immer weiter anwuchsen, kontaktierten sie die Lokalregierung ihres Gebiets, damit sie diese Aufgabe übernahm. Für diesen Zweck eröffnete man schließlich ein »Büro für die Angelegenheiten der Entführten«. Ende November 2014 wurden Leute angestellt, die die Aussagen der Geretteten in speziellen Akten dokumentieren und die Deckung der Kosten für die Rettung der gefangenen Frauen koordinieren sollten.

Abdullah zog sich seinen Mantel an und stieg aufs Dach des Rohbaus. Obwohl es sehr kalt war in dieser ersten Nacht des Jahres 2015, hatte er das Gefühl, frische Luft schnappen zu müssen. Er stellte sich an die Brüstung und sah die Sonne rot untergehen. Wenige Minuten später gesellte sich Qatto zu ihm. Er sagte kein Wort, aber seinem gebrochenen Blick entnahm Abdullah, dass er dringend etwas von Amina erfahren musste.

Er rief bei Muhashish an und fragte ihn: »Gibt es etwas Neues von der Gefangenen?«

»Mein Partner ist als Daesh-Angehöriger verkleidet, er sondiert gerade die Lage, um herauszufinden, wie man sie am besten retten kann.«

»Hör zu, Muhashish«, sagte Abdullah, »Daesh hat uns Tausende von Frauen geraubt, darunter auch Verwandte von mir. Ich will dir eine große Mission anvertrauen. Bist du der Richtige dafür?«

»Du solltest dich schämen, Zweifel an einem Gefängnisabsolventen wie mir zu haben!«

»Warum warst du denn im Gefängnis? Hast du etwas verbrochen?«

»Ja. Ich habe den Hunger getötet.«

»Du meinst, du hast Geld gestohlen?«

»Nein. Ich habe absichtlich Probleme gemacht, um ins Gefängnis zu kommen.«

»Warum das denn?«

»Im Gefängnis bekommt man zu essen. Und ich hatte Hunger.«

»Wie lange bist du dort gewesen?«

»Nach ein paar Tagen haben sie mich rausgeworfen, deshalb musste ich mir noch mal neue Probleme ausdenken. Dann allerdings habe ich mich verliebt und wollte nicht mehr ins Gefängnis. Aber es ist ja nicht mehr normal, wie dieser Scheiß-Daesh unser Leben kontrolliert! Ich hatte mich nicht im Griff und sagte zu einem von ihnen, was ich dachte, und gleich kriegte ich wieder Probleme. Meine Geliebte half mir über einen Verwandten, der Rechtsanwalt ist. Er arbeitet übrigens am Daesh-Gericht und kennt sich mit ihren Gesetzen aus, obwohl er sie hasst. Er kann dir beim Schmuggeln der Frauen sehr nützlich sein.«

»Großartig!«, sagte Abdullah. »Was hältst du davon, wenn wir ein Netzwerk zur Rettung der Entführten aufbauen?«

»Lass mich darüber nachdenken! Das ist eine gefährliche Arbeit.«

»Viel gefährlicher, als Zigaretten zu schmuggeln?«

»Ich weiß. Zigaretten sind auch riskant.«

»Also ist es möglich, von Zigaretten auf Frauen umzusteigen?«

»Ich frage die anderen aus meiner Gruppe, denen ich vertraue, und gebe dir dann Bescheid. Einer der Schmuggler ist zum Beispiel Müllmann, er verdient hundert Dollar im Monat. Wenn er Zigaretten schmuggelt, kriegt er zweihundert. Seine Frau versteckt sie unter ihren Kleidern, weil sie muslimische Frauen nicht durchsuchen. Und ich, ich habe ein Haus gemietet, um die Zigaretten darin zu lagern. Ich könnte es auch als Versteck für die Gefangenen verwenden.«

»Wunderbar! Wenn sie uns helfen, unsere Gefangenen herauszuschmuggeln, bekommen sie von uns noch mehr Geld. Wären sie damit einverstanden?«, fragte Abdullah.

»Davon gehe ich mal aus«, antwortete Muhashish. »Aber wir haben auch noch andere Kosten. Der Daesh erlaubt den Frauen, sich gegenseitig zu besuchen. Auf diese Weise, denke ich, könnte eine Schmugglerin Kontakt zu einer von ihnen aufnehmen und einen Termin mit ihr ausmachen, um sie zu einem unserer Fahrer zu bringen. Der bringt sie an einen sicheren Ort, und danach begleitet jemand anders sie zur Grenze. Freilich wird jeder von ihnen Geld verlangen.«

»Aber natürlich«, sagte Abdullah. »Ich übernehme die Kosten, und wenn die Gerettete angekommen ist, zahlt das Büro für die Angelegenheiten der Entführten mir alles zurück. Allerdings geben sie keinen Fils, solange die Gerettete nicht wieder da ist. Wenn die Rettung scheitert, bedeutet das also, dass ihre Familie die Kosten selbst zu tragen hat. Das müssen wir, soweit es geht, vermeiden.«

»Unsere Arbeit ist nicht ohne Risiko«, sagte Muhashish, »aber so ist das Leben nun mal.«

16. SOHN DES DAESH

Muhashish hatte mit einer Schmugglerin abgesprochen, dass sie in der Straße, in der Amina festgehalten wurde, Brotspenden verteilen sollte. Wenn sie dabei Gelegenheit hätte, allein mit Amina zu sprechen, sollte sie ihr anbieten, ihr zur Flucht zu verhelfen. Jemand warte schon mit einem Auto auf sie, sie würde sie zu ihm bringen. Der Plan ging auf, und der Fahrer gab Amina sein Handy, damit sie mit Abdullah sprechen konnte, der ihr den Rest des Plans erläuterte. Sie solle sich vor Spionen in Acht nehmen, riet er ihr. Falls sie Angehörige des Daesh sah, solle sie fliehen und so tun, als habe sie sich verirrt.

Stattdessen jedoch floh Amina vor Muhashishs Schmugglern und kehrte zum Daesh zurück. Glücklicherweise war ihr Besitzer noch nicht zu Hause, als sie mitten in der Nacht wieder dort ankam. Er hatte gar nicht mitbekommen, dass sie fort gewesen war.

Dass Amina vor den Schmugglern fliehen würde, war das Letzte, womit Abdullah gerechnet hätte, aber genau so geschah es. Nach all den Gefahren, denen sie ausgesetzt gewesen war und die auch die Schmuggler auf sich genommen hatten, um sie in den geheimen Unterschlupf zu bringen, war sie wieder beim Daesh!

»Das ist doch nicht zu glauben, Muhashish!«, rief Abdullah, als er den Anruf erhielt.

»Doch«, sagte dieser, »sie ist genau dahin zurückgekehrt, wo sie herkam.«

»Woher weißt du das?«

»Wir haben sie letzte Nacht in den geheimen Unterschlupf gebracht, um sie heute zur Grenze zu bringen. Offenbar ist sie weggerannt, kaum dass wir sie dort allein gelassen hatten. Anfangs dachten wir noch, die Daesh-Polizei habe sie entdeckt. Aber dann rief die Schmugglerin bei mir an und erklärte, dass sie gesehen hat, wie Amina in das Daesh-Haus zurücklief. Als sie noch einmal mit Brot zu ihr ging, wich Amina ihrem Blick aus.«

»Hätte sie Amina doch bloß gefragt, warum sie das getan hat!«, sagte Abdullah. »Wenn sie dableiben möchte, kann sie das ja tun, aber ich möchte wenigstens wissen, warum.«

Als Qatto davon erfuhr, drehte er beinahe durch. Nach all der Zeit qualvollen Wartens und der Demütigung, während der seine Frau Tag für Tag von allen möglichen Männern vergewaltigt worden war, war sie nun, da sie endlich aus ihrer Gewalt hatte befreit werden können, freiwillig wieder zu ihnen gegangen! Was ihm außerdem zu schaffen machte, war, dass Amina ein neugeborenes Kind dabeigehabt haben sollte.

Am selben Tag Mitte Januar 2015 fand Qatto seine Mutter Nassima und seine Tochter Ahlam wieder, die in einem Bus für Alte und Behinderte aus der Gefangenschaft zurückkehrten. Der Busfahrer, ein Mitglied des Daesh, setzte sie einfach an der Grenze zwischen Mosul und Kirkuk, zwischen den Daesh-Gebieten und der Autonomen Region Kurdistan also, ab und fuhr davon. Sie mussten zu Fuß weiter, und kaum waren sie auf der sicheren Seite der Grenze angelangt, sanken sie zu Boden, unfähig, sich wieder zu erheben. Vertreter der kurdischen Regierung erwarteten sie schon mit einem Bus, der in der Nähe der Grenzkontrolle bereitstand, um die Alten und Behinderten zu einer Halle in Dohuk zu bringen, wo sie sich ausruhen konnten.

Schließlich versuchten die Menschen, vom Boden aufzustehen, aber man sah ihnen deutlich an, wie erschöpft sie waren. Mehrere Straßenverkäufer, die nicht weit entfernt auf dem Gehsteig standen, bemerkten, wie die Menschen sich abmühten, den Bus zu erreichen, und kamen mit ihren kleinen Karren, um sie hinzufahren. Der Junge, der Nassima helfen wollte, rückte zunächst mehrere offene Säcke mit Rosinen zur Seite, um ihr Platz zu machen. Dann kippte er sein Gefährt nach vorn, Nassima setzte sich hinein, und er schob sie zum Bus. Bevor sie wieder aus dem Karren stieg, steckte sie sich noch schnell eine Handvoll Rosinen in die Tasche.

Als sie später in der Halle auf dem Boden saßen, holte Nassima die Rosinen wieder heraus und gab sie Ahlam. Die ehemaligen Gefangenen wurden von Journalisten fotografiert, die in verschiedenen Medien über ihre Ankunft berichteten, damit ihre Verwandten von ihrer Freilassung erfuhren und zu ihnen kommen konnten. Einer der Journalisten trat zu einer alten Frau und fragte sie, warum sie weinte. Man habe ihr an der Grenze ihre Decke abgenommen und in den Müll geworfen, sagte sie. Dabei habe sie diese Decke während ihrer ganzen Gefangenschaft benutzt und ohne sie könne sie nicht mehr schlafen.

»Keine Sorge, Tante, ich bringe dir eine neue Decke!«, versprach er ihr.

Als die Leute in Dohuk von den Neuankömmlingen erfuhren, ging auch Qatto in Begleitung Abdullahs zu der Halle. Kaum hatte er seine Mutter und seine Tochter erblickt, rannte er auf sie zu und setzte sich weinend zu ihnen auf den Boden. Shammo stand an die Wand gelehnt dabei. Als er plötzlich Abdullah auf sich zukommen sah, breitete er die Arme weit aus, wie er es im Dorf getan hatte. Abdullah fragte ihn nach dem Rest der Familie, und Shammo zog den Stofffetzen mit der Telefonnummer unter seinem Hemd hervor. »Das ist ihre Nummer im Haus des Daesh.«

In dem Moment griff ein Mann, der auf dem Boden saß, nach Abdullahs Bein und rief: »Ach, mein Sohn, ich traue meinen Augen nicht! Bist du endlich doch wieder da?«

Abdullah sah zu dem Mann hinunter, erkannte ihn aber nicht. Trotzdem beugte er sich vor und küsste die zitternde Hand mit den hervortretenden Adern, die dieser ihm entgegenstreckte. Der Mann lächelte ihn an. »Nimm mich mit nach Hause, Eido!«, sagte er. »Dass du noch lebst! Ich dachte, sie hätten dich umgebracht. Dies ist der glücklichste Tag meines Lebens!«

Unschlüssig, was er tun sollte, sah Abdullah sich um. Schließlich musste er den Mann schweren Herzens verlassen.

Er hätte Shammo gerne zu seinem Haus in Halliqi gebracht, aber der Weg auf den Berg war nicht sicher. Einige Gebiete in der Nähe standen unter der Kontrolle des Daesh. Shammo erklärte ihm jedoch, er werde mit einem Helikopter nach Hause gebracht. »Ein Sicherheitsmann hat sich meinen Namen notiert und gefragt, ob ich im Flüchtlingslager in Dohuk bleibe oder lieber mit dem Auto nach Zaxo und von dort mit einem Helikopter nach Halliqi gebracht werden will«, sagte er.

»Das wird dein erster Flug, stimmt's?«, fragte Abdullah.

»Ich habe Angst davor, in den Helikopter zu steigen, aber ich tue es trotzdem. Ich bin schon so lange von zu Hause weg, Ramziya macht sich bestimmt Sorgen.«

Qatto nahm seine Mutter und seine Tochter aus der Halle mit ins Camp, wo sie von nun an zu dritt wohnen würden. Er selbst jedoch hielt sich tagsüber meist bei Abdullah in dem Rohbau auf und kehrte nur über Nacht ins Zelt zurück. So blieb er in Sachen Amina informiert. Wie er von Abdullah erfuhr, hatte die Schmugglerin erneut eine Gelegenheit gefunden, mit Amina allein zu sein, und ihr gesagt, jemand wolle mit ihr telefonieren.

Am anderen Ende der Leitung war Abdullah. »Ich wollte wissen, warum du zurückgegangen bist«, sagte er.

»Hast du mir nicht selbst gesagt, wenn du Leute vom Daesh siehst, lauf weg?«, fragte Amina.

»Doch.«

»Der Fahrer hat mich in ein Haus gebracht, wo nur Leute vom Daesh waren, mit langen Bärten und Hemden. Sogar an der Wand waren eine Flagge und Slogans von ihnen«, sagte Amina.

»Das war nicht Daesh. Sie haben sich nur so verkleidet, um dich retten zu können.«

»Das wusste ich nicht.«

»Dann müssen wir dich noch einmal herausschmuggeln.«

»Ja, bitte!«

»Aber diesmal lauf nicht weg, egal, wie lang ihre Bärte sind!«

»Ich würde gerne noch etwas warten, bis ich Ahlam wiedergefunden habe, damit sie mitkommen kann. Ich habe gehört, dass sie Qatto und seine Mutter umgebracht und Ahlam verkauft haben.«

»Das stimmt nicht. Sie sind alle hier in Dohuk«, sagte Abdullah. »Sie warten auf dich!«

»Wirklich? Sagst du die Wahrheit?«

»Ja, glaub mir!«

»Mein Gott! Das ist die schönste Nachricht, die ich je im Leben bekommen habe! Wann kommt die Frau mit dem Brot wieder vorbei?«

»Diesen Freitag.«

Amina wartete vier Tage im Unterschlupf der Schmuggler, bis die Daesh-Polizei aufgehört hatte, nach ihr zu suchen. Danach musste sie mit Muhashish zu Fuß bis zur Grenze laufen. Die Straße war vermint, deshalb war sie auf seine Führung angewiesen. Amina mit dem Baby auf dem Arm ging ganz langsam, und auch Muhashish setzte vorsichtig einen Fuß vor den anderen. Plötzlich jedoch hörte er Schüsse hinter seinem Rücken, nahm Amina den Jungen ab und rannte mit ihm los, ohne noch auf die Minen zu achten. Mit einem Wink forderte er Amina auf, dicht hinter ihm zu bleiben. Als die Schüsse verstummten, hatten sie das Ende der gefährlichen Straße bereits erreicht. Muhashish blieb stehen und reichte Amina ihren Sohn. »Da sind wir aber nur mit Glück durchgekommen!«, sagte er.

Er schickte Abdullah eine Sprachnachricht, um ihm von den neuesten Ereignissen zu berichten.

»Als ich die Schüsse hinter uns hörte, habe ich die Minen vor uns vergessen«, erklärte er ihm.

Kaum hatte Amina die Grenze zum Irak überquert, sah sie auf einem Hügel auch schon eine Menschenmenge stehen, die sie in Empfang nehmen wollte. Ihre Tochter Ahlam war die Erste, die sie in die Arme schloss. »Was ist das für ein Baby, Mama?«, fragte sie.

»Das ist dein Bruder. Er heißt Adam«, antwortete Amina, noch immer in Tränen aufgelöst.

Qatto stand hinter seiner Tochter. »Ist das etwa ein Sohn des Daesh?«, fragte er.

Amina antwortete nicht.

»Dieser Junge kommt mir nicht ins Haus!«

Nassima umarmte Amina und wandte sich dann an ihren Sohn. »Lass deine Frau sich erst einmal ausruhen! Am Morgen sieht man klarer. Die Arme, ihr Gesicht ist ja so gelb wie Kurkuma!«

Mit Adam auf dem Schoß wurde Amina von den Mitgliedern einer humanitären Organisation zum Camp der Überlebenden in Dohuk gefahren. Sie gaben ihr ein Zelt, ein paar Konserven und Säuglingsnahrung. Als Ahlam kurz vor Sonnenuntergang aus dem Zelt trat, traf sie dort auf Qatto, der draußen wartete. Sie erzählte ihrer Mutter davon, und diese legte ihr das Baby in den Schoß und ging hinaus zu ihrem Mann. Mit tränennassem Blick sah sie ihn an, er jedoch war vollkommen starr und rührte sich nicht. Als sie die Arme um ihn legte, weinte er.

»Alles, was mir in Gefangenschaft passiert ist, habe ich mir nicht ausgesucht«, sagte Amina. »Und dieser Junge weiß nichts von dieser Welt.«

»Ich weiß, Amina«, sagte Qatto, »es ist nicht seine Schuld. Aber wie soll ich mit einem Geschöpf zusammenleben, das mich jeden Moment an den erinnert, der dich vergewaltigt und uns all das angetan hat?«

»Für mich ist es ja auch schwer. Die Erinnerung an seinen Vater ekelt mich an. Aber was soll ich denn mit diesem unschuldigen Kind tun?«

»Es betrifft nicht nur mich«, sagte Qatto, »unsere ganze Gemeinschaft wird ihn nicht akzeptieren.«

Amina schwieg.

»Wir werden nie vergessen, was sie uns angetan haben«, fügte Qatto hinzu. »Aber dass wir auch noch ihre Söhne aufziehen, das ist zu viel.«

Amina weinte wortlos vor sich hin.

»Adam wird nie ein Ezide werden, das weißt du«, sagte Qatto. »Die Geistlichen werden seinetwegen nicht die Gesetze ändern.«

»Die Geistlichen sind keine Mütter, sie verstehen meine Gefühle nicht«, erwiderte Amina unter Tränen.

»Komm morgen mit mir zum Familiengericht!«, sagte Qatto. »Frag sie, ob der Junge registriert werden kann, dann sehen wir, was sie sagen.«

»Versprichst du mir, dass du mitkommst und sie bittest, Adam einzutragen?«

»Ich will nicht mehr Qatto, Sohn von Nassima heißen, wenn ich mein Versprechen nicht halte.«

Am nächsten Morgen stand Amina mit Adam auf dem Arm neben Qatto vor dem Richter und bat darum, ihn offiziell als Qattos Sohn zu registrieren.

»Adams Religionszugehörigkeit folgt der seines Vaters. Deshalb kann er nur als Muslim registriert werden und nicht als ezidischer Sohn Qattos«, sagte der Richter.

»Dann nennen wir ihn eben nach mir«, schlug Amina vor.

Der Richter gab keine Antwort.

»Adam Amina!«, sagte sie.

»Das ist nicht erlaubt«, erklärte der Richter.

»Mein Mann hier trägt den offiziellen Namen Qatto Nassima. Nassima ist seine Mutter. Warum ist Qatto Nassima erlaubt und Adam Amina nicht?«

»Das kann nur auf einem Irrtum beruhen.«

»Und was sollen wir jetzt tun?«, fragte Qatto.

»Der Junge muss ins Waisenhaus gebracht werden. Dort können Sie ihn besuchen, wann immer Sie wollen.«

Als sie aus dem Gebäude traten, fragte Amina Qatto: »Und wenn wir die Anweisung des Richters einfach nicht befolgen?«

»Bringen wir ihn wenigstens vorübergehend dorthin! Dann höre ich mich bei meinen muslimischen Bekannten um, ob jemand ihn zu sich nimmt und zu dir zurückbringt«, schlug Qatto vor.

»Werden sie das tun?«

»Meine muslimischen Bekannten kaufen dem Daesh die gefangenen Frauen ab und bringen sie zu uns zurück. Warum also sollten sie das nicht auch mit Adam tun?«

»Wenn das so ist, bringen wir ihn ins Waisenhaus!«

Den ganzen Weg vom Waisenhaus bis zum Camp hörte Amina nicht auf zu weinen.

»Kommst du morgen mit, ihn zu sehen?«, fragte sie ihren Mann.

»Ja, ich komme mit.«

»Ich liebe dich«, sagte sie.

Qatto nahm sie in den Arm, und sie weinte sich an seiner Schulter aus.

»Ich habe solch ein Glück, dass sie dich nicht getötet haben!«, sagte sie. »So viele von unseren Männern haben sie umgebracht.«

»Ich bin geflohen. Sie haben hinter uns hergeschossen und mehrere von denen, die bei mir waren, getötet«, sagte Qatto und schob sein Hosenbein ein wenig hoch, um ihr die Narbe an seinem Bein zu zeigen.

»Ah, die Narben der Verletzungen, die sie uns zugefügt haben, werden wir für immer behalten. Was haben wir ihnen bloß getan, dass sie uns so viel Leid zufügen?«, fragte Amina.

»Sogar die Menschen ihrer eigenen Religion sind entsetzt über ihre Taten«, meinte Qatto. »Aber auch die Familie, die mir geholfen hat, als ich zwischen Leben und Tod schwebte, werde ich nie vergessen. Ich war mit meinem verletzten Bein weitergerannt und hatte viel Blut verloren. Immer wieder fiel ich hin, doch schließlich sah ich ein Haus vor mir und klopfte an die Tür. Ich bat um Wasser, und sie gaben mir Wasser, Essen und eine Unterkunft. Außerdem brachten sie mich zu einem Verwandten, der Arzt war. Drei Wochen lang blieb ich bei ihnen. Und dann entschuldigten sie sich auch noch bei mir. ›Daesh bringt uns Muslime in Verruf‹, sagen sie.«

Am nächsten Tag wurde Nassima krank. Sie bekam immer stärkere Bauchschmerzen und erbrach sich. Qatto brachte sie in eine Klinik, deshalb mussten sie den versprochenen Besuch im Waisenhaus um zwei Tage verschieben. Als es endlich so weit war, bat Ahlam, mitkommen zu dürfen, um Adam zu sehen, und so gingen sie zu dritt. Im Waisenhaus jedoch erlitt Amina einen Schock, denn man erklärte ihr, eine syrische Familie habe Adam gerade adoptiert und sei mit ihm fortgegangen.

»Wie konnte das innerhalb von nur zwei Tagen geschehen?«, schrie Amina.

»Jungen sind stärker nachgefragt als Mädchen, deshalb nehmen die Leute sie sofort mit«, sagte die Verantwortliche.

»Und wer hat ihn genommen? Wie soll ich denn wissen, dass sie gut für ihn sorgen?«

»Ein kinderloses Ehepaar aus Deir al-Zour. Hier ist die Adresse«, sagte die Frau und griff nach einem Kugelschreiber, um Amina die Adresse aufzuschreiben.

»Ich fahre nach Deir al-Zour«, erklärte Amina.

»Ich komme mit«, sagte Qatto.

»Ich auch«, sagte Ahlam.

»Nein, ich fahre allein«, sagte Amina. »Ich ziehe den Niqab an, dann erkennen sie mich nicht. Du kannst ja keinen Niqab tragen, Qatto.«

»Aber ich«, sagte Ahlam.

»Nein, mein Schatz, du bleibst hier bei Papa, bis ich wiederkomme.«

Qatto gefiel Aminas Entscheidung nicht, aber er wusste, wie stur sie war. Jeder Versuch, sie davon abzubringen, wäre zum Scheitern verurteilt.

»Hier ist meine neue Handynummer«, sagte er.

Als Nassima im Camp erfuhr, dass Amina in die syrische Stadt Deir al-Zour abgereist war, nahm sie Ahlams Hand und fragte Qatto: »Wie konntest du sie nur einfach so gehen lassen?«

Qatto gab keine Antwort.

Zwei Tage vergingen ohne eine Nachricht von Amina. »Ich mache mir Sorgen«, sagte Nassima.

»Mein Handy hat mehrmals geklingelt, hörte dann aber jedes Mal wieder auf«, sagte Qatto, der vor ihrem Zelt stand. »Ich habe die Nummer, die auf dem Display erschien, zurückgerufen, aber es hat sich niemand gemeldet.«

Erneut klingelte sein Telefon.

»Wieder dieselbe Nummer«, sagte Qatto und hielt es sich ans Ohr.

»Sind Sie ein Verwandter von Amina?«, fragte die Stimme am anderen Ende.

»Ich bin ihr Ehemann.«

»Amina liegt auf der Intensivstation. Wir haben Ihre Nummer bei ihr gefunden.«

»Warum? Was ist denn mit ihr?«

»Deir al-Zour ist bombardiert worden. Ihr Fahrer wurde getötet, und sie ist verletzt.«

»In welcher Klinik liegt sie?«

»In der Deir-al-Zour-Klinik.«

»Ist Mama krank?«, fragte Ahlam.

»Ja«, antwortete Qatto, um Fassung bemüht.

Er wich dem fragenden Blick seiner Mutter aus und ging, um für sich allein zu weinen.

Schließlich rief er einen Verwandten an, der als Fahrer arbeitete, und fragte ihn, ob er bereit wäre, ihn nach Deir al-Zour zu bringen.

»Gib mir eine halbe Stunde, dann sag ich dir Bescheid!«, war dessen Antwort.

Gegenüber dem Camp der Überlebenden wartete Qatto am Straßenrand. Es regnete in Strömen an jenem 3. Februar 2015, als sein Handy plötzlich erneut klingelte. Er dachte, das müsse sein Verwandter, der Fahrer, sein, der ihn nun zurückrief. Doch stattdessen hatte er eine Krankenschwester am Apparat. Sie teilte ihm mit, dass Amina ihren Verletzungen erlegen war. Ihre Worte waren wie Donner in seinem Ohr. Er sagte kein Wort, und seine Tränen waren von den Regentropfen auf seinen Wangen nicht mehr zu unterscheiden.

17. WENN SIE DIE AUGEN SCHLIESST

Layla fiel auf, dass Helen oft lange die Augen schloss, auch wenn sie nicht schlief. Sie tat das mehrmals am Tag im Sitzen. Layla fragte sich, ob Helen vielleicht innerlich betete. Sie wollte sie dabei nicht stören, doch hätte sie gefragt, hätte Helen geantwortet, dass sie mit geschlossenen Augen stets ihre verlorenen Liebsten vor sich sah. Da sie nun einmal nicht zu ihr kamen, ging sie in Gedanken zu ihnen. Jeden Tag nahm sie sich Zeit, um allein mit ihnen zu sein, und kniff die Augen zu, um ihren Anblick so lange wie möglich festzuhalten. Manchmal sprachen sie auch mit ihr, dann wieder sahen sie sie nur an, ohne etwas zu sagen. »Ich liebe dich«, sagte Elias, und sie fragte ihn: »Wann kommst du wieder zurück?« Er sah sie mit seinem seelenvollen Blick an und war dann plötzlich fort, während ihr die Tränen unter den geschlossenen Lidern hervorrannen.

Ihre Tochter entschwand ihren Blicken nicht so schnell wie Elias, doch Mayada verhielt sich, als kenne sie ihre Mutter nicht. Helen breitete die Arme aus, damit sie zu ihr gelaufen kam, aber die Kleine reagierte nicht. Sie blieb einen Moment stehen und tapste dann, mit unsicheren Schritten, als hätte sie gerade erst Laufen gelernt, völlig gleichgültig auf die Tischkante zu. Unter ihren nackten Füßchen waren Fliesen mit ineinanderverschränkten Vierecken zu sehen, die sich um gemalte Wildblumen gruppierten.

»Amina? Wo bist du?«, rief Helen, als ihre Freundin vor ihrem inneren Auge auftauchte. Doch statt zu antworten, fragte diese nur: »Warum bist du noch dort?« Helen beklagte sich bei ihr, dass Yahya und Yassir vollkommen verändert seien und nicht mit ihr nach Hause zurückkehren wollten. Trotzdem habe sie die Hoffnung nicht aufgegeben, sie zurückzugewinnen. Wie immer hörte Amina gut zu und wartete, bis Helen ihr alles berichtet hatte. Helen allerdings wollte vor allem wissen, wo Amina war. Weil diese jedoch nicht antwortete, formulierte Helen ihre Frage um: »Kommst du mit uns zurück?« Amina schüttelte nur den Kopf und war verschwunden. Helen versuchte, sie wieder heranzuholen, aber Amina erschien nicht mehr. Helen wurde ärgerlich.

Das unter ihren Kleidern versteckte Handy summte. Sie öffnete die Augen wieder und las die Nachricht.

»Hallo, hier ist Abdullah. Wer ist dort?«

»Hallo, mein lieber Cousin! Hier ist Helen.«

»Deine Eltern fragen, wann du zurückkommen kannst.«

»Wir haben noch auf Yahya und Yassir gewartet, aber sie wollten nicht mitkommen.«

»Versuche, sie irgendwie zu überzeugen!«

»Wir haben ein Mädchen namens Layla bei uns, dessen Familie in Mosul gefangen gehalten wird. Können wir die ebenfalls retten?«

»Wo in Mosul?«

»In einem zweistöckigen Haus. Am Ende der Straße ist ein Laden für Sirup und Tahini. Nicht weit entfernt von dem Hochzeitssaal Galaxy.«

»Gibt es noch andere Dinge, die uns weiterhelfen könnten?«

»Die Frau kann nicht sprechen. Sie heißt Ghazal und hat

einen Jungen und ein Mädchen bei sich. Ihren Bewacher nennen sie den Emir der Wüste. Er war früher mal Schneider.«

Abdullah ging auf die Website mit dem Marktplatz des Islamischen Staats, wo von Nähnadeln bis zu Frauen alles verkauft wurde. Ghazal jedoch fand er dort nicht. Auch das Schmugglernetzwerk konnte in Mosul weder sie noch irgendeine Spur vom Emir der Wüste entdecken.

»Vielleicht hat dieser Emir der Wüste Ghazal ja längst weiterverkauft?«, fragte Abdullah Muhashish.

»Hab noch etwas Geduld mit mir!«, antwortete dieser. »Mein Freund Fawaz hält die Fäden in der Hand.«

Fawaz besaß in Mosul eine Schneiderei, und seit er die Aufgabe übernommen hatte, nach dem Emir der Wüste zu fahnden, stellte er jedem, der sein Geschäft betrat, dieselbe Frage: »Kennen Sie vielleicht den Emir der Wüste, der früher mal Schneider war? Er hat bei mir Stoffe gekauft, sie wegen der Bomben aber nicht abgeholt. Ich würde ihm gern sein Geld zurückgeben, ich arbeite im Einklang mit Gottes Gesetzen und stecke kein Geld ein, das haram ist.«

Nachdem er von seinen Kunden viele negative Antworten erhalten hatte, sagte in der dritten Woche endlich einer: »Ja, ich kenne ihn.«

»Um Gottes willen, geben Sie mir seine Adresse, damit ich ihm sein Geld schicken kann!«, rief Fawaz.

»Er wohnt in Raqqa gegenüber dem Al-Rasheed-Park in der Nähe des Nationalkrankenhauses«, erklärte der Mann.

Die Schmuggler überwachten die Gegend, bis sie endlich den Emir der Wüste ausfindig machten und beobachten konnten, wie er in sein Haus ging. »Ghazal ist inzwischen in Raqqa«, schrieb Abdullah an Helen. »Wir werden versuchen, sie aus der Gewalt des Emirs der Wüste zu befreien. Und ihr, wie sieht es bei euch aus?«

»Wir halten uns bereit, am letzten Freitag dieses Monats zu fliehen«, antwortete Helen.

»Und wie viele seid ihr jetzt?«

»Drei. Azad, Layla und ich.«

Sie hatten den letzten Freitag des Monats für ihre Flucht gewählt, weil er auf Yahyas und Yassirs nächsten Besuch folgte. An diesem Tag würden sie die beiden also zum letzten Mal sehen, denn Helen hatte vergeblich versucht, sie zum Mitkommen zu überreden.

Am Montag davor hörte Azad schon im Morgengrauen Alis Auto hupen. Innerlich grummelnd, dass Ali so früh gekommen war, ging er in seiner Schlaf-Dishdasha hinaus.

»Ich ziehe mich nur schnell um und komme dann«, sagte er und rieb sich die Augen.

»Dir bleiben nur zwei Minuten. Dies ist ein Notfall«, erwiderte Ali.

Dann jedoch ließ er Azad in seinem Büro allein und ging fort, ohne ihm eine Aufgabe zuzuteilen. Azad war verwirrt. Mehrere Stunden vergingen, ohne dass Ali zurückgekehrt wäre oder ihm irgendwelche Anweisungen gegeben hätte. Es wurde Abend, und Azad dachte schon, Ali habe ihn vielleicht vergessen. Er war schon kurz davor, wieder zum Haus zu gehen, als Ali endlich wiederkam.

»Ich dachte schon, Sie hätten mich vergessen«, sagte Azad.

»Davon kann nicht die Rede sein, Azad«, erwiderte Ali. »Gerade deshalb habe ich dich ja hierhergebracht. Um dein

Leben zu retten! Du bist ein guter Mensch, und ich mag dich sehr«, sagte Ali.

Azad wartete ab, dass Ali ihm dieses Rätsel entschlüsseln würde.

»Wir haben heute den Befehl erhalten, alle Männer unter den Gefangenen zu töten und nur die Frauen am Leben zu lassen«, erklärte Ali. »Deshalb will ich dich irgendwo außerhalb verstecken. Wenn jemand erfährt, dass du hier bist, bringen sie dich um und mich gleich mit.«

Azad war geschockt. Er wusste nicht, was er sagen sollte. Dass Ali sein eigenes Leben aufs Spiel setzte, um seines zu retten, überraschte ihn, andererseits fühlte er sein Blut kochen vor Wut darüber, dass die Angehörigen der Organisation vorhatten, seine Leute einen nach dem anderen umzubringen. Und sollte er mit Ali mitgehen und Helen und Layla allein zurücklassen?

»Du musst dich hier verstecken, bis ich eine Möglichkeit gefunden habe, dich hier rauszubringen«, fügte Ali noch hinzu.

»Aber ohne die Identitätskarte des Staates kann man die Checkpoints doch nicht passieren, oder?«, fragte Azad.

»Hast du deine Karte denn nicht dabei?«

»Nein.«

Seine Identitätskarte nicht dabeizuhaben war nur Azads Vorwand gewesen, um ins Haus zurückkehren und Helen von den neuesten Entwicklungen unterrichten zu können.

»Es ist gefährlich für dich, nach Hause zu gehen, aber ich will die Lage sondieren«, sagte Ali und begann zu telefonieren.

Ein paar Minuten später erklärte er: »Du musst dich bis zum Morgen hier verstecken! Ich habe den Befehl erhalten, morgen in den Distrikt Mosul zurückzukehren. Ich werde dich mitnehmen und an einem Punkt in der Nähe von Kirkuk absetzen. Von dort aus kommst du allein weiter. Aber zuerst musst du deine Karte wiederhaben. Ich fahre dich in der Nacht nach Hause, damit du sie schnell holen kannst.«

Die Entscheidung, ob er Ali von Helen erzählen sollte, bereitete Azad ziemliches Kopfzerbrechen. Schließlich sagte er: »Sie haben mir schon in vielen Situationen geholfen, Ali, und ich weiß, wie gefährlich das ist, was Sie jetzt für mich tun. Aber es gibt etwas, was ich Ihnen noch sagen möchte. Gegenwärtig befindet sich meine Schwester mit im Haus. Sie will ihre beiden Söhne treffen, wenn sie für ihren monatlichen Urlaub aus dem Lager kommen. Wenn ich nun mit Ihnen gehe, können sie sie dann trotzdem noch besuchen?«

»Ich werde Abu Sufyan Bescheid geben, dass er sie wie immer abholen und wieder zurückbringen soll«, erwiderte Ali.

Es war schon nach ein Uhr nachts, als Azad aus Alis Wagen stieg und schnell ins Haus lief.

»Mein Gott, wo warst du?«, fragte Helen.

Azad informierte sie kurz über die jüngsten Entwicklungen.

»Ah, dann geh schnell!«, sagte Helen.

»Du wirst diesen Freitag mit Layla fliehen, wie Abdullah es geplant hat, oder?«

»Ja«, erwiderte Helen.

»Schieb es nicht länger auf! Es kann sein, dass sie die Frauen bald in eine andere Gegend bringen«, sagte Azad und ging.

Kurz vor dem letzten Checkpoint Richtung Kirkuk stoppte Ali den Wagen und sagte: »Wenn sie dich fragen, was du in Kirkuk willst, sag, dass du Insulin kaufen musst!«

Sie stiegen beide aus, und Ali hielt ein Taxi an. Er bezahlte den Fahrer, damit er Azad die fünf Kilometer bis zur Grenze von Kirkuk mitnahm. Als sie sich umarmten, stopfte er Azad noch Geld in die Tasche. »Könnte sein, dass du das brauchst.«

An der Grenze zu den kurdischen Autonomiegebieten hielt der Fahrer an und sagte: »Hier ist für mich Ende, weiter darf ich nicht.«

Zu Fuß überquerte Azad die Grenze. Auf der anderen Seite hörte er einen Fahrer rufen: »Dohuk, Dohuk!« Er ging zu ihm und fragte: »Wie viel kostet die Fahrt nach Dohuk?«

»Einhundertfünfzigtausend Dinar!«

Azad zählte das Geld, das Ali ihm in die Tasche gesteckt hatte, und sagte: »Ich habe nur hunderttausend Dinar.«

»In Ordnung, steigen Sie ein!«

Am kurdischen Posten befahl der Kontrolleur Azad in ein Hinterzimmer, um ihn zu verhören.

»Warum ist Ihr Bart so lang?«, wurde er gefragt.

»Ich war ein Gefangener des Daesh«, antwortete Azad.

»Haben Sie einen Ausweis dabei?«

Azad zog die Karte des Islamischen Staates aus der Tasche und sagte: »Meinen richtigen Ausweis haben sie mir abgenommen. Stattdessen haben sie mir das hier gegeben.«

Der Kontrolleur tätigte mehrere Anrufe, um Azads Identität zu ermitteln und sich zu vergewissern, dass er tatsächlich ein Gefangener gewesen war. Anschließend bat er ihn, ihm seine Geschichte in allen Einzelheiten zu erzählen. Danach ließ er ihn gehen.

Als Azad wieder hinauskam, war der Fahrer nicht mehr da. Ratlos und verwirrt setzte er sich an den Straßenrand. War das zu glauben? Da hatte Ali, ein Mitglied des Daesh, ihm Geld gegeben, und dieser Fahrer, einer seiner eigenen Leute, hatte es ihm gestohlen und war damit abgehauen! Oder hatte er noch länger gewartet und war schließlich frustriert fortgefahren, weil er dachte, Azad sei ein Krimineller und deshalb verhaftet worden? Aber hätte er ihm dann nicht vorher sein Geld zurückgeben müssen? Schließlich hatte er ihn nicht ans verabredete Ziel gebracht.

Mitten in diesem Wust von Fragen sah Azad plötzlich ein Taxi vorfahren. Zuerst dachte er, der Fahrer sei wieder zurückgekommen, aber es war ein anderer.

»Taxi?«

Azad stieg ein, und der Fahrer fragte: »Wohin soll's gehen?«

»Zum Haus des ezidischen Emirs in Shekhan.«

»Von Herzen gern.«

»Gott erhalte Ihr Herz!«

»Woher sind Sie?«

»Aus dem Dorf Halliqi. Ich bin gerade erst dem Daesh entkommen.«

»Mein Gott, wirklich? Haben Sie deshalb so einen langen Bart?«

»Ich war ja fast ein Jahr in Gefangenschaft«, erklärte Azad.

Der Fahrer stoppte vor einem Herrenfriseur. »Lassen Sie sich hier auf meine Kosten den Bart abnehmen!«, sagte er. »Ich bin gleich wieder da!«

Kurze Zeit später kam der Fahrer zurück und bezahlte den Friseur.

»Was für ein Unterschied! Sie sehen ja hundert Jahre jünger aus!«, sagte er.

Azad schenkte ihm ein breites Lächeln. »Danke! Ah, das tut gut! Der hat ganz schön gejuckt.«

Der Fahrer reichte ihm ein Falafelsandwich. »Ich habe schon eins gegessen, dieses ist für Sie.«

Azad hatte großen Hunger, und es schmeckte ihm wunderbar.

»Was schulde ich Ihnen? Wenn wir angekommen sind, werde ich alles bezahlen«, sagte Azad.

»Ich nehme nichts an.«

»Warum denn das nicht?«

»Es ist ein Gelübde«, erklärte der Fahrer. »Ich hatte gesundheitliche Probleme, durch die ich ungefähr einen Monat lang nicht arbeiten konnte. Da habe ich gelobt, dass ich drei Tage umsonst arbeite, wenn ich wieder gesund werde. Deshalb fahre ich meine Kunden seit gestern kostenlos. Wenn Sie wollen, fahre ich Sie morgen auch noch. Übermorgen allerdings nehme ich wieder Geld.«

»Gott schütze Sie!«, sagte Azad.

»Danke, und Ihre Familie auch! Haben Sie Kinder?«

»Ich habe ein Kind, das ich noch nie gesehen habe, weil ich vor seiner Geburt gefangen genommen wurde.«

»Mein Gott!«, sagte der Fahrer kopfschüttelnd. »Ich heiße Hoshyar«, stellte er sich dann vor. »Mein Vorfahre in siebter Generation war auch Ezide. Wir Kurden waren früher alle Eziden, erst im Laufe der Invasionen sind wir Muslime geworden. Aber unsere Sprache und unsere Bräuche, die wir, wie Sie wissen, mit Ihnen teilen, haben wir beibehalten. Die Eziden, die sich in den Bergen versteckt hatten, sind als Einzige Eziden geblieben. Und Sie, wie heißen Sie?«

»Azad. Ja, ich habe von meinen Verwandten gehört, dass die Berge immer eine Zuflucht für uns waren.«

»Jetzt sind Sie ja wirklich Azad – frei, passend zur Bedeutung Ihres Namens.«

Das Auto hielt vor einem weißen Gebäude mit einem Garten davor. »Kommen Sie doch bitte mit in den Diwan, wenn Sie möchten, und ruhen Sie sich ein bisschen aus!«, sagte Azad.

»Nein, danke sehr! Sind Sie ein Verwandter des Emirs?«

»Nein, dieses Haus steht allen Eziden offen. Ich hatte kein Geld dabei, als ich bei Ihnen eingestiegen bin, und habe dieses Ziel gewählt, damit man hier für mich bezahlt. Aber ich danke Ihnen, für alles!«

»Gut, dass Sie heil zurück sind!«

Im Diwan des ezidischen Emirs scharten sich alle um Azad und hörten sich an, was ihm zugestoßen war. Man brachte ihm Essen und Tee in einen großen Saal, in dem alles weiß war, die Wände, die Vorhänge, die Sofas und sämtliche Möbelstücke. Nachdem einer der Assistenten des Emirs mehrere Telefonate geführt hatte, erklärte er Azad, sein Vater sei bereits mit einem Helikopter nach Halliqi gebracht worden.

»Das heißt, ich brauche einen Helikopter, um nach Halliqi zu kommen?«, fragte dieser.

»Nein, inzwischen sind die Gebiete um den Berg wieder frei. Wir bringen Sie mit dem Auto zum Berg, und von dort können Sie zu Fuß nach Hause gehen.«

»Danke! Dürfte ich mal eine Minute Ihr Handy benutzen?«

Azad schrieb Helen eine Nachricht: »Ich bin angekommen. Sag mir, dass bei dir alles in Ordnung ist!«

Helen antwortete sofort: »Uff, Gott sei Dank! Übermorgen habe ich die Verabredung mit dem Schmuggler.«

In der Nacht vor Yahyas und Yassirs Ankunft konnte Helen bis zum Morgengrauen nicht schlafen. Vergeblich versuchte sie sich ein Leben ohne die beiden vorzustellen. Sie wünschte sich, die Flucht noch einmal verschieben zu können. Schließlich brachte der Morgen ihr die beiden Jungen. Helen versuchte, sich an ihnen sattzusehen. Sie blieb ganz still, sprach nicht mit ihnen über die Flucht und versuchte auch nicht, sie zu irgendetwas zu überreden. Aber die Tränen konnte sie nicht zurückhalten.

»Warum weinst du?«, fragte Yassir am Nachmittag, als sie im Wohnzimmer saßen.

Helen antwortete nicht.

»Wo ist Onkel Azad?«

»Er ist nach Hause zurückgekehrt, und ich werde das morgen auch tun. Ich weiß nicht, ob ich euch in diesem Leben noch einmal wiedersehe.« Sie sah die beiden prüfend an.

Yahya und Yassir wirkten sehr müde, als hätten sie seit Tagen nicht geschlafen. Sie waren blasser als je zuvor.

Sogar ihre Stimmen waren außergewöhnlich brüchig und matt. Zwar benahmen sie sich bei ihren Besuchen immer auf eine Weise, die nicht zu ihrem jugendlichen Alter passte, so als wären sie um mehrere Jahrzehnte älter geworden. Aber heute war da noch etwas anderes.

»Wir haben beschlossen, mit dir nach Hause zurückzukehren«, sagte Yahya.

Helen traute ihren Ohren nicht. »Ist das wahr, was du da sagst, mein Sohn?«

»Wir haben uns schon so entschieden, bevor wir hierhergekommen sind«, erwiderte Yahya.

Helen stand auf und küsste die beiden auf den Kopf. »Aber was hat sich geändert?«, fragte sie.

Yahya und Yassir sahen sich erneut traurig an. Yassir ließ den Kopf hängen, um Helens Blick auszuweichen.

»Was ist passiert?«, fragte sie noch einmal.

Yahya zögerte kurz, dann sagte er: »Beim Training haben wir etwas Furchtbares gesehen.«

Er hielt kurz inne, holte Luft und fuhr dann fort: »Sie haben uns auf einem Bildschirm Enthauptungen vorgeführt. Sie sagten, wir müssten das lernen und es gegen unsere Feinde anwenden.«

»Du hast ja schon gezittert, Yahya, wenn im Dorf ein Schaf geschlachtet wurde«, sagte Helen. »Und ich habe mich gefragt, warum ihr beide so blass seid!«

Yassir hielt sich die Augen zu, wie um ein Bild aus seiner Erinnerung nicht ansehen zu müssen.

Helen ging ins Schlafzimmer, zog das Handy unter ihren Kleidern hervor und schrieb Abdullah, dass Yahya und Yassir eingewilligt hatten, mit ihr nach Hause zurückzukehren. Da sie jedoch beim Daesh gewesen seien, bestehe die Gefahr, dass man sie am Grenzposten wiedererkannte.

Der ursprüngliche Plan sah vor, dass ein Fahrer sie während des Freitagsgebets abholen sollte, wenn die Straßen so gut wie menschenleer waren. Doch am frühen Morgen mussten sie umdisponieren, weil Tal Afar unter intensivem Beschuss lag, von dem auch der nahe gelegene Flughafen sowie die Bewohner einschließlich einiger Daesh-Familien betroffen waren.

Abdullah und seine Schmugglerbande nutzten die Bombardierungen, um einen Plan auszuhecken, wie sie die beiden Jungen verstecken konnten. Sie schickten ein Auto mit zwei Särgen auf dem Dach. Dort sollten Yahya und Yassir sich hineinlegen, nachdem sie, um ihren vorläufigen Tod besser ertragen zu können, Schlaftabletten genommen hatten. Zur Tarnung wurden die Särge in die Daesh-Flagge gehüllt. Ein mit Bart und afghanischer Kleidung als Daesh-Angehöriger verkleideter Schmuggler nahm neben dem Fahrer Platz. Helen und Layla auf der Rückbank waren wie üblich hinter ihrem Niqab verborgen. Eigentlich hätten die Märtyrer des Islamischen Staates an den Checkpoints nicht angehalten werden sollen, trotzdem wurden sie von einem Sicherheitsmann gestoppt. »Wer sind die Märtyrer?«, fragte er.

»Meine Neffen«, antwortete der Schmuggler. »Sie wurden von den Bomben getötet, gelobt sei Gott für ihr Märtyrertum auf dem Pfade Gottes! Auf der Rückbank sitzen ihre Mutter und ihre Schwester.«

»Wartet, ich komme mit und helfe Euch, sie zu begraben!«, sagte der Mann.

»Danke«, erwiderte der Schmuggler, »aber wir möchten dir keine Umstände machen.«

»Das ist doch das mindeste, was man tun kann, Bruder. Sagt mir nur, auf welchem Friedhof!«

»Badush-Friedhof«, sagte der Schmuggler.

»Warum Badush? Es gibt doch Friedhöfe in geringerer Entfernung!«

»Wir haben Verwandte dort liegen, und du kennst ja die Traditionen«, antwortete der Schmuggler.

»Dann folge ich euch mit dem Auto.«

Der Fahrer drosselte immer wieder die Geschwindigkeit und beobachtete das Sicherheitsfahrzeug im Rückspiegel. Alle sahen sie sich entsetzlich besorgt an. Helen wollte schon den Fahrer anflehen, die Richtung zu ändern, um den anderen Wagen abzuhängen, aber sie hatte nicht einmal die Kraft, zu sprechen. In Gedanken sah sie Yahya und Yassir schon lebendig begraben werden. Würden sie so weit gehen, sie ins Grab hinabzulassen und mit Erde zuzuschütten? Sie selbst würden sie vom Grab fernhalten, die örtlichen Traditionen erlaubten es nicht, dass eine Frau bei einer Beerdigung zugegen war. Sie sah sich schon ungeachtet aller Traditionen zu den beiden Särgen rennen. Mit allen Mitteln würde sie sie davon abhalten, ihre Söhne umzubringen. Sie würde sie anflehen, sie in Ruhe zu lassen.

Ein weiterer Schmuggler wartete bereits auf dem Badush-Friedhof und gab vor, die Gräber auszuheben. Er war schon kurz davor, die Geduld zu verlieren, weil er grub und grub und noch immer niemand kam. Schließlich rief er Abdullah an und sagte: »Die Erde ist schon ganz weich geworden vom vielen Umgraben, und sie sind immer noch nicht da!«

Sie kamen so spät, weil der Fahrer einen größtmöglichen Umweg fuhr, um ihre Ankunft bis in alle Ewigkeit hinauszuzögern. Unter Helens Kleidung vibrierte das Handy, sie wusste, dass es Abdullah war, aber aus Angst, der Mann hinter ihnen könne es bemerken, konnte sie den Anruf nicht entgegennehmen. Ihre Hand zitterte vor Kälte, obwohl es gar nicht kalt war. Plötzlich fuhr sie zusammen, denn hinter ihr dröhnten laute Detonationen. Sie zog Layla, die ebenfalls zitterte, näher an sich heran. Als sie nur noch wenige Schritte vom Friedhof entfernt waren, wurde der fortwährende Beschuss immer intensiver.

»Sagt dem Mann, ich sei in Ohnmacht gefallen und die Beerdigung könne jetzt nicht stattfinden«, sagte Helen. »Ich falle wirklich gleich in Ohnmacht.«

Im Rückspiegel sahen sie, wie der Sicherheitsmann ausstieg

und auf sie zukam. Er blieb vor dem heruntergekurbelten Fenster des Schmugglers stehen und sagte: »Die Flugzeuge bombardieren kräftig. Die Fahnen auf den Särgen werden die Ungläubigen auf uns aufmerksam machen, so dass sie uns auch beschießen. Holt sie schnell runter und begrabt eure Toten! Man hat mich benachrichtigt, dass viele unserer Leute verletzt sind und dass ich so schnell wie möglich zu den Rettungsplätzen kommen soll. Nimm es mir nicht übel, Bruder, wenn ich meiner Pflicht nicht weiter nachkomme. Gott sei mit euch und erhalte euch am Leben!«

»Möge Gott euren Toten gnädig sein!«

Kaum war der Wagen des Mannes ihren Blicken entschwunden, öffneten sie die Särge und holten die Jungen heraus, die wie Betrunkene zwischen Schlaf und Wachsein schwebten. Die leeren Särge übergaben sie dem vorgeblichen Totengräber und stiegen schnell wieder ins Auto, das sie über eine unbefestigte Straße in eine abgelegene Gegend brachte. Dort verließ sie der Fahrer, nur der Schmuggler blieb noch bei ihnen. Sie versteckten sich in einem Zelt aus Ziegenhaar, das mit zehn Leinen aufgespannt war. Diese waren mit Pflöcken so im Erdreich befestigt, dass zwischen Zelt und Untergrund ein Zwischenraum klaffte. Auf dem Zeltboden lagen Teppiche und auf diesen mehrere Päckchen Kekse und Wasserflaschen. Dies sei eines der Zelte der »Fledermäuse«, sagte der Schmuggler. Die Schmuggler bezeichneten sich als Fledermäuse, erklärte er, weil sie für ihre Operationen nachts unterwegs waren und sich morgens schlafen legten. Und so liefen nun auch sie, sobald die Sonne vollständig untergegangen war, sechs Stunden lang Richtung Norden, bis sie zu dem Dorf Tal al-Rim gelangten. Dort schliefen sie zwischen gelben Maiskolben, die in der Sonne leuchteten. Als es erneut dunkel wurde, liefen sie wieder ein paar Stunden, bis sie den Grenzfluss zwischen dem Daesh und ihren eigenen Leuten erreichten. Unter normalen Umständen war dies ein Weg von einer Stunde, aber um dem Daesh und den verminten Routen auszuweichen, mussten sie die doppelte Anzahl von Schritten zurücklegen.

Weite Strecken unter Bäumen und durch Täler zu wandern, waren sie gewohnt, aber in der Dunkelheit, immer in der Furcht, die Bäume könnten sich in einen Feind verwandeln, der sich ihnen in den Weg stellte, oder eine Mine könnte unter ihren Füßen explodieren, war es etwas anderes. Das Ende des Weges kam ihnen vor wie das Ende der Welt. Doch an seinem äußersten Ende, nach langer, dunkler Nacht, leuchtete mit den ersten Sonnenstrahlen der Beginn ihrer Freiheit auf. Am Ufer des Tigris wurden sie von einem weiteren Schmuggler mit einem Boot erwartet. Mit einem Handzeichen forderte er sie auf, sich hineinzulegen und ja nicht den Kopf zu heben, bis sie am anderen Ufer angekommen wären. Er löste das Tau, damit zwei weitere Schmuggler vom gegenüberliegenden Ufer aus das Boot vorsichtig zu sich heranziehen konnten, und zwar so, dass es aussah, als treibe es ganz allein, ohne Menschen darin, auf dem Wasser.

Kurz bevor das Boot das Ufer erreichte, hob Yassir ganz leicht den Kopf und schrie: »Wir sind da!« Helen riss sich den schwarzen Niqab herunter, und ihre bunte Kleidung darunter kam zum Vorschein. »Noch eine Minute!«, sagte Yahya. Kaum war das Boot auf der sicheren Seite, warf Helen ihren Niqab in den Fluss. »Vielleicht trägt das Wasser ihn ja zu ihnen zurück«, sagte sie. Layla tat mit ihrem Niqab dasselbe.

Sie wurden bereits von mehreren örtlichen Sicherheitsleuten erwartet. Abdullah hatte sie im Voraus über den Ort und die Zeit ihrer Ankunft informiert. Schnell brachte man sie mit einem Militärfahrzeug zum Hauptquartier des Sicherheitscorps. Es lag weit genug vom Flussufer entfernt, um vor möglichen Schüssen von der anderen Seite sicher zu sein. Nachdem ihre Aussagen aufgenommen worden waren, nahm Abdullah sie außerhalb des Gebäudes in Empfang. »Gott sei Dank, dass ihr heil wieder da seid!«, sagte er. Helen umarmte ihn liebevoll und unter Tränen.

»Mein Gott, sind die Kinder groß geworden!«, rief Abdullah und umarmte auch Yahya und Yassir.

Helen griff nach Laylas Hand und stellte sie ihrem Cousin vor: »Das ist Layla, die Tochter von Ghazal, von der ich dir erzählt habe.«

»Ich habe gute Nachrichten«, sagte Abdullah. »Wir haben herausgefunden, wo Ghazal sich aufhält.«

Layla trat einen Schritt vor, um noch mehr zu erfahren. Sie lächelte. Es war ihr erstes Lächeln seit langer Zeit. Abdullah forderte sie auf, ein paar Worte an ihre Mutter zu richten, während er vor ihr stand und sie mit dem Handy filmte.

Abdullah fuhr sie mit seinem Pick-up in ein nahe gelegenes Restaurant und bestellte verschiedene Gerichte für fünf Personen.

Helen trank einen Schluck Wasser und fragte: »Wann warst du das letzte Mal in Halliqi?«

»Vor einer Woche. Sie wissen noch nicht, dass du angekommen bist«, erwiderte Abdullah.

»Ich möchte nicht, dass sie die Anstrengung auf sich nehmen, herunterzukommen«, sagte Helen. »Ich gehe zu ihnen.«

»Wenn du möchtest, gehen wir zusammen.«

»O ja! Ich sterbe vor Sehnsucht nach Halliqi«, rief Helen.

»Aber zuerst müssen wir noch nach Lalish«, meinte Abdullah. »Baba Scheich hat empfohlen, dass diejenigen, die aus der Gefangenschaft zurückkehren, sich noch einmal taufen lassen, um sich spirituell zu reinigen. Um das Kapitel Daesh aus ihrem Leben auszuradieren und eine neue, saubere Seite aufzuschlagen.«

»Dann brauchen wir zwei weiße Tücher für Yahya und Yassir«, sagte Helen. »Dies ist ihr erster Besuch im Heiligtum.«

»Kein Problem«, sagte Abdullah. Er trank ein wenig Wasser und fügte hinzu: »Hier in Dohuk gibt es ein Camp für Überlebende. Was hältst du davon, Helen, wenn ihr im Camp übernachtet und wir morgen früh nach Halliqi aufbrechen?«

»Gut«, sagte Helen. »Ich werde sowieso nur ein paar Tage in Halliqi bleiben, von dort aus lassen sich die Informationen über die Vermissten zu schwer verfolgen. Ich muss nach Elias und meiner Tochter suchen.«

Yahya und Yassir sahen zuerst sich und dann Helen an.

»Du hast recht, im Camp ist es leichter, auf dem Laufenden zu bleiben«, sagte Abdullah. »Ich werde dich, so gut ich kann, über die neuesten Entwicklungen informieren.«

»Danke!«, sagte Helen. »Du bist ein echter Problemlöser!«

Abdullah grinste, nahm sein Handy vom Tisch und sagte: »Ich poste auf Facebook, dass ihr angekommen seid, damit die Leute im Camp sich auf euch einstellen können.«

»Sind Bekannte von mir im Camp?«, fragte Helen.

»Ich bin nicht sicher.«

»Irgendetwas Neues von meiner Freundin Amina?«, fragte sie weiter.

Abdullah schwieg. Er fand nicht die Kraft, ihr die traurige Nachricht mitzuteilen. Der Kellner hatte gerade das Essen auf den Tisch gestellt, und Abdullah dachte, wenn er die Wahrheit sagte, würde ihr das ihre erste Mahlzeit in Freiheit verderben. Helen sah ihn an, sie wartete auf eine Antwort. »Nein«, sagte er, stand auf und ging zur Toilette.

Nach dem Mittagessen kaufte Abdullah im Suk neue Kleider für jeden von ihnen und für Yahya und Yassir dazu zwei weiße Tücher. Als sie sich die Tücher um den Kopf wickelten, musste Helen an die schwarzen Daesh-Stirnbänder denken.

»Nennt man uns deshalb Weißköpfe?«, fragte Yahya.

»Weiß symbolisiert Reinheit«, sagte Abdullah. »Man sieht Schmutz darauf besser als auf jeder anderen Farbe.«

Nach einer Stunde Fahrt in Richtung des östlich gelegenen Distrikts Shekhan über eine Straße, die sich durch ein Bergtal wand, stoppte Abdullah. Vor ihnen waren die drei Kuppeln von Lalish aufgetaucht. Sie ließen ihre Schuhe im Auto und betraten, wie alle Besucher, das Heiligtum mit bloßen Füßen. Zwischen ihren Füßen und dem Boden des Heiligtums sollte sich keine Barriere befinden. Rechts vom Eingang war ein Bild von einer schwarzen Schlange, das Yassirs Neugier weckte. »Warum ist die Schlange da?«, fragte er. »In alten Zeiten«, antwortete Helen, »während der großen Flut, fuhr Noahs Arche auf einen Felsen auf, der ihr ein Loch in den Rumpf riss. Sie war kurz davor unterzugehen, aber eine schwarze Schlange verstopfte das Loch, und so wurde die Menschheit gerettet. Aus diesem Grund achten wir die Schlange hoch.«

Helen machte einen Schritt über die Schwelle und sagte zu den Jungen: »Gebt acht, dass ihr nicht auf die Schwelle tretet, sie ist heilig!«

Im Innenhof des Heiligtums waren sieben Säulen, um die bunte Tücher gewunden waren. Abdullah band ein grünes auf und verknotete es anschließend wieder. Dasselbe tat Helen mit einem roten Tuch. Layla ging auf eine Säule zu, und Helen ermutigte sie mit einem Lächeln. Sie suchte sich ein rosafarbenes Stück Stoff aus. Yahya und Yassir sahen neugierig zu, und Abdullah erklärte ihnen: »Jeder dieser Knoten repräsentiert einen Wunsch des Besuchers, der ihn geknüpft hat. Wenn wir einen Knoten lösen, geht der betreffende Wunsch in Erfüllung. Vielleicht kommt ja nach uns auch noch jemand und löst die Tücher, die wir festgebunden haben.«

Über im Laufe der Zeiten glatt polierte Felsen liefen sie zum Eingang der heiligen Quelle, wo man getauft wurde. Die Dienerin des Heiligtums, Faqrai, die dem Tempel geweiht war und nicht heiraten durfte, stand mit einer Metallschüssel in der Hand neben der weißen Quelle. Als sie hineingestiegen waren, goss sie ihnen aus der Schüssel nacheinander Wasser über ihre fünf Köpfe und rezitierte dabei Gebete des Segens und der Erlösung. Sie sprach die Wörter auf eine ganz besondere Weise aus, mit gedehnten Vokalen und in einer bestimmten Melodie. Am Ende beugte Helen sich über die Quelle und wusch sich Gesicht und Hände, und alle Übrigen taten dasselbe. Als sie wieder herausgestiegen waren, sagte Faqrai: »Herzlichen Glückwunsch!«

Sie gingen hinaus in den äußeren Hof, der unter freiem Himmel lag. Bäume zogen sich das ganze Tal entlang, und auf den Steinen vor den Eingängen zu mehreren Höhlen brannten Öllampen. Helen fühlte einen gewissen inneren Frieden, gleichzeitig hätte sie gerne geweint angesichts all der Menschen auf dem Hof. Aufgewühlt davon, endlich wieder vereint zu sein, hielten sie die geretteten Frauen in den Armen, die sich vom Wasser Heilung erhofften. Auf der steinernen Umrandung saßen wie ein Schwarm Vögel mehrere junge Männer, den Blick schweigend auf den Horizont gerichtet.

Als es Abend wurde, erreichten sie das Camp Qadia. Der Verwalter begleitete sie zu dem für sie bestimmten Zelt. Zu Helens Überraschung hatten sich davor mehr als einhundert Personen zu ihrer Begrüßung versammelt. Eine Gruppe von Frauen warf ihr unter Freudentrillern in Papierchen verpackte Bonbons über den Kopf. Tief bewegt setzte Helen sich auf den Boden und weinte. Die anderen Frauen ließen sich um sie herum nieder und weinten mit ihr. »Sie tun das bei jeder Überlebenden, die neu ins Camp kommt«, sagte Abdullah, als die Menge sich zerstreute und alle wieder in ihre Zelte gingen. »Morgen früh also gehen wir dann nach Halliqi«, fügte er hinzu.

»Wo wohnst du denn jetzt?«, fragte Helen.

»Hier in Dohuk. In einem Gebäude mit drei Stockwerken, das völlig überfüllt ist. In jedem Raum wohnen zwei Familien. Aber die andere Familie ist nett, wir kommen gut miteinander aus.«

»Wie geht es Sari und den Kindern?«

»Sari hat ihren Bruder verloren. Der Daesh hat ihn in der Gefangenschaft getötet.«

»Ach, die Arme! Es tut mir sehr leid, das zu hören!«

»Sie lässt dich grüßen.«

»Mein Herz ist mit ihr«, erwiderte Helen.

»Ich sehe euch morgen«, sagte Abdullah und ging.

Kurz bevor sie am nächsten Nachmittag in Halliqi ankamen, ging Abdullah absichtlich schon einmal vor. Er fand Shammo im Wohnzimmer des Hauses, wo er gerade getrocknete Feigen in eine große Dose füllte. »Ich habe heute Gäste dabei«, sagte Abdullah, noch außer Atem. »Nimmst du sie bei dir auf?«

»Ya halla, Abdullah!«, sagte Shammo. »Du und deine Gäste seid uns immer willkommen.«

Abdullah sah sich um, und wenige Minuten später traf Helen mit Yahya, Yassir und Layla ein. Nach tränenreichen Umarmungen stieß Shammo mehrere Pfiffe aus. Als kurz darauf auch Ramziya ins Haus trat, traute sie ihren Augen nicht. »Ach, ich habe dich so vermisst!«, sagte sie schluchzend zu Helen, während sie sich in den Armen lagen. Wenig später kamen auch Azad, seine Frau und sein Sohn. Alle umarmten sie sich unter Tränen. Ramziya allerdings konnte nicht stehen bleiben. Nachdem sie alle sehr lange an sich gedrückt hatte, setzte sie sich auf den Boden und sang ihre traurigen Lieder.

»Wenn sie von ihren Gefühlen übermannt wird, singt sie immer diese Lieder«, sagte Shammo, von Glück überwältigt, den Arm um seine Tochter gelegt.

Nachdem sie lange so geweint hatte, ging Ramziya in die Küche, holte eine große Wassermelone und schnitt sie auf. Abdullah aß ein Stück und sagte: »Ich muss jetzt gehen.«

Ramziya protestierte. »Du hast dich nach dem Marsch noch gar nicht ausgeruht, Abdullah. Wie kannst du gehen, ohne zu Abend gegessen zu haben!«

»Es ist noch eine Gefangene unterwegs, ich muss sie Schritt für Schritt verfolgen. Ich könnte wichtige Anrufe verpassen, weil mein Handy hier oben nicht klingelt. Aber ich komme so schnell wie möglich wieder.« Er machte sich auf den Weg.

Als Ramziya bemerkte, dass Layla sich ihren Anteil von der Melone noch nicht genommen hatte, sagte sie: »Komm, meine liebe Ahlam, iss ein bisschen Wassermelone!«

»Das ist Layla, Mama«, sagte Helen. »Sie ist nur ungefähr in Ahlams Alter.«

»Ach, ich dachte, sie sei die Tochter der seligen Amina«, erwiderte Ramziya.

Helen brauchte eine Minute, um zu begreifen, was sie da gehört hatte. »Die selige?«, fragte sie dann. »Ist Amina denn gestorben?«

»Ah, wusstest du das etwa noch nicht?«

Helen gab keine Antwort. Sie stand auf und ging hinaus. Ramziya folgte ihr, »Vergib mir, Kind! Komm zurück, mein Schatz! Wo gehst du denn hin?«

Helen drehte sich zu ihrer Mutter um und sagte: »Ich brauche nur einen kleinen Gang für mich allein.«

Helen lief ins Tal hinunter. Nachdem ihre ersten Tränen gefallen waren, flossen die nächsten in Strömen. Auf dem Weg, den sie immer mit ihrer Freundin gegangen war, hatte sie Amina und sich selbst wieder vor Augen. Sie waren vierzehn Jahre alt und liefen am Feiertag im April zusammen durch rote Anemonen und gelb-weiße Kamillen. Wie in jedem Frühling leuchtete der ganze Berg in diesen drei Farben. Sie erinnerte sich, wie Amina einen Strauß Anemonen gepflückt und sie Blume für Blume zu einer roten Kette geflochten hatte. Sie tat das so schnell, wie sie sich sonst das Haar flocht. Dann legte sie Helen die Blumenkette um den Hals. Helen dagegen sammelte Kamillenblüten in einen Strohkorb, wie ihre Mutter es ihr aufgetragen hatte. Sie würde sie später zu Umm

Khairy bringen. Viele Dorfbewohner brachten Umm Khairy Blüten, damit sie daraus eine schmerzstillende Kräuterarznei herstellen konnte.

Helen blieb stehen und berührte ihren Hals, betastete die Stelle, wo Aminas Kette gelegen hatte. Sämtliche Aprilkamillen würden nicht ausreichen, um ihren Schmerz zu stillen.

18. DIE STIMME

Abdullah stieg den Berg hinab zu der tiefer gelegenen Ebene, wo er sein Handy benutzen konnte. Von dort aus rief er Hadla an, die die Aufgabe übernommen hatte, Ghazal zu retten. Hadla war eine von mehreren Frauen in Abdullahs und Muhashishs Netzwerk. Insgesamt hatte es fünfzehn Mitglieder, die an der Rettung entführter Frauen arbeiteten. Hadla war die aktivste unter ihnen. Dies hatte damit zu tun, dass sie als Krankenschwester in der Frauenklinik von Raqqa tätig war. Unter deren Patientinnen waren auch Gefangene, deren Brüche und Wunden hier behandelt wurden, nachdem die Männer sie mit Kabeln geschlagen hatten, weil sie sich gegen ihre Vergewaltigung gewehrt hatten oder vielleicht zu erschöpft für die Hausarbeit waren. Manchmal kam es in der Region auch zu Verletzungen durch Bombardements und Detonationen.

Als Hadla von Abdullah erfuhr, dass Ghazal zwar hören, aber nicht sprechen konnte, erwiderte sie, sie verstehe die Gebärdensprache, denn sie habe eine Schwester, die gehörlos sei. In ihrer weißen Schwesterntracht trat sie ins Haus des Emirs der Wüste, zog ihre Klinik-Mitarbeiterkarte aus der Tasche und erklärte Ghazal, sie habe sich wegen einer Impfkampagne für Frauen ins Impfzentrum zu begeben. Nach der Injektion, versicherte sie, werde sie selbst sie wieder nach Hause bringen, damit sie sich nicht verirrte.

In dem kleinen Behandlungsraum in der Klinik war noch eine weitere Krankenschwester. Hadla bereitete ein paar Impfdosen vor, und als die andere endlich hinausging, schloss sie die Tür, weckte ihr Handy und zeigte Ghazal ein kurzes Video. »Wie geht es dir, Mama? Und wie geht es Zedo und der Kleinen? Ist Papa bei euch? Ich bin wieder zu Hause und warte auf euch.«

Bei Laylas Anblick riss Ghazal die Augen auf. Sie wollte etwas sagen, konnte aber die Worte nicht richtig artikulieren. Trotzdem entrang sich ihr ein Laut, der mehr sagte als tausend Worte. Sie sah wieder vor sich, wie die Angehörigen der Organisation ihr Layla mit Gewalt entrissen hatten, wie sie geschrien und geweint hatte.

Sie griff nach Hadlas Hand und legte sie sich erst auf die Brust, dann an den Mund. Als die andere Krankenschwester wieder hereinkam und Ghazal Hadlas Hand küssen sah, dachte sie, sie sei ihr so dankbar für die Impfung.

Schließlich führte Hadla Ghazal wieder hinaus, um sie zurück zum Haus des Emirs der Wüste zu bringen. Auf dem viertelstündigen Fußweg erläuterte sie ihr den Plan für ihre Flucht. Ghazal solle am übernächsten Tag unter dem Vorwand, dass das Mädchen ebenfalls geimpft werden müsse, um zehn Uhr morgens mit ihrer kleinen Tochter in die Klinik kommen. Jungen durften die Frauenklinik nicht betreten, deshalb musste ihr Sohn sich in dem Park hinter der Klinik Frauenkleider überziehen. Ghazal zeigte Hadla, wie groß er war, indem sie die Hand an ihre Schulter legte. Den Niqab für Zedo würde sie in einer verschnürten Tüte mitbringen. Ghazal und ihre Tochter sollten das Krankenhaus durch die Hintertür verlassen und weiter bis in den Park laufen, wo Zedo zu ihnen stoßen würde. Vor dem Park würde der Wagen des

Schmugglers stehen, mit geöffnetem Kofferraumdeckel zum Zeichen dafür, dass es sich um das richtige Fahrzeug handelte. Schließlich gab Hadla Ghazal noch ihre Telefonnummer. Sie wollte gerne informiert werden, wenn sie heil angekommen wären. Ghazal nickte zum Versprechen, dass sie dies tun würde, falls tatsächlich alles gut ging.

Am folgenden Tag lief alles nach Plan. Nachdem alle drei auf der Rückbank des Autos Platz genommen hatten, klappte der Schmuggler den Kofferraumdeckel zu und fuhr sie in eine ländliche Gegend am Stadtrand. Dort hielt er vor einem Haus, in dem eine Familie, bestehend aus Großeltern, Eltern und fünf Kindern lebte. Im Inneren des Hauses war ein großer Raum, in dem auch ihre Tiere, Schafe, Rinder und Esel untergebracht waren. Der Vater, ein Verwandter Muhashishs, ließ ihn, gegen gute Bezahlung, hin und wieder in einem der Zimmer jemanden unterbringen – für einen oder zwei, manchmal auch fünf Tage.

In der friedlichen Atmosphäre innerhalb der Familie fühlte sich Ghazal so gut aufgehoben wie schon lange nicht mehr. Die Mutter drängte sie jede Stunde, etwas zu essen. Am zweiten Tag scharten sich alle um Zedo, damit er ihnen berichtete, was sie in dieses Haus geführt hatte. Nachdem er ihre Geschichte erzählt hatte, sagte die Großmutter: »Ihr seid nun schon die vierte Familie, die wir hier zu Gast haben und deren Geschichte wir hören. Mein Leben lang habe ich nie von so etwas erfahren oder solch sonderbare Geschichten vernommen, nicht einmal in den Märchen aus Tausendundeiner Nacht. Wir wissen überhaupt nicht, woher diese Menschen kommen und warum sie euch all das antun.« In der dritten Nacht nahte die Zeit zum Aufbruch. Die Mutter belegte Eiersandwiches und packte sie in eine Plastiktüte. »Das ist für unterwegs«, sagte sie zu Ghazal.

Ghazal umarmte sie und wartete auf Zedo. Die Kinder sahen zu, wie Zedo sich den Niqab anlegte. Als wüsste er, wie peinlich das Zedo war, sagte der Großvater zu ihm: »Du bist nicht der Erste, der sich so verkleidet. Die Jungen, die sich vor euch hier versteckt haben, haben das auch getan.«

Draußen warteten schon zwei Motorräder auf sie. Ghazal setzte sich hinter ihre Tochter und den einen Fahrer, Zedo hinter den anderen. Nach zwei Stunden Fahrt gelangten sie auf einen einsamen, unbefestigten Weg. Von dort aus mussten sie noch drei Stunden zu Fuß gehen, um bei Kobani an die Grenze zur Türkei zu kommen. Der Motorradfahrer gab Ghazal eine weiße Plastiktüte, die sie hundert Meter vor der Grenze in die Höhe halten sollte. Das war das vereinbarte Zeichen für die Leute, die sie auf der anderen Seite in Empfang nehmen sollten. Sie mussten daran denken, diese letzten Meter nicht allein zu überqueren, denn sie waren vermint.

Ghazal machte sich Sorgen. »Was, wenn ich aus Versehen nicht bemerke, wo dieser letzte Abschnitt beginnt?« Wenn Zedo etwas schneller wurde, gab Ghazal ihm jedes Mal ein Zeichen, langsamer zu gehen, aus Angst, sie könnten sich vergessen und in die Gefahr hineinlaufen.

Die Wolken am Himmel rissen auf, und die Morgendämmerung setzte ein. Ein neuer Tag wurde erkennbar, und mit ihm mehrere Frauen, die hinter der Grenze standen und herüberwinkten. Als Ghazal ihre weiße Tüte hob, kam eine von ihnen zu ihnen gerannt und sagte, sie sollten ihren Schritten vorsichtig folgen. Zu Ghazals Überraschung wurden sie von Freudentrillern empfangen und mit Bonbons beworfen. Dazu stimmten die Frauen kurdische Lieder an, die ihnen ganz vertraut waren.

Plötzlich bemerkte Ghazal, dass sie mitsang. Zedo war regelrecht geschockt, als er seine Mutter singen hörte. »Mama, Mama«, schrie er, »deine Stimme ist ja wieder da!«

Über sich selbst verblüfft, verstummte Ghazal wieder. Sie versuchte Zedo etwas zu sagen, konnte aber nur röcheln.

Alle wurden still, als Zedo ihnen erklärte: »Meine Mutter hat in der Gefangenschaft ihre Stimme verloren, aber jetzt singt sie! Ist ihre Stimme zurückgekommen?«

»Sing nur, sing!«, sagte eine der Frauen und forderte die übrigen mit einer Geste auf weiterzusingen. Auch Ghazal fing wieder an, und ihre Wörter waren vollkommen verständlich. Daraufhin begannen alle zu tanzen und sangen noch lauter. Vor Freude hoben sie die Hände, nur ein paar senkten sie wieder, um sich die Tränen aus den Augen zu wischen. Als das Lied zu Ende war, sahen sie Ghazal an und warteten darauf, dass sie etwas sagte.

Erneut versuchte sie zu sprechen und konnte zuerst nur ein paar Worte stammeln. Doch als sie sie wiederholte, klangen sie ganz normal. Ein Jahr lang war ihr Mund wie eine Einzelzelle gewesen, in der sie viel vor sich hingeredet hatte, aber ohne dass etwas nach außen gedrungen war. Jetzt jedoch sagte sie: »Danke, dass ihr mich befreit habt und meine Stimme ebenfalls!«

Abdullah stieg erneut nach Halliqi hinauf. Es war Anfang Juli 2015, und sein graues Haar leuchtete im Sonnenlicht. Vor einem Jahr war es noch völlig schwarz gewesen, in der letzten Zeit aber zur Hälfte ergraut. Als er beim Haus seines Onkels ankam, fragte er Helen sofort: »Wo ist Layla?«

»Sie ist mit Yahya und Yassir in den Feigenhain gegangen«, antwortete sie.

»Ich wollte ihr sagen, dass ihre Mutter inzwischen an einem sicheren Ort angekommen ist und morgen die Grenze zum Irak erreicht«, sagte Abdullah.

»Ah, das ist ja eine wundervolle Nachricht!«, rief Helen. »Gehen wir und sagen es ihr!«

Layla pflückte eine Feige, und Yahya sagte: »Komm, ich zeig dir eine bessere Methode!« Er schüttelte den Baum, und die reifen Feigen fielen herab. Yahya und Yassir sammelten sie vom Boden auf, während Layla sich umdrehte, denn sie hatte bemerkt, dass Helen und Abdullah am Eingang der Pflanzung standen. Als sie Abdullahs Nachricht vernahm, hellte sich ihr Gesicht augenblicklich zu einem freudigen Lächeln auf, während sie die Feige noch in der Hand hielt. Helen und Abdullah hatten verabredet, Layla zur Grenze zu begleiten, um Ghazal dort in Empfang zu nehmen. Yahya und Yassir wollten ebenfalls mitkommen. Als der neue Tag anbrach, stand auch Ramziya auf, denn sie hatte beschlossen, sich ihnen anzuschließen.

Nachdem sie den Berg bis zu der Ebene hinabgestiegen waren, kletterten sie in den Pick-up, den Abdullah vor einem Haus geparkt hatte. Als sie das Niemandsland zwischen der irakischen und der syrischen Grenze endlich erreichten, war es bereits Mittag. Fünf Stunden lang saßen sie dort und warteten auf Ghazal. Wegen der fehlenden Netzabdeckung hatte Abdullah den Kontakt zu dem Schmuggler verloren, und so erfuhr er erst am Abend, dass die Straße zur Grenze zu unsicher war und dass sie den Grenzübertritt deshalb auf den nächsten Tag verschoben hatten.

Sie kehrten auf den Berg zurück, und am nächsten Morgen stiegen sie erneut hinab zu demselben Wartepunkt an der Grenze. Wieder saßen sie bis zum Nachmittag da, doch Ghazal kam nicht.

»Du siehst blass aus heute. Es ist mir peinlich, dass wir dir solche Scherereien bereiten«, sagte Ramziya zu Abdullah.

»Tatsächlich ist es mir peinlich, dass ihr bei dieser Hitze zwei Tage hier unter freiem Himmel ausgeharrt habt«, erwiderte dieser.

»Angesichts der Ankunft einer Überlebenden ist das doch gar nichts!«, rief Ramziya. »Als wäre sie vom Tod wiederauferstanden! Aber sag mir, Abdullah, wie geht es Siham?«

»Meiner Nichte geht es Gott sei Dank wieder besser«, erwiderte er.

»Es tat mir so weh zu hören, dass sie mit gebrochenen Rippen aus der Gefangenschaft zurückgekehrt ist«, meinte Ramziya.

»Wann ist Siham denn zurückgekommen?«, fragte Helen.

»Vor zwei Monaten«, sagte Abdullah.

»Erzähl mir mehr von ihr, Cousin!«

Abdullah erzählte ihr die Geschichte von Sihams Rettung. Sie setzten sich alle auf die Erde und hörten zu.

Siham war dreizehn Jahre alt gewesen, als Bilal, der Sicherheitsdirektor des Daesh, sie gekauft hatte. Eines Tages sah sie in seinem Büro ein Bild von Abdullah. Da sie nicht wusste, dass der Daesh nach ihrem Onkel fahndete, fragte sie Bilal: »Woher kennst du denn meinen Onkel?«

Bilal nutzte ihre unschuldige Frage daraufhin aus, um eine Intrige zu spinnen. »Wenn das dein Onkel ist«, sagte er, »dann kann ich dich ja an ihn verkaufen. Was meinst du?«

Siham machte natürlich Freudensprünge. Bilal rief Abdullah an, schickte ihm ein Foto von Siham und machte ihm ein Angebot: Sihams Freilassung gegen den Schmuggel seiner Familie in die Türkei. Dies war nicht das erste Mal, dass es zu einer solchen Abmachung kam, Abdullah hatte schon einmal eine ähnliche Vereinbarung getroffen, deshalb wunderte er sich nicht über das Angebot.

Er kam mit Bilal überein, dass Siham sich an den Jarrah-Kreisverkehr in al-Mayadin stellen sollte, um dort abgeholt zu werden. Das war die erste Falle, denn kaum war der betreffende Schmuggler in Sihams Nähe gekommen, wurde er von Daesh-Angehörigen umstellt. Sie brachten Siham in Bilals Haus zurück, den Schmuggler töteten sie. Anschließend zwangen sie Siham, Abdullah am Telefon zu sagen, sie habe lange dagestanden, aber die erwartete Person sei nicht gekommen. Abdullah wusste nicht, dass sie sie schwer misshandelt hatten, um sie zu dieser Aussage zu zwingen, und antwortete, er werde ihr einen anderen Helfer schicken.

Beim zweiten Mal waren sie in einem Park gegenüber der Al-Mayadin-Klinik verabredet. Der Schmuggler sah sich im Park um und fand nichts, was ihm gefährlich erschienen wäre, zumindest keine verdächtigen Männer. Nur mit dem Niqab verschleierte Frauen befanden sich in Sihams Nähe. Als er jedoch auf Siham zuging, bemerkte er, dass sie weinte, und sie wollte auch nicht mitkommen. Er solle schnell gehen, um nicht verhaftet zu werden, sagte sie stattdessen. In diesem Moment umstellten ihn die verschleierten Frauen, und es zeigte sich, dass es allesamt Daesh-Kämpfer waren, die sich verkleidet hatten, um ihn in die Falle zu locken. Später folterten sie sowohl ihn als auch Siham. Sie hatten gehört, wie sie ihm verraten hatte, dass sie kurz davor waren, ihn zu verhaften.

Es war ein schrecklicher Tag für Abdullah und Muhashish. Zu spät wurde ihnen klar, dass Bilal Siham nur benutzt hatte, um die Schmuggler zu jagen. Während Abdullah noch mit seiner Trauer und Frustration zu kämpfen hatte, beschloss Muhashish, das Thema Siham nun selbst in die Hand zu nehmen. »Lass mich nur mein Mütchen an diesem Bilal kühlen!«, sagte er.

»Aber ich will dich nicht auch noch verlieren«, sagte Abdullah. »Die Sache ist gefährlich, sie werden jedem auflauern, der sich Siham nähert.«

»Du brauchst nichts weiter zu tun, als einen neuen Termin mit Bilal auszumachen, so als wäre nichts passiert. Dann komme ich schon zurecht«, sagte Muhashish. »Aber sieh mal zu, ob du es hinbekommst, dass der Schmuggel in Manbij seinen Ausgang nimmt. Das ist meine Gegend, die kenne ich in- und auswendig.«

Ungefähr ein Monat verging, ohne dass Bilal anrief. Als er sich endlich wieder meldete, erklärte er Abdullah, er habe so lange nichts von sich hören lassen, weil er im Kampf verwundet worden sei. Er habe ein Bein verloren. Aber er sei noch immer bereit, ihren Deal zu Ende zu führen. Abdullah sagte: »Ich habe einen Freund, der bereit ist, Siham abzuholen, aber er ist in Manbij. Wenn Sie mir einen Termin in Manbij geben, kann ich ihn damit beauftragen.«

»Manbij ist weit weg, mit dem Auto sind es sechs Stunden«, sagte Bilal. »Warum kommen Sie nicht selbst, Abdullah, und holen Siham bei mir ab? Wäre das nicht besser?«

Abdullah antwortete, das werde er auch tun, falls sein Freund es nicht übernehmen könne.

»Gut, ich schicke sie mit jemandem von meiner Seite los.

Ich gebe Ihnen seine Nummer, dann können Sie beide sich abstimmen«, sagte Bilal.

Drei Tage später stand Siham verabredungsgemäß am Markaba-Kreisel in Manbij. Der Mann, der sie gebracht hatte, saß in einem Internetcafé gegenüber. Er behielt Siham im Auge, und gleichzeitig schrieb er Abdullah, Siham stehe mit einer Packung Babywindeln als Erkennungszeichen am Kreisverkehr. Eine Stunde später schrieb er: »Ihr Freund ist noch nicht gekommen.«

Daraufhin schrieb Abdullah an Muhashish, um sich zu erkundigen, ob bei ihm alles in Ordnung war.

»Hahahahaha!«, schrieb dieser zurück.

»Was gibt es denn da zu lachen?«, fragte Abdullah.

»Ich sitze neben ihm im Café, während er dir schreibt. Ich habe ihn gegrüßt, er hat mich noch freundlicher zurückgegrüßt, und jetzt plaudere ich mit ihm über die Gaskrise.«

Sofort war Muhashish ein Mann aufgefallen, der Siham aus geringer Entfernung durch das Fenster des Cafés beobachtete. Außerdem hatte er zwei Personen bemerkt, die in ihrer Nähe herumlungerten. Diese schienen des Wartens an diesem heißen Nachmittag inzwischen überdrüssig zu sein. Nachdem sie eineinhalb Stunden auf ihrem Posten ausgeharrt hatten, gingen sie in einen nahe gelegenen Imbiss.

»Sag dem Haddschi, dass ich in einer halben Stunde da bin«, schrieb Muhashish an Abdullah.

Er bekam mit, wie der Daesh-Mann Abdullahs Nachricht las und gleich darauf die beiden Beobachter anrief. Durchs Fenster konnte er erkennen, wie einer von ihnen den Anruf entgegennahm, was ihm bestätigte, dass diese beiden den Auftrag hatten, ihn festzunehmen. »Schick dem Haddschi viele Fragen, damit er abgelenkt ist!«, schrieb er an Abdullah. »Seine Leute trinken Pepsi, und das arme Mädchen steht in der Sonne. Sie haben ihr nicht mal einen Schluck Wasser angeboten.«

Muhashish erhob sich und grüßte den Mann neben sich noch einmal zum Abschied. »Gott befohlen! Beten Sie für mich, dass ich heute Gas bekomme!«

»Gott schenke Ihnen Erfolg!«, antwortete der Mann.

Muhashish setzte sich auf sein Motorrad und fuhr ein wenig in der Gegend herum. Als er sah, dass die Beobachter wieder in den Imbiss gingen, düste er auf Siham zu und sagte: »Schnell, steig auf! Ich komme von deinem Onkel.«

Sie warf das Windelpaket weg und setzte sich hinter ihn. Er raste mit ihr in die erste Gasse. Die Beobachter vom Daesh jagten in ihrem Wagen hinter ihm her. Die Gasse war gerade breit genug für ein Auto. Die alten Häuser neigten sich von beiden Seiten zur Mitte, als würden sie im nächsten Moment über den Passanten zusammenstürzen. Muhashish bog in eine noch engere Gasse, durch die kein Auto mehr passte, und von dort in weitere, bis sie den geheimen Unterschlupf erreicht hatten.

Am nächsten Tag rief er Abdullah an, um ihm zu sagen, dass er mit Siham in der Ortschaft Tal Tamr im Gouvernement Hasaka angekommen war. Er berichtete, dass Siham kaum laufen könne und dringend zum Arzt müsse. Abdullah beschloss, sie selbst mit seinem Auto abzuholen und auf diese Weise Muhashish endlich auch einmal persönlich zu treffen. Die Fahrt zu dem Restaurant, in dem sie sich verabredet hatten, dauerte mit dem Auto vier Stunden, ihr Treffen dagegen nicht länger als zehn Minuten. Trotz aller Freude mussten sie es aus Sicherheitsgründen so kurz wie möglich halten. Die drei waren in einer Situation, die ihnen zumindest ein

Verhör durch die Behörden einhandeln konnte. Siham hatte keinen Ausweis, und Muhashish war immer wieder in den Daesh-Gebieten unterwegs. Auch für Abdullah wäre es momentan gefährlich, zur falschen Zeit am falschen Ort zu sein. Alle drei waren sie unschuldig, aber ihre Unschuld garantierte ihnen keine Unversehrtheit.

Abdullah hatte sich vorgestellt, auf einen riesigen, muskulösen Mann zu treffen. Doch zu seiner Überraschung war Muhashish recht klein und ausgesprochen dünn.

»Ich hatte gedacht, ich würde einen Riesen vor mir sehen«, sagte er.

»Ich bin wie Gold, klein, aber wertvoll«, entgegnete Muhashish.

»Deine Taten leuchten noch heller als Gold, Muhashish. Ich habe dir ein Geschenk mitgebracht.« Abdullah überreichte ihm eine Dose Honig, die mit schwarzem Klebeband verschnürt war.

»Das ist Gelée royale«, fügte er hinzu. »Du rettest unsere Königinnen, und dies ist ihr Geschenk für dich.«

Muhashish umarmte ihn und ging. Abdullah konnte Siham nicht in die Arme schließen. Er fürchtete, ihr weh zu tun, denn ihre Brüche waren noch nicht verheilt. Für den Grenzübertritt gab er ihr den Ausweis seiner Tochter. »Die Tochter deines Onkels wartet schon ungeduldig auf dich«, sagte er.

Während sie sich Sihams Geschichte angehört hatten, war die Zeit etwas schneller vergangen. Als Ghazal jedoch immer noch nicht erschien, standen sie auf, um nach Halliqi zurückzukehren. Ghazals Ankunft war ein weiteres Mal verschoben worden. Abdullah rieb sich die Stirn, als er den Schmuggler am Telefon fragte: »Wird sie denn morgen kommen?«

»So Gott will«, antwortete dieser. »Hoffen Sie das Beste!«

Am dritten Tag sah Helen nach zwei Stunden des Wartens Ghazal, Zedo und Joan über die Grenze kommen. Alle standen sie auf, um sie zu begrüßen. Als Layla zu ihrer Mutter rannte, kamen Helen die Tränen. Als sie jedoch fragte: »Wo ist Papa? Warum ist er nicht mitgekommen?«, fiel Ghazal weinend auf die Knie. Helen, Ramziya, Yahya und Yassir umringten sie. »Der Daesh hat sie alle getötet. Seit jenem Tag will ich schreien, aber mein Schrei kommt nicht richtig heraus.«

Wie immer setzte Ramziya sich auf den Boden und sang ihr trauriges Lied.

Helen umarmte Ghazal und fragte: »Erinnerst du dich noch an mich?«

Ghazal nickte und gab Helen noch einen Kuss.

Helen bemerkte, dass Abdullah etwas abseits stand und ihnen zusah, und sagte zu Ghazal: »Komm, ich stell dich meinem Cousin vor! Er ist derjenige, der deine Rückkehr nach Hause arrangiert hat.«

Ghazal hatte ihr Versprechen an Hadla nicht vergessen. Deshalb bat sie Abdullah, gleich nachdem sie ihn umarmt und ihm gedankt hatte, Hadla anzurufen und ihr Bescheid zu geben, dass sie heil angekommen war. Abdullah jedoch reagierte nicht. Ghazal wartete kurz und wiederholte dann ihre Bitte. Abdullah senkte den Kopf. Er wirkte erschöpft.

»Geht es dir nicht gut?«, fragte Ghazal. »Möchtest du einen Schluck Wasser?«

»Ich habe keinen Durst. Ich bin nur traurig, mehr als du dir vorstellen kannst«, erwiderte er.

»Was ist denn passiert?«

»Ich wollte dich nicht auch noch traurig machen, aber Hadla … Sie haben sie gefangen genommen und getötet.«

Ghazal hielt sich die Hand vor den Mund. »Meinetwegen?«, fragte sie.

»Nein, Hadla hat nach dir noch eine Frau gerettet, und sie haben es herausgefunden. Sie haben sie auf einem öffentlichen Platz vor allen Leuten hingerichtet. Über Lautsprecher haben sie ausgerufen, sie sei eine Spionin, die mit den Ungläubigen zusammenarbeite. Ihr Mann ist auch für unser Netzwerk tätig. In den Verhören behauptete sie jedoch, ihr Mann habe mit dem Schmuggel der Mädchen nichts zu tun, er wisse nicht einmal etwas davon. Sie nahm die ganze Verantwortung auf sich. Sie boten ihr an, sie laufenzulassen, wenn sie ihnen Informationen über das Netzwerk gäbe, in dem sie arbeitete. Aber sie sagte kein Wort. Sie starb allein und stumm.«

Hadla war vierzig Jahre alt gewesen, als sie mit dieser gefährlichen Arbeit begann. Anfänglich hatte sie sich damit das Geld für eine künstliche Befruchtung verdienen wollen. Sie hatte vorgehabt aufzuhören, sobald sie die nötige Summe zusammenhätte. Doch als ihr die Veränderung bewusst wurde, die sie mit der Rettung der Frauen in der Welt bewirkte, überlegte sie es sich anders. Zwei Stunden nach ihrer Hinrichtung hing ihr Foto an einer Hauswand am Rande des Platzes. Sie trug darauf ihre Schwesterntracht. Unter dem Bild stand in großen Buchstaben das Wort »Heldin«. Die Leute vom Daesh zerrissen es sofort. Am nächsten Morgen jedoch sahen sie an den Wänden der Stadt zwei weitere Fotos von Hadla, mit demselben Wort darunter. Als sie beide Fotos zerrissen hatte, tauchten noch Dutzende weitere auf. Die Daesh-Angehörigen erhielten den Auftrag, die Wände um den Platz im Auge zu behalten und den, der diese Fotos aufhängte, festzunehmen. So entbrannte ein geheimer Kampf zwischen Hadlas Leuten und denen vom Daesh. Nachts gab es Hände, die ihr Foto aufhängten, und tagsüber andere, die es zerrissen. Irgendwann verschwanden die Bilder wieder, aber ein Satz blieb auf der Mauer stehen, in großen, bunten Buchstaben: »Hadlas Schuhe sind so viel wert wie eure Köpfe.«

19. DREI PASSWÖRTER

Helen stand vor ihrem Zelt, als Bahar, die Überlebende aus dem Nachbarzelt, die Kinder anschrie: »Scheiße, verdammt noch mal!« Der Ball war in ihren großen Topf mit kochendem Wasser gefallen. Gleich darauf winkte sie Helen zu und rief: »Heute ist mein Glückstag! Der Ball ist in den Topf gefallen, bevor ich das Tomatenmark reingetan habe!«

Die Kinder des Camps spielten von morgens bis abends auf der unbefestigten Fläche vor den Zelten Fußball. Unmittelbar daneben gingen die Erwachsenen ihren Beschäftigungen nach: Sie kochten, wuschen, tranken Tee und tauschten Nachrichten über die aus der Gefangenschaft Zurückgekehrten aus – und über die noch nicht Zurückgekehrten. Wenn es ihnen zu schwer ums Herz wurde, kamen sie aus ihren Zelten, vor allem, wenn es sehr heiß und staubig war. Sie hatten das Glück, überlebt zu haben, aber ihre Rettung war kein Schlussstrich. In allen war die Erinnerung an die Vermissten und Ermordeten noch wach.

Linda war eine in Deutschland lebende Ezidin, die für eine der UNO angegliederte humanitäre Organisation arbeitete. An jenem Tag suchte sie Helen auf, um mit ihr über ihre Anliegen zu sprechen, wie sie es mit allen Überlebenden tat.

»Mein größtes Bedürfnis ist es, meinen Mann und meine Tochter wiederzubekommen«, sagte Helen. »Ich kann nicht mehr schlafen, weil ich immer an sie denken muss.«

»Wo sind die beiden denn?«, fragte Linda.

»Mein Mann wird vom Daesh gefangen gehalten, und meine Tochter ist im Haus meiner Nachbarin in Mosul. Sie hat mich noch nicht einmal kennengelernt.«

»Um ihretwillen musst du gut für dich selbst sorgen«, sagte Linda. »Denk an die Sicherheitsvorschriften im Flugzeug: Wenn eine Passagierin bemerkt, dass der Sauerstoff knapp wird, muss sie sich die Sauerstoffmaske zuerst selbst über Mund und Nase ziehen, erst danach darf sie anderen helfen.«

Helen sagte nichts, dachte sich aber, dass dies für Mütter eine ziemlich harte Vorschrift war.

»Hast du Albträume?«, fragte Linda.

»In meinen Träumen muss ich mich ständig verstecken«, erklärte Helen. »Und einmal hatte ich einen sonderbaren Traum: Ich war ein verheirateter Mann, obwohl ich doch eigentlich eine Frau bin, und sie haben meine Frau vor meinen Augen vergewaltigt. Ich schrie sie an, aber sie sahen und hörten mich nicht.«

Linda machte sich Notizen. Plötzlich bemerkte sie ein großes Loch im Dach von Helens Zelt und bot ihr an, ein Stück Stoff zu holen, damit sie es flicken konnte und bei Regen kein Wasser eindrang. Doch Helen lehnte ab. Der Regen mache ihr nichts, sagte sie. Sie wollte es lieber so lassen, denn durch dieses Loch sah sie nachts die Sterne, und das schenkte ihr in dieser Dunkelheit, die das Zelt umgab, ein Gefühl der Hoffnung. Sie brauchte stets sehr lange, um in den Schlaf zu finden. Wenn Layla neben ihr und die Jungen in ihrer Ecke längst weggedämmert waren, blickte sie in das glitzernde Stück Himmel hinauf und dachte über ihr künftiges Leben nach.

Wie die übrigen Bewohner des Camps verfolgte Helen täglich die Chatgruppe auf der Website »Angehörige der Entführten«, die sie sich selbst erstellt hatten. Die Gruppe hatte etwa neunhundert aktive Mitglieder, die dort Fotos und Informationen teilten, um zu mobilisieren, Initiativen anzustoßen und Spenden zu sammeln. Alles diente einem einzigen Ziel: so viele Entführte zu retten wie möglich. Ihre Inspirationsquelle war der vom Daesh gegründete »Marktplatz des Islamischen Staates« gewesen, wo die Entführten zum Verkauf angeboten wurden. Der Zugang zu diesem Marktplatz war zwar auf Mitglieder beschränkt, aber jedes Mitglied konnte einen Freund hinzufügen. So war auch Abdullah, nachdem ein falsches Mitglied ihn hinzugefügt hatte, mit einem Fake-Account auf die Seite gelangt. Von da an leitete er die Anzeigen des Marktplatzes an sein Netzwerk sowie an die »Angehörigen der Entführten« weiter.

Eines Tages sah er die Annonce eines Mannes, der eine Frau und einen Sprengstoffgürtel verkaufen wollte, und schrieb ihm: »Ich kaufe Ihnen den Gürtel ab.«

»Dann kommen Sie her, Scheich, damit wir uns über den Preis verständigen können«, schrieb der Mann zurück.

Er gab Abdullah seine Adresse, und der reichte sie an die Schmuggler weiter, damit sie das Haus beobachten und sich eine Möglichkeit für die Rettung der Gefangenen überlegen konnten. Unterdessen hielt Abdullah den Mann mit der Behauptung hin, dass er seinen Besuch wegen der Bomben habe verschieben müssen. Am Ende erklärte er ihm: »Möge Gott Sie belohnen! Wir haben inzwischen bei einem anderen Mudschahid einen Gürtel gekauft und ihn im Sinne Gottes verwendet.«

»Gott segne Sie!«, erwiderte der Mann.

Nachdem sie das Haus des Mannes zwei Wochen lang beobachtet hatten, konnte Abdullas Netzwerk die Gefangene, die er zum Verkauf angeboten hatte, befreien.

Jedes Mal, wenn Helen den speziellen Klingelton der Chatgruppe vernahm, öffnete sie sofort den Thread. Eines Tages fand sie dort eine private Nachricht von Abdullah: »Öffne mal schnell die Website! Da ist eine Frau in den Chat gekommen, die sagt, sie hat ein einjähriges Mädchen bei sich, dessen Eltern vermisst werden. Und sie hat deinen und Elias' Namen genannt!«

Helen fühlte, wir ihr Herz klopfte, als sie Shaimas Aufruf sah. Sofort wählte sie die darunterstehende Nummer – und hörte Shaimas aufgeregte Stimme: »Helen? Ist das zu glauben? Wo warst du denn die ganze Zeit?«

»Ich bin gerade erst dem Daesh entkommen.«

»Mein Gott!«

»Kann ich mit Mayada sprechen?«

»Mayada?«

»Meine Tochter, die du bei dir hast.«

»Ich wusste gar nicht, dass sie Mayada heißt!«

»Bist du zu Hause?«, fragte Helen.

»Nein, wir sind in die Türkei geflohen. Man hat uns, wie man so sagt, von Haus und Hof gejagt«, berichtete Shaima im Dialekt von Mosul, der Helen unwillkürlich an Elias erinnerte.

Da Helen stumm blieb, fügte Shaima hinzu: »Mach dir keine Sorgen, deiner Tochter geht es gut.«

»Ach, meine Liebe! Ich weiß gar nicht, wie ich dir danken soll!«

»Ich habe sie so lieb gewonnen und Mustafa auch. Sie ist seine Milchschwester, obwohl eure Religion verwandtschaftliche Beziehungen zu Muslimen verbietet.«

»Du bist meine Schwester, Shaima, auch wenn wir nicht gemeinsam gestillt wurden.«

»Natürlich.«

»Sag mir, Shaima, ist Hamid auch bei euch in der Türkei?«

»Nein, Hamid ist in Tal Afar. Er hat dort einen Job gefunden.«

»Ich weiß. Er arbeitet für den Daesh.«

»Was sagst du da?«

»Ich habe ihn mit ihnen zusammen gesehen. Er hat uns geholfen zu fliehen.«

»Eine gute Nachricht und eine schlechte! Aber sein Vater macht ihn fertig, wenn er das hört. Mein Gott, woher kommt nur all dieses Unglück?«

»Meine Söhne haben auch mit dem Daesh zusammengearbeitet, aber sie sind wieder zu sich gekommen. Ich hoffe, dass Hamid das auch tut!«

Helen schrieb sich Shaimas Adresse auf und gab sie an Abdullah weiter, damit Mayada aus der Türkei in den Irak geschmuggelt werden konnte.

Der Mann, der sie abholen sollte, war ursprünglich Lastwagenfahrer auf der Route Syrien-Türkei gewesen und wusste, wie man verbotene Güter über die Grenze bekam. Er war Mitglied im Netzwerk der »Fledermäuse«, das Abdullah inzwischen das »Netz der Bienen« nannte. »Aus den Fledermäusen sind Bienen geworden. Was für eine Karriere!«, hatte Muhashish gewitzelt.

Als der Fahrer bei Shaima ankam, wurde sie nervös. Wie sollte ein Fremder das Mädchen von der Frau trennen, die es als seine Mutter betrachtete? Aber der Mann hatte schon vorgesorgt und gab Mayada ein Schlafmittel. Als sie die Augen schloss, brachte er sie in den Laderaum des Lastwagens und legte sie dort in einen Karton mit lauter kleinen Löchern. Diesen wiederum stellte er in einen größeren, einen Meter langen und einen halben Meter breiten Karton, in dem normalerweise Eier verpackt waren. Anschließend platzierte er auf dem kleinen Karton und rundum an seinen Seiten mehrere Lagen Eier.

Shaima sah ihm voll Bewunderung zu. Auf seinen Fahrten sei ihm aufgefallen, erklärte er, dass die Grenzkontrolleure nicht jede einzelne Eierlage prüften. Möglicherweise war es ihnen zu langweilig, weil sie alle gleich aussahen. Verschiedenartige Dinge untersuchten sie mit größerem Interesse.

Und der Fahrer lag richtig, der türkische Grenzbeamte öffnete drei Lagen Eier, stellte sie wieder zurück und inspizierte dann den übrigen Lastwagen. Als er dabei nichts fand, winkte er den Fahrer weiter auf die Brücke über den Tigris. Auf kurdischer Seite, an der Zollstation Ibrahim Khalil in Zaxo, wartete man inzwischen schon auf Mayadas Ankunft. Die Kontrolleure umringten den Fahrer, und nachdem er ihnen den Karton ausgehändigt hatte, bedankten sie sich. Sie gaben ihn weiter an Abdullah, und der brachte ihn so, wie er war, mit dem Auto ins Camp von Dohuk. Es war, als schliefe Mayada in einem Nest, dachte er.

»Hier ist deine Tochter. Und Eier gibt es noch obendrauf«, sagte Abdullah, als er den Karton vor Helens Zelt abstellte.

Die Bewohner des Camps strömten herbei, um Helen zur Ankunft ihrer Tochter zu gratulieren. Es waren auch Journalisten darunter, die die Kleine fotografierten, als sie im Arm einer ihr unbekannten Frau die Augen aufschlug.

Zuerst weinte sie noch nicht, doch nachdem sie ein paar Minuten im Zelt war, fing sie an. Helen nahm sie auf den Schoß und küsste sie immer wieder auf den Kopf. Als das

Mädchen sich ein wenig beruhigt hatte, nahm Helen sich einen Zeichenblock und eine Packung Buntstifte, die Linda ihr besorgt hatte, als sie erfahren hatte, dass Helen gerne malte. Sie zeichnete ein Chukarhuhn, legte das Blatt und die Buntstifte vor Mayada auf den Boden und begann, den Flügel des Vogels auszumalen. Sie ließ sich absichtlich Zeit, damit die Kleine sich noch beteiligen konnte, wenn sie wollte.

Mayada nahm sich einen grünen Stift und kritzelte damit übers Papier. Ihre Farbwahl machte Helen ganz euphorisch. Es war, als wäre etwas Verdorrtes wieder ergrünt. Und der Vogel wurde plötzlich lebendig, im selben Moment flatterte er vor ihr auf. Die Tränen noch in den Augen, konzentrierte sich Mayada ganz aufs Malen.

Yassir riss ein Blatt von dem Block, bastelte daraus einen Papierflieger und ließ ihn über Mayada hinwegsegeln. Sie hob nur kurz den Kopf und malte dann weiter. Da legte er sich der Länge nach neben sie und sah ihr zu.

Linda hatte Helen gefragt, ob sie zum Zeichnen einen Tisch brauchte. Aber Helen hatte geantwortet, sei sie es gewohnt, alles auf dem Boden zu tun, so wie alle Leute ihrer Gemeinschaft. Sie weinten auf dem Boden. Sie sangen und musizierten auf dem Boden. Sie aßen auf dem Boden. Sie plauderten und tranken Tee auf dem Boden. Sie machten Liebe auf dem Boden. Sie warteten auf dem Boden. Sie waren glücklich auf dem Boden. Sie waren traurig auf dem Boden.

Am nächsten Tag gingen Yahya und Yassir mittags zum Fußballspielen auf die Freifläche hinter dem Zelt. Der Staub wirbelte unter den Füßen der jungen Spieler auf, wenn sie über das von der Sommerhitze verdorrte Gras trampelten. Yahya war Schiedsrichter und überwachte das Spiel. Von Helen hatte er gelernt, auf den Fingern zu pfeifen, wenn er einen Spieler auf sich aufmerksam machen oder ein Match beenden wollte.

Yassir verließ das Spiel und ging zurück ins Zelt, denn Yahya hatte ihn aufgrund von Regelverstößen nach zweimaliger Verwarnung vom Platz gestellt. Gerade war Linda bei Helen im Zelt. Yassir hörte sie mit seiner Mutter darüber sprechen, dass die Vereinten Nationen einer Überlebenden wie ihr samt ihrer Familie die Chance einräumten, auszureisen und in einem anderen Land Asyl zu beantragen. Sie habe nie daran gedacht, den Irak zu verlassen, erklärte Helen. Sie wolle noch im Camp bleiben, um die Nachrichten von den Vermissten zu verfolgen. Später, wenn die Stadt vollständig vom Daesh befreit sei, hoffe sie nach Halliqi oder Mosul zurückkehren zu können. Nachdem Linda das Zelt verlassen hatte, versuchte Helen, den Reißverschluss zu reparieren, der über die gesamte Höhe des Zelts lief und als Tür diente.

»Mama«, fragte Yassir, »warum reisen wir nicht fort? Wir wollen doch nicht ewig hier im Camp bleiben.«

»Wir können ja nach Halliqi gehen«, sagte Helen.

»Aber da gibt es weder Telefon noch Fernsehen. Das Dorf gefällt mir nur zum Besuch.«

»Wenn dein Vater wieder da ist, kehren wir nach Mosul zurück.«

»Papa kommt nicht wieder.«

»Warum sagst du das?«

»Weil die Toten nicht wiederkommen, Mama.«

Helen ließ den Reißverschluss los und starrte Yassir an. In seinen Augen standen Resignation und Angst.

»Ich habe gesehen, wie sie Papa mit dem Schwert getötet haben«, sagte er.

»Wo?«

»In einem Video, das ich mir mit Yahya angeschaut habe.«

Yassir erzählte ihr, wie Yahya und er Elias auf Youtube gesehen hatten. Sie hatten am Bildschirm mitverfolgt, wie Daesh-Angehörige Elias enthaupteten und wie das Blut aus seinem Hals spritzte. Der Trainer, der ihnen diese Szene ungerührt vorführte, sagte dazu: »Diese Männer sind Verräter und Ungläubige. Man muss sie auf diese Weise mit dem Schwert bekämpfen.« Als er sah, dass die beiden Jungen weinten, schimpfte er sie aus. »Mit Schwächlingen können wir unseren Staat nicht errichten. Ihr seid Männer, es ist eine Schande für euch, zu weinen!«

»Und was, wenn der Mann, den sie da enthauptet haben, mein Vater wäre?«, fragte Yahya.

»Wenn dein Vater ein Ungläubiger ist, musst du ihn als Erster bekämpfen«, erwiderte der Trainer. »Wenn dein Bruder da neben dir den falschen Weg eingeschlagen hat, ist er nicht mehr dein Bruder. Der Staat ist deine Familie, ihm zuerst und vor allem haben deine Loyalität und dein Opfer zu gelten!«

Als der Trainer fertig war, hatte der Bruch mit der Organisation in ihren Köpfen bereits Form angenommen, so endgültig wie ein Punkt am Ende eines Satzes. Sie waren zu erschöpft, um das Training an diesem Tag wiederaufzunehmen. Yassir krümmte sich, er hatte das Gefühl, sich erbrechen zu müssen, aber es kam nichts. Der Trainer dachte, er hätte sich ein Virus eingefangen. Tatsächlich sollte sich das Video in ihren Köpfen einnisten wie ein chronischer Infekt, gleichzeitig jedoch wirkte es als Antibiotikum, das die beiden Jungen dem Tod entriss, wenn auch um den Preis nie endender Schmerzen, Elias' Schmerzen, die auf sie übergegangen waren.

Nun saß Yassir in einer Ecke des Zeltes, heimgesucht von

seiner Erinnerung und in Tränen aufgelöst. Helen ließ das Garnknäuel fallen. Sie ließ sich zu Boden sinken und schlug auf den Teppich und ihre Füße ein. Die Tränen schossen ihr aus den Augen, als wäre ein großer Eisblock auf einen Schlag geschmolzen, und das Wasser stürzte in Kaskaden den Berg hinab. Ihr Schluchzen weckte Mayada aus ihrem Mittagsschlaf, und als sie ihre Mutter in diesem Zustand sah, begann sie gleichfalls zu weinen. Yassir nahm seine Schwester an der Hand und ging mit ihr aus dem Zelt.

Helen blieb bis zum nächsten Tag im Zelt. Völlig entkräftet saß sie in einer Ecke, die Hand über die Stirn gelegt. Sie schloss die Augen und ließ sie so, bis sie Elias erblickte. Zuerst war sein Bild noch verschwommen, doch dann wurden seine Züge immer klarer. Er trug die Sportkleidung, die sie ihm kurz vor seinem Verschwinden gekauft hatte, und lächelte sie an. Zwei Grübchen bildeten sich in seinen Wangen. Während sie noch darauf wartete, dass er etwas sagte, sah sie plötzlich hinter ihm einen Schatten näher kommen. Sie erschrak, denn der Schatten hatte ein Schwert in der Hand, das er in die Höhe reckte, um Elias zu töten. Sie schrie ihn an, das solle er nicht tun, schrie lauter: »Nein, nein!«

Linda hörte sie schreien. Sie war schon seit einer halben Stunde bei ihr im Zelt, aber Helen war in Gedanken weit weg. Sie hatte an diesem Tag kein Verlangen danach, Lindas Fragen zu beantworten, wollte weder sprechen noch irgendetwas tun.

Linda rief: »Helen, Helen!«, aber Helen reagierte nicht. Sie war in einer anderen Welt. Als Linda ihr schließlich die Schulter tätschelte, sah Helen sie an, als sei sie gerade aus einem Albtraum erwacht.

»Ich habe eine Geschichte für dich«, sagte Linda und nahm Helens Hand. »Ich erzähle sie dir gerade noch, dann gehe ich wieder. Damit deine Wunde heilen kann, musst du durch drei Dörfer gehen. Jedes Dorf hat einen Zugang, und zu jedem Zugang gibt es einen Schlüssel. Der Schlüssel ist ein Passwort, mit dem du hineingelangst. Ich werde dir die drei Passwörter nennen. Durch das erste Dorf zu gehen ist nicht schwer. Sein Passwort lautet: Realisieren. Um heil durch das erste Dorf zu kommen, musst du realisieren, was geschehen ist, und daran glauben, dass es tatsächlich passiert ist. Du musst verstehen, dass das Unrecht und die Gewalt, die dir angetan wurden, nur ein Teil deines Lebens sind, nicht dein ganzes Leben. Das zweite Dorf liegt weiter entfernt und erfordert größere Mühe. Sein Passwort lautet: Erinnern. Du wirst vielleicht sagen, dass Erinnern schmerzhaft ist. Ich weiß. Aber Vergessen ist ebenfalls schmerzhaft. Dich zu erinnern und deine Verlorenen zu betrauern trägt mit zu deiner Heilung bei. Wenn du dich erinnerst und über das, was dir passiert ist, sprichst, hilft dir das dabei, durch das zweite Dorf zu gehen. Vielleicht sagst du, über die Katastrophe zu sprechen reißt die Wunde wieder auf und macht die Dinge nur noch schlimmer, aber das Gegenteil ist der Fall. In der Vergangenheitsform darüber zu reden bereitet dich darauf vor, in Richtung Zukunft zu gehen. Das dritte Dorf allerdings ist sehr schwer zu erreichen. Es liegt auf dem Gipfel des Berges, und wir müssen uns sehr verausgaben, um dorthin zu gelangen. Am Ende jedoch finden wir Ruhe, ja, wir überleben. Das Passwort dieses Dorfes heißt: Kontaktaufnahme. Du musst den Kontakt zu den Menschen wiederaufnehmen, vor allem zu den Personen, denen du vertraust. Ohne den Kontakt zum normalen Leben wiederaufzunehmen, kommst du nicht durch das dritte Dorf. Was dir und deiner Familie zugestoßen ist, lässt sich nicht vollständig tilgen, aber ihr könnt etwas finden, das euch für die Zukunft weiterhilft. Wie viel Zeit du in jedem dieser Dörfer der Heilung verbringst, hängt von dir ab. Ich würde lügen, wenn ich dir sagen würde, dass sich all dies leicht in die Tat umsetzen ließe. Aber es ist möglich. Alles ist möglich, glaub mir!«

In den drei Monaten nach der schrecklichen Nachricht ging Helen mehr als zehnmal nach Halliqi hinauf und wieder hinunter. Aber weder der Aufstieg noch der Abstieg oder der Weg über die Ebene, weder Wachen noch Schlafen noch sonst irgendetwas konnte sie von ihrem Schmerz über den Verlust ihres Mannes ablenken. Sogar das Vogelgezwitscher machte sie traurig. Überall war Elias präsent. Wie ein Garnfaden durch eine Stickerei zog die Farbe seiner Abwesenheit sich durch ihr Leben.

Nach einem Jahr Aufenthalt im Camp hatte Helen neue Überlebende in Empfang genommen und andere, die in ihre befreiten Dörfer zurückkehrten, verabschiedet. Manche verließen auch das Land. Bahar erhielt zusammen mit ihrem Sohn und ihrer Schwester Asyl in Deutschland. Der Daesh hatte ihren Mann, ihren Vater und drei ihrer Brüder getötet. Am Tag ihrer Abreise im Oktober 2016 besuchte Helen sie ein letztes Mal.

»Hast du das Formular für den Asylantrag ausgefüllt?«, fragte Bahar.

»Nein, noch nicht«, sagte Helen.

»Diese Chance besteht vielleicht nicht für immer, Helen. Wer weiß denn, was morgen noch passiert? Hätten wir uns früher vorstellen können, dass uns all dies zustoßen würde? Wie können wir garantieren, dass es nicht wieder geschieht?«

»Yahya und Yassir drängen mich beide, das Formular einzureichen.«

»Gut so. Sie und deine Tochter haben im Ausland eine bessere Zukunft.«

»Du meinst also, ich sollte es ausfüllen?«, fragte Helen.

»Selbstverständlich!«, sagte Bahar. »Was hast du denn zu verlieren? Wenn du es dir anders überlegst, kannst du deinen Antrag ja immer noch zurückziehen.«

Bei Lindas nächstem Besuch bat Helen sie, ihr beim Einreichen des Asylantrags zu helfen. Zehn Monate später, am 7. August 2017, kam Linda ins Zelt und teilte Helen mit, dass die Vereinten Nationen ihren Antrag angenommen hatten. Sie und ihre Familie erhielten Asyl in Kanada. Sie mussten dafür nichts weiter tun, als in den nächsten sechs Monaten ein paar medizinische Untersuchungen durchführen zu lassen.

Nachdem sie diese wunderbare Nachricht weitergegeben hatte, bemerkte Linda, dass Mayada einen Teller mit einem bunten Fischmotiv und einen Löffel in den Händen hielt und Yassir ein Tablett und eine Schöpfkelle.

»Diese Nacht gibt es eine Mondfinsternis«, sagte Helen. »Möchtest du mitkommen?«

»Wohin denn?«

»Dächer, auf die man steigen könnte, haben wir hier ja nicht, deshalb versammeln wir uns auf der Freifläche«, erwiderte Helen und zeigte mit der Hand auf die Rückseite des Zeltes.

»Und was macht ihr da?«

»Wir schlagen auf die Teller und Tabletts und rufen dazu: ›Du böser Wal, gib unsern Mond wieder her! Wir wollen unsern Mond zurück, wir lieben ihn so sehr!‹«

»Und dann?«

»Nichts. Wir hoffen nur, dass wir damit das Böse aus unserem Land treiben.«

»Das ist gut. Ich habe allerdings ein Meeting mit den Kollegen im Büro, und ich fürchte, ich käme dann zu spät«, sagte Linda und schickte sich an, zu gehen.

Helen dankte ihr und umarmte sie ein letztes Mal.

Die Sonne ging noch nicht unter, und der Mond zog noch seine Bahn, aber ein paar Bewohner des Camps hatten sich bereits unter freiem Himmel versammelt. Mayada stellte sich zu der Menge und schlug mit ihrem Löffelchen auf den Teller ein, wie sie es bei den anderen beobachtete. Ihr leises Geklapper würde den Wal bestimmt nicht erschrecken, aber das Ritual machte ihr solchen Spaß, dass sie am nächsten Morgen im Zelt, kaum dass sie die Augen aufgeschlagen hatte, zu ihrem Löffel rannte und damit auf dem Teller herumhämmerte.

»Jetzt ist gut, mein Schatz«, sagte Helen. »Der Wal hat sich erschrocken und ist weggeschwommen.« Und sie brachte Mayada wieder ins Bett.

20. DER SCHMERZENSTANZ

Es regnete in Strömen. Die Scheinwerfer der Autos, deren Scheibenwischer sich hektisch hin- und herbewegten, tauchten die Straßen der Stadt in helles Licht. Helen hastete vorwärts, um nicht nass zu werden. Die Frau hinter ihr ging noch schneller, war bald auf gleicher Höhe mit ihr und hielt ihren Schirm über sie beide, nahm sie auf in ihre kleine sichere Welt darunter. Helen durchströmte ein Gefühl der Dankbarkeit gegenüber dieser mitfühlenden Fremden. Sie schenkten einander ein Lächeln, das Helen für immer im Gedächtnis bleiben sollte, nicht nur, weil diese kleine Geste ihr viel bedeutete und sie rührte, sondern auch, weil die Frau eine entfernte Ähnlichkeit mit jemandem hatte, den sie kannte, auch wenn sie im Moment nicht wusste, wer es war. Den ganzen Tag, während sie in der Cafeteria arbeitete, ging sie ihr nicht aus dem Kopf. Nachdem sie ungefähr zwanzig Hamburger hergestellt hatte, grub Helen in ihrem Gedächtnis noch immer nach dieser Frau, ging die Gesichter ihrer Freunde und Verwandten aus Halliqi und Mosul durch, aber es half nichts. Ihr Anblick erfüllte sie mit einem Gemisch aus Freude, Trauer und Sehnsucht. Von Azad, der sie regelmäßig anrief, ließ sie sich über alle auf dem Laufenden halten. Er hatte in Halliqi ein Radiogeschäft eröffnet. Und manchmal, wenn er nach Dohuk aufbrach, um neue Geräte zu besorgen, begleiteten ihn Shammo und Ramzija, um mit ihr zu sprechen, denn dort gab es Internet. Sie hatte gehört, dass Abdullah in das zerstörte Sinjar zurückgekehrt war, wo er sein Haus in Trümmern vorgefunden hatte, aber er hatte beschlossen, es wieder aufzubauen. Qatto und seine Tochter Ahlam hatten in Australien Asyl erhalten. Qattos Mutter war nicht mehr mitgegangen, sie war an einem Herzinfarkt verstorben. Helen telefonierte hin und wieder mit Ahlam, um zu hören, ob es ihr gutging und um in ihrer Stimme nach einer Spur von Amina zu suchen. Mit Shaima dagegen hatte sie nicht versucht Kontakt aufzunehmen, obwohl sie bei Mayadas Anblick immer an die Frau denken musste, die sich um sie gekümmert hatte wie um ihr eigenes Kind.

Helen war nun etwa ein Jahr in ihrem neuen Land, und sie hatte begonnen, sich mit den Örtlichkeiten und sogar mit den Festen und Feiertagen bekannt zu machen. Im Winter zog sie einen dicken Mantel und spezielle Schuhe an, mit denen sie im Schnee nicht so leicht ausrutschte. Die Kanadier, die sie mit ihren beiden Söhnen und ihrer Tochter am Flughafen empfangen hatten, hatten ihr dazu geraten. Dass sie sie so vor dem Schnee und der Kälte warnten, wunderte sie. Gern hätte sie ihnen erklärt, dass der Schnee für jemanden wie sie, dem das Leben so extrem hart mitgespielt hatte, weich und friedlich war. Für Yassir war dichter Schneefall etwas Gutes, weil dann die Schulen geschlossen waren. Auch Mayada baute gern einen Schneemann vor ihrer Wohnung, und wenn sie ihm als Nase eine Karotte ins Gesicht steckte, lachte sie. Und für Yahya bedeutete Schnee Geld, denn er hatte sich einen Schneepflug gekauft, mit dem er für einen bestimmten Betrag vor mehreren Häusern in ihrer Nachbarschaft den Schnee räumte. Doch Elias' Abwesenheit war ihnen stets gegenwärtig. Sein Andenken war kein Schnee, der schmelzen konnte. Er war so schmerzhaft präsent in dem Augenblick, in dem

Mayada sich eines Tages an ihre Mutter wandte und fragte: »Wo ist mein Papa?«, nachdem sie gerade den Animationsfilm »Findet Nemo« gesehen hatte, in dem der Fisch nach seinem Vater sucht.

Zum zweiten Mal traf Mayada ihre Mutter mit dieser Frage ins Herz, als sie eines Mittags traurig aus der Schule kam. Als Geschenk zum Vatertag hatten die Kinder ihre Väter, umrahmt von Herzchen und Ballons, auf dickes Bastelpapier gemalt. Mayada jedoch wusste nicht, wie sie ihren Vater malen sollte, und hatte deshalb nur Herzchen und Ballons gezeichnet. Vor ihrer Tochter beherrschte sich Helen und ließ sie nicht sehen, wie sehr es ihr das Herz zerriss. Sie zeichnete Elias in aller Ruhe auf ein Blatt Papier, gab es Mayada und sagte dazu: »Das ist dein Papa. Du siehst ihm ähnlich.«

Mayada nahm das Blatt in beide Hände und betrachtete die Züge ihres Vaters eingehend. »Ist er noch im Himmel?«, fragte sie.

»Ja, mein Schatz. Aber seine Seele ist auch hier bei uns.«

»Woher weißt du das?«

»Ich sehe ihn in meinen Träumen.«

»Redet er da mit dir? Was sagt er dann?«

»Er hat gesagt, er freut sich sehr, dass du so eine gute Schülerin bist.«

»Aber ich will ihm selbst zeigen, wie schön ich meine Hausaufgaben gemacht habe«, sagte Mayada.

»Wenn er dich im Traum besucht, sieht er, was du gemacht hast.«

»Du gehst aber nicht in den Himmel, oder, Mama?«

»Nein, jetzt noch nicht«, sagte Helen und nahm die Kleine auf den Schoß.

Jeden Morgen, wenn Mayada in die Schule ging, machte Helen sich auf den Weg zum Lehrinstitut für Englisch als Zweitsprache. Sie mochte diesen Unterricht. Hier traf sie andere Geflüchtete, die ihre Länder wie sie mit leeren Händen, aber voller Erinnerungen verlassen hatten. Neben ihr saß meist Mario. Seit die Lehrerin sie einmal aufgefordert hatte, sich in Zweiergruppen Sätze vorzulesen und zu raten, was sie bedeuteten, waren sie enge Freunde geworden. Helen hatte an diesem Tag ihr Buch vergessen, und Mario legte seines in die Mitte, damit sie ebenfalls hineinschauen konnte. Als sie einen Satz mit dem Ausdruck »ich habe« schreiben sollten, war er offenbar regelrecht fasziniert von ihrem Satz, denn er sah sie bewundernd an. Sie lächelte. »Ich habe einen Stern im Himmel«, hatte sie geschrieben und dabei das englische Wort, das sie nicht kannte, durch einen gezeichneten Stern ersetzt. Mario kannte es auch nicht, aber er sah auf seinem Handy nach und zeigte es ihr, damit sie es sich aufschreiben konnte.

Anfangs wusste sie nicht mehr von ihm als seinen Namen und dass er aus Guatemala kam. Irgendwann jedoch erzählte Mario ihr in der Pause, dass er früher am Lago de Atitlán, in einer schönen, auf den Höhen West-Guatemalas gelegenen Urlaubsregion voller Berge und Wildblumen ein Keramikgeschäft betrieben hatte. Von seinem Dorf aus fuhr er mit seinem Boot über den See und ging dann zu Fuß weiter zu seinem Laden. Manchmal nahm er auch ein kleines Tuk-Tuk. Der Laden war zwar klein, aber trotzdem profitabel. Er war bekannt für seine einzigartigen Keramikstücke, an denen noch Bruchstellen zu erkennen waren. Doch eines Tages kam ein Mann in das Geschäft. Er sah sich zunächst argwöhnisch um, und erst als alle Kunden hinausgegangen waren, kam er auf ihn zu und sagte: »Es wird Zeit, für deinen Schutz zu bezahlen!« Als Mario ablehnte, sagte der Mann barsch: »Dann hast du ein Problem«, und ging.

Zwei Tage nach dieser Drohung wurde Marios Frau Ivanna von einem Auto überfahren. Der Unfallverursacher beging Fahrerflucht und ließ ihren Leichnam einfach auf der Straße liegen. Auf diesen Schock hin blieb Mario mit seinem zweijährigen Sohn Luis drei Wochen lang zu Hause. Er wollte nicht mehr zur Arbeit, er war völlig konfus und wusste nicht mehr, was er tun sollte. Die Worte des Mannes gingen ihm nicht mehr aus dem Kopf. Überwältigt von Gewissensbissen bereute er, die von dem Mann geforderte Summe nicht gezahlt zu haben.

Seit diesem schrecklichen Tag hatte Mario große Angst um seinen Sohn. Er konnte nicht mehr weiterleben wie zuvor. In aller Eile verkaufte er seinen Laden. Mit dem Erlös bezahlte er einen Schmuggler, der ihm und seinem Luis half, in die USA zu gelangen. Aber seine Furcht vor der Verbrecherbande qualifizierte ihn nicht für eine Asylbewilligung. Deshalb reiste er mit Hilfe einer humanitären Organisation über den Landweg weiter nach Kanada.

In der ersten Unterrichtsstunde sollten sie sich vorstellen. Als Helen an der Reihe war, fragte die Lehrerin: »Du hast ja einen westlichen Namen! Woher kommst du denn?«

»Ich komme aus dem Irak«, erwiderte Helen. »Das zweite E sprechen wir lang. Mein Name bedeutete auf Kurdisch Vogelnest.«

»Dann sprichst du also Kurdisch?«, fragte die Lehrerin.

»Und Arabisch.«

»Das ist ja wunderbar!«

Dass sie auch die Sprache der Pfiffe beherrschte, erwähnte Helen nicht.

Immer wenn die Lehrerin die Schüler zu Gruppenarbeit aufforderte, bildeten Helen und Mario ein Zweierteam. Gemeinsam lernten sie neue Wörter und außerdem immer mehr übereinander. Sie erzählten sich von lustigen Situationen, die sie als Migranten erlebt hatten. Zum Beispiel hatte sich Helen an ihrem ersten Arbeitstag in der Cafeteria sehr gewundert, als sie den Ausdruck »Hot Dog« hörte. Sie hatte tatsächlich gedacht, die Kanadier äßen Hunde!

Mario lachte und erzählte, auch er sei schon in eine solche Falle getappt, weil er zwei ähnlich klingende Wörter verwechselt hatte. Als er einmal eine Kleinigkeit hatte essen wollen, hatte er nämlich seinen Chef statt nach einem Snack nach »snake« gefragt, so dass dieser dachte, es gelüste ihn nach einer Schlange.

Jeden Tag lernte Helen, neue Wörter zu nützlichen Sätzen zu verbinden. In ihrem Herzen allerdings gab es Dinge, die mit Worten nicht auszudrücken waren. So verweilte sie lange in Lindas zweitem Dorf und war sich nicht sicher, ob sie es je bis ins dritte schaffen würde. Als stünde sie an der Grenze zwischen beiden Dörfern und käme nicht durch den Checkpoint. Gern hätte sie Linda noch einmal getroffen und sie gefragt: »Stimmt es wirklich, dass alles möglich ist?« Als Linda ihr geraten hatte, Kontakt aufzunehmen, damit das Leben im dritten Dorf erträglich würde, hatte sie bestimmt die Kontaktaufnahme zu den Lebenden gemeint und nicht zu den Toten. Dass sie zu Elias keinen Kontakt aufnehmen konnte, ging jedoch über ihre Kräfte. Und zu Amina würde sie ebenfalls keinen Kontakt mehr haben. Wie sollte sie es ertragen, ohne ihre Liebsten auskommen zu müssen, wo doch ihre Empfindungen so fest und tief waren wie die Wurzeln eines Baums? Wo sollte sie hin mit ihrem Kummer, der ja kein Zweig war, dass man ihn einfach hätte abhauen können? Was hatte es zu bedeuten, dass nun, nachdem sie sich doch befreit hatte und niemandes Sklavin mehr war, ihre Erinnerungen sie zu versklaven suchten?

Am 8. Juli 2019 blieb Helen zum ersten Mal dem Englischkurs fern. Nachdem sie bis vier Uhr morgens wach gelegen hatte, hatte sie verschlafen und wollte lieber zu Hause bleiben, als verspätet zum Unterricht zu erscheinen. Erst am Abend, als es Zeit wurde, zur Arbeit zu gehen, verließ sie die Wohnung. Als sie in der Cafeteria gerade die Box mit den Plastiklöffeln auffüllte, sah sie plötzlich Mario. Er saß an einem Tisch am Fenster. Sie dachte, er sei zufällig hier, aber als sie zu ihm ging und ihn begrüßte, erklärte er, er sei hergekommen, um sich mal ihren Arbeitsplatz anzusehen. »In fünfundzwanzig Minuten bin ich fertig«, sagte sie.

»Ich warte hier auf dich«, erwiderte Mario.

Sie erledigte ihre Arbeit und ging dann an seinen Tisch. »Möchtest du etwas trinken?«, fragte sie.

»Was hältst du davon, wenn wir zur Abwechslung mal woandershin gehen?«, fragte er.

Sie war einverstanden, und so setzten sie sich in eine andere Cafeteria.

»Warum warst du heute nicht da?«, fragte Mario.

Sie unterhielten sich wie zwei alte Freunde, die sich nach langen Jahren zum ersten Mal wiedersehen. Manchmal verständigten sie sich mit Zeichen, weil ihnen für vieles, was sie ausdrücken wollten, die englischen Worte fehlten. Sie bekam mit, dass er mit fünf Jahren bei einem Massaker seine Mutter verloren hatte. Er hatte damals nicht verstanden, dass sie einfach so hatte verschwinden können, und nur noch geweint und seinen Vater nach ihr gefragt. Dieser erklärte ihm daraufhin, seine Mutter werde zu ihm zurückkehren, wenn es ihm gelänge, kaputte Gefäße wieder heil zu machen. Sein Vater arbeitete nämlich in einem Reparaturladen für Keramik. Von jenem Tag an nahm er Mario mit ins Geschäft, damit er ihm dabei half, die zerbrochenen Gefäße zu kleben. Mario war mit Begeisterung bei der Sache und wartete auf die Rückkehr seiner Mutter.

Er zeichnete die zersprungenen Gefäße auf die Papiertischdecke, anschließend Papierdrachen über einem Sarg. Helen versuchte zu verstehen, was er meinte. »Hast du Drachen fliegen lassen, als deine Mutter gestorben ist?«, fragte sie. Er schüttelte den Kopf. Sie dachte, er meine vielleicht, dass bei dem Massaker auch viele Kinder ums Leben gekommen seien. Doch schließlich entnahm sie seinen Worten und Zeichen, dass man in Guatemala bei einer Beerdigung als feierliches Ritual für die Seelen der Verstorbenen Drachen steigen ließ.

Helen zeichnete ein zerbrochenes Herz. Sie wollte damit ausdrücken, wie leid ihr der Verlust seiner Mutter tat und dass sie ebenfalls geliebte Menschen verloren habe, die nicht einmal Gräber hatten, wo man sie besuchen konnte. Neben das Herz zeichnete sie eine Flöte. »Du spielst Flöte?«, fragte er. Sie begnügte sich mit einem Ja. Doch eigentlich hatte sie sagen wollen, dass ihre Leute weder ihre Toten begraben noch für ihre Seelen die traurige Musik gespielt hatten, die normalerweise von dem Moment, in dem der Sarg angehoben wurde, bis zum Ende des Begräbnisses erklang.

»Diese Zeichnung ist sehr gut. Bist du Malerin?«, fragte Mario.

»Seit meiner Kindheit habe ich immer gern gemalt.«

»Bist du schon auf die Idee gekommen, deine Bilder auszustellen?«

»Nein.«

»Warum nicht? Denk mal darüber nach, ich helfe dir auch dabei, sie zu rahmen!«

»Danke! Und was ist mit deinen Keramiken? Warum stellst du die nicht ebenfalls aus?«

»Wir könnten doch eine gemeinsame Ausstellung machen!«, rief er begeistert. »Bilder und dazu Keramiken mit Sprung. Was meinst du?«

»Eine schöne Idee!«

»Lass uns das machen!«

Mario brachte sie zu Fuß zu ihrer Wohnung, die ganz in der Nähe ihres Arbeitsplatzes lag.

»Mir gefällt, dass wir uns keine Gedanken darüber machen müssen, was wir tun, wenn wir uns treffen. Ich genieße es schon, nur mit dir zu sprechen und spazieren zu gehen«, sagte Mario.

»Übermorgen hat meine Tochter Geburtstag«, sagte Helen. »Du und Luis seid eingeladen.«

»Klar, da kommen wir!«

»Das ist das erste Mal, dass wir eine Geburtstagsparty für sie veranstalten.«

»Wie alt wird sie denn?«

»Fünf.«

Sie einigten sich darauf, dass Mario schon eine Stunde vor der Feier in ihre Wohnung kommen sollte, damit sie noch zusammen ihre Hausaufgaben machen konnten. Sie sollten einen kleinen Text über ihre Heimat verfassen und dabei Formen, Farben und geographische Besonderheiten beschreiben.

Yahya und Yassir gingen mit Mayada zu McDonald's, damit sie sich vor der Feier zu Hause im Spielraum des Restaurants schon ein bisschen austoben konnte. Sie trafen sich dort mit Yahyas Freundin Ashley. Yahya hatte sie bei einem Fußballmatch in Yassirs Sekundarschule kennengelernt. Yassir spielte in der Schulmannschaft, und Yahya war gekommen, um zuzuschauen. Auch Ashley saß auf der Tribüne, und ihm fiel auf, wie sehr sie sich für das Spiel begeisterte. Noch nie hatte er ein Mädchen so mitfiebern sehen. Vor dem nächsten Spiel stellte er fest, dass er sich bereits nach diesem Mädchen umsah, das bequeme Sportkleidung trug und das Haar mit einem weißen Band aus dem Gesicht hielt. Er setzte sich auf den leeren Platz neben sie, nahm seinen ganzen Mut zusammen und sprach sie mit seinem ausländischen Akzent an. Er wusste nicht, ob er wirklich zusammenhängend sprach und seine Worte einen Sinn ergaben, doch er war sonderbar verwirrt und glücklich. Nachdem sie sich gemeinsam mehrere Spiele angesehen hatten, willigte Ashley ein, mit ihm auszugehen. Yahya ließ sich die Haare schneiden und verwendete Rasierwasser. Bevor er sich dann zu seiner Verabredung aufmachte, fragte er Helen noch, wie er aussah. »Nicht zu glauben, dass er mal für den Daesh kämpfen wollte!«, dachte sie lächelnd.

Als Mario mit seinem Sohn an der Hand eintraf, lobte er zunächst Helens Wohnung und blickte dabei auf den großen Ballon mit der Aufschrift »Happy Birthday!«, der an einem Stuhl festgebunden war. Luis hielt ein Geschenk in der Hand und überreichte es Helen. »Oh, danke!«, sagte sie und lächelte ihn an. »Mayada wird sich freuen! Du musst ungefähr so alt sein wie sie. Gehst du in den Kindergarten?«

»Ja«, antwortete Luis, der mit seinem runden Gesichtchen und dem ausgefallenen Schneidezahn aussah, als wäre er ein liebenswerter Junge.

Sie fragte die beiden, was sie trinken wollten. Mario sagte Kaffee, Luis schüttelte nur den Kopf, er wollte nichts haben. Als Helen mit zwei Tassen Kaffee wieder aus der Küche kam, schrieb Mario zusammen mit Luis auf seinem iPad. Helen warf einen verstohlenen Blick auf seinen Text und sagt: »Offenbar habt ihr die Hausaufgaben schon fast fertig.«

»Ohne den Google-Übersetzer bekäme ich überhaupt nichts hin«, sagte Mario. »Ich mache sehr viele Fehler und vergesse dauernd, dass die Adjektive im Englischen vor den Substantiven kommen. Im Spanischen ist es genau umgekehrt.«

»Im Arabischen und Kurdischen kommt das Adjektiv auch nach dem Substantiv. Aber ich mache die meisten Fehler bei den Verben. Ich verwende die Zeiten nicht richtig«, sagte Helen und setzte sich ebenfalls an ihre Hausaufgaben.

Als sie fertig war, legte sie den Stift aufs Papier. Mario trank noch einen Schluck Kaffee und sagte dann: »Soll ich dir vorlesen, was ich geschrieben habe?«

Helen nickte, und so begann er zu lesen: »In Guatemala-Stadt schließen die Schulen nicht wegen des Schnees, sondern wegen der Vulkane. Es gibt dort Vulkane, Berge, Tempel und Märkte, die unter freiem Himmel abgehalten werden. Man sagt, der Name Guatemala ist von einem Wort der alten Maya-Kultur abgeleitet. Es bedeutet ›Berg, der Wasser speit‹. Im Gebirge gibt es einen schönen Vogel namens Quetzal. Er hat grün-weiß-rote Federn. Dieser Vogel ist zu einem Freiheitssymbol geworden, denn man hat herausgefunden, dass er vor Trauer stirbt, wenn man ihn in einen Käfig sperrt.«

Helen lächelte. »Das erinnert mich an mein Dorf, Mario. Guatemala muss sehr schön sein.«

»Ja, sogar die Ruinen sind schön«, sagte Mario. »Aber die negativen Dinge habe ich ja auch nicht erwähnt.«

»Wie zum Beispiel?«

»Armut und Drogen. Aber egal, sag mir jetzt etwas über deine Heimat!«

»Mein Land ist auch schön, wenn dort kein Krieg herrscht.«

»Lies mir deinen Text vor!«

Helen begann zu lesen. »In einem Dorf, das man auf der Landkarte nicht findet, hatte ich eine Familie, die mich liebte. Die Türen der Häuser standen Tag und Nacht offen. In den Häusern waren Menschen mit Herzen, die so rein waren wie Quellwasser, und in den Herzen hatten sie wiederum Menschen von überallher. Ihre Welt war von der Farbe der Vögel und der Form der Feigenbäume bestimmt. Alles, was davon noch übrig ist, ist eine leere Stelle hier in meinem Herzen, die mir weh tut. Diese Stelle lässt sich genau bestimmen, wie auf einer Landkarte, auch wenn sie, wie die Liebe, nicht auf Karten verzeichnet ist.«

»Das ist sehr bewegend«, sagte Mario.

»Die Worte eines gebrochenen Menschen.«

»Du bist nicht gebrochen, du trägst nur eine Narbe«, erwiderte Mario.

»Hör mal zu!«, fügte er hinzu. »Bei meiner Arbeit, der Keramikreparatur, habe ich etwas gelernt. Die Gefäße mit einem Sprung haben ihre ganz eigene Schönheit, denn wirkliche Schönheit ist unvollkommen. Vollkommene Schönheit ist falsch. Was mir so an dir gefällt, ist diese Spur von Traurigkeit.«

Helen lächelte. Er berührte ihre linke Hand, sah sie sich längere Zeit an und sagte dann: »Sogar dein Tattoo ist etwas Besonderes.«

Sie blickte auf ihr Tattoo und schloss die Augen. Sie sah einen kleinen Flecken Licht. Rasch vergrößerte er sich zu einem vertrauten Gesicht, das sich jedoch immer weiter entfernte, bis es erneut zu dem Lichtfleck geworden war. Helen wartete darauf, dass das Gesicht zurückkehren würde, aber das tat es nicht. Trotzdem hatte dieser Flecken Licht in der Dunkelheit eine besondere Empfindung in ihr wachgerufen, wie es sonst nur das Bild eines geliebten Menschen tun konnte, den man verloren hatte.

Als sie die Augen wieder öffnete, sagte Mario: »Mach die Augen noch einmal zu!«

»Wenn ich das tue, sehe ich die Vergangenheit«, erwiderte Helen.

»Kannst du auch die Gegenwart sehen, wenn du die Augen schließt?«, fragte er.

Sie hätte ihm gern gesagt, dass sie mit geschlossenen Augen ihr Leben sah, als wären von innen Fotos auf ihre Lider gedruckt. Und dass ihr Schmerz nicht zwischen Vergangenheit, Gegenwart und Zukunft unterschied. Es war einfach nur Schmerz.

Mario bemerkte die Tränen in ihren Augen.

»Keine Angst, alles kommt wieder in Ordnung«, sagte er.

Mario setzte irgendetwas in ihrem Inneren in Bewegung, aber was genau es war, wusste sie nicht. Mit ihm an ihrer Seite fühlte sie sich gut aufgehoben, aber sie wollte nicht, dass er sich ihr körperlich in irgendeiner Weise näherte. Ihre Angst und Wut im Zusammenhang mit den Männern, die sie vergewaltigt hatten, waren noch immer vorhanden, und wenn ein Mann sie berührte, wie unschuldig es auch sein mochte, musste sie nur wieder an den Brechreiz denken, den sie verspürt hatte, wenn sie gegen ihren Willen Sex mit ihr hatten. Mario war ein feiner Mensch, aber sie wusste nicht, wie sie die Bilder der Vergewaltiger loswerden sollte, die sich zwischen sie drängten.

Es klingelte an der Tür, und Helen lief schnell, um zu öffnen. Mayada kam hereingerannt, gefolgt von Yassir, Yahya und Ashley.

Helen machte sie mit Mario und Luis bekannt, dann zündete sie die Kerzen an. Sie stellten sich im Kreis um Mayada herum und sangen »Happy Birthday«, während sie die Kerzen auspustete. Mario fotografierte sie dabei.

Nach dem Kuchen sagte Yahya: »Wir müssen schnell zum Stadion, das Match fängt gleich an!«

Helen spielte auf ihrem Handy ein Lied ab. Sie nahm Mayada an der Hand, führte sie in die Zimmermitte und vollführte ein paar Drehungen mit ihr. Ihre anfangs ziellosen Bewegungen mündeten allmählich in einen geordneten Tanz.

Als das Lied zu Ende war, applaudierte Mario und sagte: »Ein schöner Tanz!«

»Ein trauriger«, sagte Helen.

»Ein trauriger?«, fragte Mario erstaunt.

»Trauer, nein, Freude, nein, Tanz, nein. Er heißt Schmerzenstanz«, sagte Helen, ratlos, wie sie ihm ohne Wörterbuch erklären sollte, dass die Menschen in ihrem alten Dorf mit diesen Tanzbewegungen zu traurigen Flötenmelodien einen verletzten Vogel nachahmten. Der Tanz sah schön aus, weil es tatsächlich etwas Schönes hat, wenn wir versuchen, etwas aus unserem Inneren zum Ausdruck zu bringen. Sogar der Schmerz wird schön, wenn wir ihn ausdrücken, genau wie ein Sprung in einem Tongefäß.

EPILOG

Helen und Mario eröffneten ihre gemeinsame Ausstellung mit dem Titel »Unvollkommene Schönheit: Gemälde und Keramik« im Herbst 2019.

Als Helen sah, wie die Besucher ihre Kunst zum ersten Mal betrachteten, während Mario die Ausstellungsflyer an sie verteilte, wurde sie nervös.

Das Bild, das die größte Aufmerksamkeit erregte, zeigte mehrere auf dem Boden sitzende Frauen. Sie bestanden nur aus Kreisen. Gesichter, Hände, Füße, Augen und Tränen – alles Kreise. Ein paar der Gemälde hatte Helen mit Absicht unvollendet gelassen, vielleicht um den Eindruck einer Entwicklung zu vermitteln, die noch nicht abgeschlossen war. Das größte Bild trug den Titel »Gut und Böse«. In die eine Hälfte hatte Helen Ayashs Gesicht gemalt, und zwar so, wie sie es kannte, in die andere das Gesicht, das er ihrer Vorstellung nach als Kind gehabt haben musste. Zu dieser Idee hatte sie sich von einer Geschichte inspirieren lassen, die Aminas Großmutter an einem der Abende im Dorf erzählt hatte: Es war einmal ein Maler, der mit einem Gemälde Gut und Böse darstellen wollte. Als er ein unschuldiges Kind entdeckte, bat er es, vor ihm Platz zu nehmen, damit er sein Gesicht malen konnte. Das Ergebnis gefiel dem Maler sehr, und so gab er dem Jungen ein wenig Geld. Danach jedoch blieb das Bild dreißig

Jahre lang unvollendet, weil er kein böses Gesicht fand, das er hätte malen können. Eines Tages aber hörte er von einem Mann, der in seiner Gegend abscheuliche Verbrechen begangen hatte. Mit der Hilfe von Bekannten konnte er sich Zutritt zum Gefängnis verschaffen, um diesen Mann zu besuchen. Er bat ihn, vor ihm Platz zu nehmen, damit er sein Gesicht malen konnte, und am Ende gab er ihm ein wenig Geld. Daraufhin sagte der Mann zu ihm: »Du hast mich vor dreißig Jahren schon einmal gemalt und mir auch damals Geld gegeben.«

Genau vor diesem Gemälde stand eine Frau und betrachtete Ayashs zwei Gesichter, das eine als Kind, das andere als Erwachsener. Sie war ungefähr in Helens Alter, hatte kurze Haare und trug eine Brille. Sie starrte Ayashs Gesicht an, als würde sie ihn kennen. Nach ein paar Minuten kam sie auf Helen zu und sagte: »Das Bild von Gut und Böse gefällt mir sehr. Das engelhafte Kind ist im Erwachsenwerden böse geworden, stimmt's?«

»Ja, es ist ein und dieselbe Person.«

»Eine erstaunliche Ausstellung! Die Keramik mag ich auch«, sagte die Frau.

Ihr Gesicht kam Helen so vertraut vor, als hätte sie sie schon einmal gesehen. Ah, war das nicht die Frau, die damals ihren Regenschirm über sie gehalten hatte? Wie ein Licht flammte die Erinnerung in ihr auf: Ja, und gleichzeitig war es die Frau aus dem Fotoalbum in Ayashs Haus! Dieselben Züge, dasselbe Lächeln. Konnte sie es wirklich sein?

»Danke sehr!«, entgegnete Helen.

»Sie kommen aus dem Irak, stimmt's?«, fragte die Frau.

»Ja, aus Sinjar. Und Ihre Mundart ist die von Mosul.«

»Richtig, ich komme aus Mosul«, erwiderte die Frau.

Helen zögerte kurz, bevor sie sagte: »Ich würde Sie gerne etwas fragen.«

Die Frau sah sie erwartungsvoll an.

»In Ihrem Haus in Mosul, gab es da eine Kalligraphie mit dem Satz ›Die Schönheit eines Menschen rührt zur Hälfte von seiner Zunge‹?«

»Ja, aber woher wissen Sie das?«, fragte die Frau mit hochgezogenen Augenbrauen.

Nach kurzem Zögern antwortete Helen: »Ich bin einmal in Ihrem Haus gefangen gehalten worden.«